KB206690

일 Day
일 Work
일 First

주인공인 당신,

——————————— 님께

평범한 일상 속의 특별한 아이콘

일 Day
일 Work
일 First

김길웅 산문집

정훈출판

세상으로 꽂히는 눈

밝고 풋풋한 것에만 눈이 가지 않았다. 외려 외지고 그늘진 곳에 추레하게 서 있는 것들에 눈이 꽂혀 더 애착했다. 자연, 사회, 가족, 사랑, 고향, 이웃, 여행, 꽃, 길, 하늘, 산, 바다, 섬…. 시선이 이 땅에 편재偏在하는 모든 것들에 가 있었다 함이 옳다.

『일일일-Day-Work』은 소소한 이야기들이지만, 하잘것없이 무의미하거나 희미하지 않다. 평범하고 소소한 이야기들이 담고 있는 사람, 자연, 동·식물, 상념의 대상 등은 그 존재의 의미가 뚜렷하고 구구절절 섬세한 데다 안에서 발산하는 뜨거운 에너지가 있다. 합하면 무쇠도 녹일 열화 같은 것들이다. 우리는 모두 각자의 Day, Work의 일상 중에 특별한 존재의 의미를 찾을 수 있을 것이다. 누구와도 같을 수 없는 개개인의 존재는 바로 세상에서 가장 첫 번째, 제일의 존재일 것이다. 바로 그것이 개개인의 일일일-Day, Work, First!

산문 111, 편·편엔 일상을 견뎌내는 사람의 온기가 질화로의 불씨처럼 은근히 묻어 있다. 요즘 인심이 피폐하고 세상이 삭막해선지 뒤뚱거리며 길바닥을 방황하는 사람들이 의외로 많다. 물신주의의 덫에 걸려 너나없이 돈에 눈이 어둡다 보니, 인간을 잃어가고 있다. 훈훈한 인간의 체온을 잃어간다면 얼마나 불행한 일인가.

잠시 눈을 하늘 바다 산과 들 같은 자연으로 돌리면 어떨까. 따뜻한 이웃을 만나거나 나뭇잎을 흔들다 스치는 바람을 쐬거나 파도로 일어서는 창망한 바다의 물굽이에서 기운을 얻어 내 보면 어떨는지. 그도 아니면 북적거리는 도시의 번화가에서 떠나 물 철철 흐르는 계곡을 찾아 서늘한 물웅덩이에 발을 담그고 흐르는 물소리에 귀 기울여도 좋겠다.

『일일일』은 자연과 사람의 이야기들을 두루 끌어들여, 그냥 지나칠 수 없는 만남과 사색의 아늑한 공간이기도 하다.

여기 모은 글들은 저자가 외로울 때, 갈등으로 버둥댈 때, 소소한 일이 풀리지 않아 고민할 때, 달래고 다독이고 풀어주는 타래가 돼 주었던 사유와 힐링의 궤적들이다. 나 자신, 이 글들을 쓰고 모으면서 마음의 자유를 느낄 수 있었다는 의미다. 마음의 자유는 경험과 사유와 관찰과 반성과 성찰이 전제됐을 때만 가능했다.

길지 않은 이 글들에 더러, 인생이 무엇인지 하는 물음에 대한 답이 녹아 있다면, 무릎 치며 좋아하면서 그걸 찾아내시라 권하고 싶다.

이 책이 인생의 길목에 나앉아, 성실히 살아가는 당신을 우애롭게 지켜주는 한 반려이기를 소망한다.

2021년 3월
제주시 연동에서
저자 東甫 김길웅

차례

PART 1   호흡과 체온으로

PART 3 순간이 역사로

PART 4 이성과 감성으로

PART 5 지금은 당신이 주인공

PART 1

호흡과 체온으로

소리가 그리웠던 사람

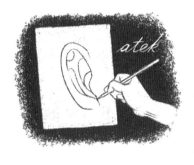

〈악사〉는 농아聾啞의 세계를 소리로 그린 것. 〈군마도〉, 〈청산도〉, 〈소와 여인〉, 1만 원권의 〈세종대왕 초상〉을 그린 운보 김기창 화백. '한국화단의 거장', '청각장애를 이겨 낸 천재 화가'. 그 앞에 붙어 다니는 수식어다.

여덟 살 때, 장티푸스로 인한 고열로 청각을 상실하면서 말을 잃어버린 그. 아들의 재능을 알아본 어머니 소개로 이당以堂 김은호 화백을 사사해 동양화에 입문한 게 화가로 간 그 길이었다. 선전鮮展에 거푸 입상하면서 추천작가가 되고, 마침내 국전심사위원을 역임했다. 어간에, 내선일체를 정당화한 친일 작가라는 음울한 자취가 골로 패였음에도 화가로서의 그의 입지는 난공불락이었다.

자유롭고 활달하면서 역동적인 힘찬 필력, 풍속화에서 형태의 대담한 왜곡을 거쳐 추상의 극한에 이르기까지 구상과 추상을 넘나들며 둘을 망라해 그림에서 그가 구사한 영역은 새롭고 넓고 깊다.

1993년에 열렸던 '팔순 기념 대회고전'에는 하루 관람객 1만 명이라는 진기록을 세웠다. 숫자 이상으로, 그가 대중에게 인지도 높은 화가라는 증거였다.

다양한 그의 화풍畵風 중 특히 주목할 게 있다. '소리를 잃어버린 침묵의 세계에 갇힌 자신의 아픔을 그림으로 노래한' 대표작 〈 악사 〉. 그 밑바닥에 흐르는 소리 없는 소리, 비단에 채색으로 그린, 인간적인 아픔과 농아의 고뇌를 대변한 작품이다. 운보가 씁쓸하게 웃으면서 말했다.

"공기가 흐르고 바람이 불고…. 그런 걸 느낄 수 있어…. 악사를 그리면 풍악까지 들리는 것 같아…."

그가 악사를 많이 그린 이유도 그런 '소리'에 대한 그리움 때문이었지 않을까.

그는 한국농아복지회를 창설하고, 청각장애인을 위한 복지센터 '청음회관'를 설립하면서 청각장애인 지원활동도 활발히 펼쳤다.

삼중 스님의 회고담이 있다. "운보 화백은 참 효자였어요. 청주에 있는 화실에서 내다보이는 양지바른 곳에 어머니를 모셨지요. 그가 이 세상에서 제일 좋아하는 그림은 화실 창문에서 바라본 어머니 묘지 정경이라 했습니다."

또 있다. 죄질 흉악한 청송교도소에 그림 50점을 기증한 운보가 그림을 직접 갖고 가서 공식 행사가 끝난 뒤, 교도소를 나오다 자신과 같은 처지의 벙어리 재소자를 만나 보고자 했다. 문제는 장소였다. 청각장애자들이 먹고 자는 감방 안에 들어가 그들을 직접 만나야겠다는 황소고집을 누가 꺾으랴. 삼중 스님이 법무부 고위 관리에게 얘기해 특별 허락을 얻어 냈다.

"감방 안에 들어간 운보 화백은 벙어리 재소자를 꼭 껴안더니, 볼을 비비면서 울었어요. '병신 된 것도 슬픈데, 왜 이런 생지옥에서 이리 서럽게 살고 있느냐?' 울음 속에 전혀 알아듣지 못할 말들을 서로 주고받는 거예요. 그러면서 우는 통에 내 눈에서도 절로 눈물이 나왔어요. 통곡으로 변해 서로 뒤엉킨 몸 타래를 풀어내는 데 한참 걸렸습니다."

진정한 우애의 정을 내비친 그의 모습에 삼중 스님과 교도관들도 함께 녹아내렸다. 그 후, 삼중 스님을 따라 운보도 먼 제주교도소까지 내려오며 자신의 귀중한 시간을 더 소중히 쪼갰다 한다.

동병상련의 눈물겨운 얘기에 넋을 놓는다.

근사미를 치다

난생처음 농약을 쳤다. 작은아들의 우리소아청소년과의원 건물 가장자리에 난 잡풀이 공격 대상이었다. 제주 시내에서 의원을 개원해 10여 년 운영하다 외도동에 건물을 매입해 이전했다. 그새 의원이 순조로우니 흐뭇한 마음 그지없다. 그곳으로 제주 상권이 이동 중이라 도시 성장세가 매우 활발한 곳이다. 지하 1층, 지상 5층 건물을 사들여 의원을 옮겼으니 잘 나아가는 셈이다.

건물에도 몇 번 다녀왔는데, 병원이 낯선 곳에서 잘되니 세상을 얻은 것 같다. 시내에서 연을 맺은 사람들도 찾아간다는 말에 그새 전처럼 탄탄하려나 하던 기우가 봄눈처럼 스러졌다.

한번은 그 건물을 찬찬히 둘러보는데 인도 블록이 길바닥과 접한 부분에 잡풀이 무성했다. 미관을 해칠 뿐 아니라 의원 이미지도 좋지 않을 것 같다. 그런 건 자주 보는 사람 눈에 안 보이고, 가끔 보는 사람의 눈에 잘 띈다. 보기 흉하다.

3년 전인가. 의원이 쉬는 날, 우리 내외가 작업복 바람에 건물 앞 길바닥에 앉아 잡풀을 뽑았다. 벽면과 맞닿은 부분에 난 것들이라 뽑기 여간 힘들지 않았다. 뾰족한 호미 날로 찍어도 뿌리째 뽑히

지 않는다. 바랭이. 띠, 고사리, 쑥, 시골에서 자라며 늘 보던 낯익은 놈들이다. 여간 질기고 우악한 것들이 아니다. 일은 했지만 돌아오는 마음 한구석이 허전했다.

다음 해엔 계획적으로 다가갔다. 궁리 끝에 예리한 송곳을 준비했다. 건물 벽의 끝과 인도 블록이 맞붙은 협착한 공간 아래로 뻗은 잡풀의 뿌리를 끌어내는 데 유용할 것 같았다.

송곳을 세워 호미 머리로 박아 가며 심층에 내린 잡풀의 길고 끈질긴 뿌리를 거지반 뽑는 데 성공했다. 하지만 내 공격법이 닿지 않은 것들이 살아남아 올봄에 움을 틔웠을 것이다.

잡풀들은 이악해 좀체 명을 놓지 않는다. 머리를 굴렸더니 묘책이 나왔다. 지난번 송곳 끝이 미치지 않았던 그 질긴 뿌리들을 떠올렸다. 그래서 나온 게 그 속에다 농약 근사미를 치자 한 것. 시골에 가 근사미를 구해 병에 담아 왔다. 녀석들과는 삼세 번째다. 이번에야말로 멸족시켜야 한다.

내외가 건물에 도착했다. 다행히 긴 장마에도 잡풀이 무성하지 않다. 작년의 송곳 효과(?)였다. 근사미를 물에 타 촘촘히 뿌렸다. 건물 길이가 꽤 길어 세 번이나 물을 타야 했다. 마침 비가 안 와 종일 쾌청했으니 약발이 온전히 먹히리라. 근사미는 녹색식물을 고사시키는 비선택적 제초제다. 잡풀들이 아무리 지독하다 하나 이번에는 살아날 재간이 없을 것이다.

딸 없는 우리 내외에게 딸 노릇까지 하는 작은아들이다. 아버지인 내가 명색 교장 출신이라 처음엔 용기가 나지 않더니, 드디어 올해는 할 일을 해낸 기분이다.

집에 돌아와 몸을 씻고 나니, 마음 개운하다.

영양제 주사

작은아들은 부산의대를 나온 소아청소년과 전문의다. 의원을 개업한 지 열댓 해 됐다. 어린 환자들이 잘 따르고 젊은 엄마들과 소통이 원활한 것 같다. 그렇게 좋이 소문이 나 있다. 병원 문턱을 들어서며 울음을 터뜨리던 아이도 원장 앞에 가면 울음 뚝 한다.

몇 번인가. 진료실에 딸린 원장 휴게실에서 귀를 벽에 대고 들은 적이 있다. 아픈 아이와 엄마와 원장이 거짓말같이 아늑한 평화 속에 진료가 진행된다. 자식 자랑은 팔불출이라지만, 동네방네 알려진 거라 말하지만 작은아들은 타고난 소아과 의사다.

개원하던 첫날, 진료환자 수를 나는 지금도 잊지 못한다. 29명.

몇 달이 지나자 하루 2백몇십 명으로 불어나, 놀라운 진화(?)에 쾌재를 불렀다. 예과 본과 6년에 인턴과 레지던트, 거기다 군의관 생활을 포함하면 무려 12년이다. 의사 면허 시험은 얼마나 고난도의 관문인가. 공무출장 기회에 맞아떨어져 시험 전날 작은아들과 함께 보낸 일이 늘 새롭다. 쉴 새 없이 뭐라 뭐라 중얼거리며 밤을 하얗게

새우다시피 했다. 옆에 누워 지켜보면서 참 안쓰러웠다. 내가 해 줄 수 있는 일은 아무것도 없었다. 잠을 안 자 같이 밤샘하는 것도 되지 않았다.

작은아들은 생각이 깊고 섬세하고 자상하다. 그런 품성이 전공한 소아청소년과와 균형을 이뤄 합치할 것이다.

우리 내외, 팔순이 눈앞이라 자잘하게 아픈 데가 한두 곳이 아니다. 아들의 처방에 따라 약을 달고 산다. 고혈압, 고지혈, 감기약, 콧물약 신경통, 건위제, 지혈제, 각종 진통제, 종합비타민제….

아내는 두어 달에 한 번꼴로 영양제 수액을 맞는다. 젊었을 때 몸을 혹사해 온 후유증에 어느 구석 성한 데가 없다. 교직 마흔네 해를 했다. 하지만, 나는 아내 덕분에 호사를 누렸음을 아내가 달고 사는 약에서 뼈가 저리게 느끼고 있다.

아들네 병원이 여름휴가에 들어간다고 했다. 8월 14일부터 일주일간. 날씨가 연일 35, 36도로 폭염 특보가 발효 중이다. 휴가 전날 퇴근하며 집에 들른 작은아들이 손에 작은 종이봉투를 들고 있다.

"일주일간 휴가로 병원이 쉽니다. 그동안 혹시 어머니 몸이 어떠실지 해서…."

병원 휴가 기간에 제 어머니 건강이 안 좋기라도 하면 달려와 주사를 놓겠다는 말이다. 아내가 활짝 웃고 나도 따라 웃었다. 우리 내외는 아들 둘로 딸이 없다. 늘그막엔 딸이 있어야 한다지만, 우리는 그런 속설에서 비켜나 있는 것 같다. 작은아들은 아들이자 딸이다. 딸 같은 아들, 열 딸 부럽지 않은 아들이다.

아들을 보내고 들고 온 걸 꺼내 보았다. 고농도 종합 영양수액제 '아노솔'. 작은아들은 세상없는 효자다. 좀 전까지 미적지근하기만 하던 아내가 아주 신바람이 났다. 지금 주사를 놓은 것도 아닌데, 벌써 날개를 단 모양이다.

옛집으로 보내온 배 상자

　　　　　아내의 표정이 약간 수상쩍다. 아무튼, 평소의 활짝 갠 분위기는 아니다. 조금 전 전화 받을 때만 해도 집을 울리던 목소리였는데, 그 팽팽하던 말소리가 제물에 풀이 죽어 있다.

　"당신한테 말 한마디 없이 그러면 안 되는 걸 그만….."

　"뭔데? 무슨 일인데….."

　"얼마 전 떠나온 읍내 집에서 전화가 왔는데요. 그런데….."

　다시 말이 끊어진다. 뭘 머뭇거리긴 그 사람 참.

　그런데? 내가 밝게 웃으며 거듭 묻자 마음을 추슬렀는지 말을 시작한다.

　우리가 살던 그 집 젊은 새 여주인에게서 전화가 왔는데, 경기도 부천 신경과 K 원장으로부터 배 한 상자를 택배로 부쳐 보냈다는 것. K 원장은 내 제자다. 추석 선물로 배를 보냈던 모양이다.

　"보관해 둘 테니 가져가세요."

　듣는 순간 얘기가 자신도 모르게 엉뚱한 방향으로 흐르더라 한다. 머리와 입이 따로 놀더란 얘기다.

　"우리가 가지러 가고 그러지 않을 테니, 그대로 집에서 드세요.

받은 거지만 추석 선물인가 하고 받아요." 했더니, 어디 그럴 수 있느냐고, 극구 사양하는 걸 받아들이도록 했다는 것이다.

승용차로 40분 거리도 부담이거니와 추석 선물로 들어온 배가 두어 상자 있어 그랬단다. 어제오늘 받은 배 상자는 문학 제자들이 보낸 것들이다.

우리 몫이 집에 있다고, 멀리서 보낸 제자의 성의를 외면한 것 같아 기분이 미묘하다. 하지만 이왕지사인 걸 어쩌랴. 순간적이었지만, 충동적인 결정은 아니었던 걸 나는 안다.

그 집을 흥정할 때, 매매계약서를 작성하는데 활짝 웃음을 띠면서 정원의 나무들 이름 하나하나를 적고 싶다던 미술학도라는 젊은 새 주인이다. 그 집으로 가 있는 걸 가지러 가느니 선물하자는 생각을 할 수 있는 일이다.

좋은 인상은 아무나 가질 수 있는 자산이 아니다. 집 흥정이 성사되게끔 그가 결정적인 변수가 됐던 게 사실이다. 처음부터 정원의 많은 나무와 큰 돌들을 좋아했다. 아내의 마음이 그래서 움직였을 것 아닌가.

"잘했어요. 나라도 그랬을 거요. 부천 K원장에겐 잘 받았다고 전화해 놓지 뭐. 이번 기회에 바뀐 주소를 알려야겠네."

충청도에서 제주로 귀촌한 분, 요즘 세상에 그나마 제주에 기댔던 게 따스한 인정일 텐데, 그건 그렇다 치고, 내 서른 해 동안 정든 나무들 제발 사랑해 주길….

아파트로 다가앉다

제주시 번화가 연동의 한 아파트 단지다. 1, 2차를 합하면 12동, 어림해 7백여 가구가 들어선 곳. 한 가구에 셋을 셈해도 이곳 인구가 2, 3천 명에 육박할 것이다. 시골로 치면 작잖은 마을 하나다. 아파트는 작은 땅에 최대의 주거공간을 확보한 걸작품으로, 만물의 영장다운 기획물이다. 땅에 대한 지분은 단독주택과는 다를 수밖에 없다. 독립된 한 개인 명의의 땅이 없으니, 입주자는 자기 땅이 없는 어중간한 주인인 셈이다.

13층 베란다에서 창밖을 내다본다. 똑같은 창문들이 다닥다닥 붙어 있을 뿐, 눈길을 끄는 색다른 무늬 하나 없어 무미건조하다. 누가 그렸는지 참 멋쩍게 그렸다. 어느 한구석 둥근 데라곤 없는 모나고 각진 구도로 가득 메웠다. 아파트는 언제 봐도 웃음기 없는 무뚝뚝한 시멘트 구조물이다.

달포 전 이곳 아파트로 이사했다. 아들네의 강제(?)로 운신했지, 아파트는 취향이 아니다. 더군다나 서른 해를 눌러산 읍내 집을 떠나기가 무척 힘들었다. 몸소 키운 나무들과 쌓은 정리를 두고 차마 돌아서지 못해 멈칫거렸다. 격의 없이 지내던 이웃과의 작별도 아쉬웠다. 섬을 떠나는 것도 아닌데, 아주 헤어지는 것 같아 서운했다. 그분들은 이삿짐을 쌀 때부터 임지에 와 짐을 풀 때까지 곁을 떠나지 않아 제주 인심을 실감했다. 나이 드니 한 손이 아쉬웠는데, 따스한 배려를 떠올리면 콧마루가 시큰해 온다.

내가 살았던 시골이 자연이라면 이곳 아파트는 문명이다. 갑자기 도·농의 차이가 확연히 다가온다. 잔디마당이 있던 집에서 나무 한 그루 내 것이라곤 없는 아파트로의 이사는 당혹스러울 만큼 낙차가 커 낯설다. 주거 환경뿐 아니다. 걷기운동으로 매일 마을을 가로질러 만세동산에 닿던 그곳 길이 한적했는데, 드림타워가 지척 간인 이곳 도심은 서울이란 착각이 들게 번잡하다. 푸른 달빛이 내려앉는 아늑한 밤을 지나 해 이글거리는 백주의 뜨거운 길바닥 위에 서 있는 느낌이다.

한 벽체로 맞댄 이웃과 아직 인사를 나누지 못했다. 식솔이 환을 겪는다는데, 섣불리 나서지 못한다. 한번은 한 젊은 여인이 엘리베이터를 내리며 다소곳이 고개 숙이는 게 아닌가. 아뿔싸, 가벼이 눈길을 건네면 좋았을 것을, 그만 촌티를 내고 말았다. 문화인으로 세련되지 못한 민낯을 드러냈으니 객쩍었다. 오가며 가볍게 먼저 목례하리라.

아내가 경비실에 들러 입주 인사를 하고 왔단다. 미화원 아주머니들과 함께 국수나 한 그릇 드시라 미성微誠을 전했다는 것. 이사하느라 바쁜 와중에 그런 생각을 했으니. 고개를 힘차게 끄덕여 주었다.

쓰레기 수거 문제가 만만찮다. 종류별로 엄격히 지정된 요일을 따르고 있다. 저쪽에선 요일 불문으로 마구잡이라 편했는데, 문화가 다른 딴 세상에 와 있는 기분이다. 병, 스티로폼, 플라스틱, 철제 재활용품은 일요일에 지하로 내려가 처리해야 한다. 함부로 하던 버릇을 고치려면 정신 차려야 할 판이다.

걷기 코스를 탐색 중이다. 숲이 울울해 그늘을 밟고 걸을 수 있는 길이 잡혔다. 길게 벋은 직선에 걸맞게 굽은 곡선의 길이 잇대 있어 끌린다. 걸으면서 몸이 운율을 타게 되면 시나브로 사유의 촉도 잡혀가리라.

자꾸 살던 곳이 떠오르지만 이젠 이곳에 와 있다. 아파트로 다가앉는 수밖에.

뒤주

뒤주는 가족의 식량을 넣어 두고 쓰는 궤櫃로, 나무로 짰다. 무게를 지탱하기 위해 아주 단단하게 만들었다. 또한 쥐나 해충의 침해를 막고, 습기가 차지 않도록 다리를 높직하게 올렸다.

집에 뒤주가 하나 있다. 옛날엔 식량이 가족생활의 중심이므로 뒤주를 마루의 중심에 놓았다 하나, 나는 거실 한쪽 벽에 붙여 놓았다. 구석진 곳은 푸대접하는 것 같지만 비교적 반반한 자리다.

일곱 살 아이 키만 한 높이에 폭도 그만해 크기와 품격으로 보아 공들여 만들었을 법하다. 앞과 좌우 양옆에 결 고운 나무판을 댔고, 둘레로 돌아가며 동글동글 구슬 같은 장식을 정교하게 붙였다. 꽤 품격이 있어 보인다.

아내가 할머니로부터 물려받은 유품인 데다, 내 추산으로는 150년은 훨씬 넘었을 것 같다. 4대로 이어지는 시간 속에도 불변인 게 놀랍다. 옛 가구들은 좀이 슬어 구멍 숭숭하기 일쑤인데, 좀은커녕 수없이 거쳤을 장마에도 스치듯 넘었던지 결 하나 어긋나지 않아 말끔하다.

우리 집에 고풍스러운 게 있다면 오직 이것 하나다. 공간을 합리적으로 이용한다고 위에다 작은 반닫이를 올렸더니, 마치 어미 어깨 위에 무동 태운 것 같다. 볼거리 하나 더 는 셈이라 여겨, 오가며 눈 맞추고 있다.

뒤주 하면 마음에 걸리는 끔찍한 사실史實이 있다.

영조가 세자의 비행(왕궁 무단이탈 등의 돌출행위)을 문제 삼아 자결할 것을 명했으나 제대로 듣지 않자, 세자 위를 폐하고 신분을 서인庶人으로 강등시킨 후 뒤주 속에 가둬 두고 굶어 죽게 했다. 영조는 후에 이를 후회하고 세자를 애도한다는 뜻에서 '사도思悼'라 칭호를 내렸다.

수원 화성 내에 전시된 그 뒤주. 너무 작아 사람이 들어갈 수 없을 것 같다. 그 작은 뒤주에 세자를 넣기 위해 얼마나 많은 사람이 동원됐는지 짐작이 간다.

영조가 승하하고 정조가 등극하자, 수원성을 짓고 아버지 사도세자를 기리고자 묘를 이장해 화성으로 모셨다. 정조는 그렇듯 효성이 지극했다. 그 후로 11번이나 수원을 찾아 사도세자를 위로하고, 그곳에서 집무까지 보았다 한다.

성군이라 추앙하는 영조에게 인간적 흠집이 될 것 같은 이 사실을 머릿속에서 지울 수가 없다. 가끔 뒤주 앞에서 멈칫한다.

문밖에 놓인 감귤 상자

아침 여섯 시. 신문을 가져온다고 현관문을 열고 팔을 내밀다 깜짝 놀랐다. 신문 곁에 웬 상자가 놓여 있지 않은가.

'서귀포 맛있는 감귤'이란 글과 그림이 눈에 들어온다. 연일 이글거리는 폭염이라 한낮 더위를 피해 아침 이른 시간에 택배가 다녀간 모양이다.

귤은 늦가을부터 겨울 석 달이 제철이다. 이 불타는 늦여름에 귤이라니. 일단 귤 상자를 안으로 들여 보낸 이를 확인했다. 수필가 J였다. 동인 활동을 같이하면서 시집과 수필집을 낼 때 해설을 쓴 인연인데, 그는 조그만 도움에도 자상하다. 남에게 신세 지면 무심히 넘어가지 않고 반드시 갚으려 한다. 쉽지 않은 일이지만 받는 사람으

로서 큰 부담이다.

J에게 전화로 인사부터 했다. 서귀포에서 처남네가 과수원을 한다며, 철 이른 거라 아직 맛이 덜 들었을 거라 한다. 그러는 바람에 내 인사치레는 그의 말 속에 치레로 묻혀 버린 셈이다. 고맙게 잘 먹겠단 말만 두세 번 되풀이한 꼴이 돼 버렸다.

서귀포 귤은 껍질부터 얇고 말랑말랑해 껍질이 잘 벗겨진다. 왼손에 받쳐 오른손가락 엄지서부터 검지 중지까지 셋만 몇 번 놀리면 이내 벗겨진다. 맛도 서귀포산이 고유의 풍미로 달다.

벗겨 두어 조각 맛을 보았다. 껍질이 샛노랗지 않고 푸른빛이 남아 있더니 설익은 걸까. 제철에 내는 입안에 살살 녹는 그 맛이 아니라 풋내가 섞여 있다. 하지만 먹을 만하다. 얼마 만이냐. 내친김에 세 알을 거푸 먹었다. 늦여름에 맛보는 귤 맛이라니. 새콤달콤한 맛에 눈에 번쩍 빛이 도는 것 같다.

책상머리에 두고 먹어야겠다. J의 따뜻한 정을 가슴에 새긴다. 작품으로 담론하면서 함께 고민하는 기회가 자주 있었으면 좋겠다. 고담준론高談峻論이 아니면 어쩌랴. 살아가는 얘기라도 나누다 보면 문학 주변으로 가 있게 되는 게 글쟁이들 아닌가. 깊은 만남으로 농익었으면 좋겠다.

TV '지니(GIGA Genie)'

아내는 TV를 좋아한다. 좋아하는 정도를 넘어 아주 옆에 끼고 산다. 하루 한 번 빼놓지 않은 법화경 사경寫經에도 등 뒤에선 TV가 돌아가고 있다. 두 가지를 함께 다 거둬들이는지는 본인이 알아서 하는 것이지만, 진풍경인 건 틀림없다. 채널을 넘나들며 뉴스를 비교하는가 하면 교양프로에 이르기까지 섭렵한다. 그래서 나보다 훨씬 정보에 밝고 세상 물정에도 통하는 것 같다.

하긴 가정주부에게 TV만 한 소일거리도 없을 것이다. 멀찍이 앉았는데 모르는 새 바짝 붙어 앉아 있으니, TV는 사람을 끌어들이는 마술쟁이다. 도시 농촌이 따로 없다. 시골 경로당에 가보면 노인들이 큰 TV 앞에 둘러앉아 있는 풍경을 쉬이 볼 수 있다. 극장 구경이고 천지 유람이다.

아내는, TV 없이는 한시도 못 산다고 제 입으로 얘기를 한다. 이사 오기 전 읍내 집에는 안방, 마루, 부엌 이렇게 TV가 세 대였는데 내가 끼어들던 게 부엌에 있는 녀석이었다. 은연중 아침을 먹는 시간과 겹치는 프로의 단골이 돼 있었다. 인간극장, 아침마당. 다음 프로는 객석에 아내뿐 나는 없다. 저녁을 먹으면서 그 시간대의 '동행'을 보며 눈시울을 붉히곤 했다.

아파트로 이사했더니 TV가 안방과 거실, 두 군데로 한 대가 줄었다. 슬그머니 부엌에 TV가 사라졌다. 게다가 거실 것은 공부하는 손자들이 있어, 등교해 있는 시간에만 켜는 걸 원칙으로 하고 있다.

아내가 목마르게 생겼다. 부엌일을 끝내고 안방에 가야 TV를 볼 수 있게 된 것이다. 심각한 상황이다. 겉으로 태연해 보이지만, 나는 그 속을 들여다본 지 오래다. 추석날 차례를 마친 뒤 작은아들에게 '작은 TV'가 있었으면 하고 귀띔하는 눈치더니, 즉석에서 기적이 일어났다. "병원 진료실에 놓으라고 선물 받은 게 있어요. 진료실에 놓기는 그래서 집에 갖고 왔는데….'라고 하잖는가. 이런 횡재라니.

화면이 사무용지보다 조금 큰데 화질이 좋다. 식탁 옆 벽에 붙여세워 놓으니 아내의 입에서 트롯 흥얼거리는 소리가 나오기 시작이다.

이름이 '지니'다. 녀석이 말귀를 알아먹어 기특하다. "진이야, 텔레비전 켜라." 하는 명령이 떨어지자 "예에" 하더니 곧바로 화면이 뜬다. "볼륨 높여, 볼륨 조금만 낮춰 줄래? 채널 9, 텔레비전 꺼." 정말 놀란 것은 다음의 응대다. "지니, 사랑해."라 하자, "사랑으로 넘치는 님, 멋져요." 똑똑한 녀석, 리모컨도 필요 없다. 놀랍고 놀랍다. 이런 세상인 걸 모르고 살았으니. 그러고 보니 나는 영락없는 꼰대다.

아내가 작은아들에게서 좋은 추석 선물을 받았다. '지니'가 주방에 있어 아내의 손놀림이 빨라지겠다. 그리고 콧노래.

내 구두, 아내 구두

이삿짐을 싸며 신발장 속에 있는 구두들을 내놓았더니, 기억 속 가물가물한 것들 네 켤레가 끼어 있다. 언제 신었던가. 내 구두 같지 않다. 30년 동안을 살았던 집이니 어간에 내가 신다 신장 속에 넣어 둔 것들이 분명한데.

가만 보니, 위쪽은 말끔한데 뒤꿈치가 많이 닳았다. 새 굽을 박아 신으려 했던 게 틀림없어 보이는데, 집안 사정이 펴지자 손이 가지 않았으리라. 넷을 묶어 내놓고 나니 콧마루가 시큰둥하다.

남은 구두가 모두 다섯이다. 검정색 둘, 갈색 하나, 캐주얼 하나, 여름 구두 하나.

늘그막에 구두 다섯은 적은 게 아니다. 사람들과 만남이 뜸해, 결혼피로연이나 장례식장에 갈 때나 꺼내 신는 게 돼 버린 구두. 퇴직해 정장을 벗어 던지니 구두에서 눈도 손도 멀어져 간다. 옷은 간편하게 툭 걸치면 되는 것이고, 신발도 캐주얼 구두나 운동화가 제격이다. 구두 신고 나설 일이 별로 없다. 저 구두들 언제 다 신을까. 아파트의 널찍한 신발장 안에서 잠에 빠지게 될 것이다.

뭘 버리려 않는 아내가 이런저런 헌 신발들을 모조리 버리고 온

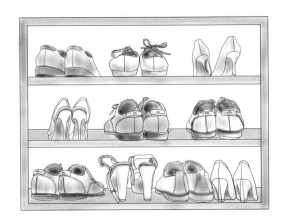

것은 대단한 결단이었다. 여름 한철 신다 벗어 놓은 샌들 같은 것까지 쌓였었는데, 아까워서 어떻게 버렸을까. 나들이 때 정장에 신는 것들 대여섯 켤레가 놓여 있어 바라보는 마음도 한결 여유롭다. 아내와 내가 저 구두들 모두 신을 때까지 수를 누릴 수 있으랴 생각하다 실없이 웃는다.

무료한데 툭 한 번 건드려 볼까.

'당신, 구두 하나 맞춰 줄까? 겨울 걸로.' 하면, 저것도 다 못 신을 건데 하며 눈을 흘길 것이다. 하지만 여자는 다르다. 동창 모임에도 구두를 신는다.

멍멍탕

쉰셋에 오른 큰아들이 멍멍탕을 비닐봉지에 싸 들고 왔다. 부자가 같이 먹어 본 적이 없지만, 난 좋아하고 아들은 별로인 것 같다. 나 혼자 먹으라는 뜻이다. 몇 달 전에 그러더니 또 그런다. 잘 아는 식당이 있긴 한 모양이다.

간간이 집에 들르며 내가 허해 보였던 걸까. 90 몇 킬로 덩치에 특별한 음식을 잔뜩 담은 비닐봉지를 들고 왔으니, 쉬운 일은 아니다. 부자가 그런 음식을 잘하는 집에 가 소주 한잔하며 먹으면 좋은데, 딱히 그렇지 못하는 사정이 있어 보인다. 아파트가 호별로 주차면이 지정돼 있어 외부 차량이 잠시 주차하는 것도 용인되지 않는다. 자기 주차면에 외부 차가 세워 있으면 바로 전화가 걸려와 불호령이 떨어진다.

한두 번 겪었다던가. 들고 온 걸 내려놓더니 돌아간단다. 집에 머무른 시간 고작 5분여에 나는 아들에게 "뭘 또 사 들고 온 거냐? 이런 거 들고 다니지 마라." 딱 한마디 했을 뿐이다. 큰 덩치가 휑하게 현관을 나서자 바람이 일어 아들의 넉넉한 등짝을 밀어내고 나니 몹시 뒤가 쓸쓸하다.

　서른 해를 서울에서 회사원으로 삶을 꾸리더니 이사 승진을 코앞에 두고 낙마한 아들. 고향에 내려와 호구책으로 조그만 영어학원을 운영하며 산다. 한때 잘 나갈 때는 우리 내외 서울에서 대접도 잘 받았다. 부모를 모신다고 음식 잘하는 곳을 골라 태우고 다녔다. 한강 변 식당 크루즈호던가. 사전 예약해야 하는 그곳은 다양한 음식들로 풍성해 대화도 구성지다 보니 어떻게 많이 먹었던지 포만한 배를 두드리며 나오던 기억이 새롭다. 그때 다섯 살, 세 살이던 손자 손녀가 나이 먹어 고1, 중2다.

　가정이 밑동서 흔들리다 무너지는 바람에 그 애들이 요즘 우리와 한 식구가 됐다. 아들이 할머니 할아버지에게 제 아이를 그냥 맡기려 하겠는가. 속이 속이 아닐 것이다. 마침 일요일이라 제 아이들에게 웃음 한 번 띠고 나서고 있다.

　나이 들면서 감정선이 여려진 것인지, 아들이 현관을 나서고 나니 뒤가 스산하다. 가슴 일렁거리더니 눈자위가 뜨겁다. 꾹 눌렀지만, 어느새 방어벽을 넘어 버렸는지 이슬 같은 게 두어 방울 흐르다 스러진다.

　'그래, 네가 사 온 음식인데 잘 먹으마. 아주 꼭꼭 씹어 먹으마.'

　요즘 아들이 집에 오면, 딱 한마디만 해야겠다.

　"아들아, 분명 좋은 날이 올 거다. 아이들이 공부에 매달리는 걸 보아라."

노작가의 큰절

문두홍 작가가 집을 방문하겠다는 전화다. 넉 달 전 읍내에서 이곳으로 이사 올 때 여든둘 연치에도 오셔서 도움을 주셨던 어른이다.

어른과의 인연의 단초는 2006년 우당도서관이 개설한 수필 강좌에서다. 늙수그레한 노인이 강의실 바깥 유리창 편에 앉아 시종 메모를 하고 있다. 때마침 4월 하순, 비 오는 저녁이어선지 모습이 쓸쓸해 보여 특별한 인상으로 다가왔다. 빠짐없이 나오는 데다 작품 발표에도 의욕적이다. 글쓰기에 매달리는 그분을 종합 문예지『한국문인』신인상에 추천해 등단하도록 길을 터 주게 됐고,『대한문학』에서 작가의 창작욕을 북돋우기 위해 주는 대한작가상을 받도록 주선했다. 어느새 글로 통섭하며 쌓은 신뢰로 도타운 사이가 됐다.

노작가가 작품을 많이 쓴다. '수필 제출'이란 제목으로 한 달에 세 편을 빠뜨리는 일이 한 번도 없다. 어긋남이라곤 없는 분이라 첨삭 수정해 보내면서 그 집중력에 놀라움을 금치 못한다.

내가 얼마 전, 병원에 입원했던 사실이 귀에 간 모양이다. '그것도 모르고 작품을 보내면서 힘들게 해 죄송하다.'라는 인사를 해 오더니, 오늘은 몸소 집을 찾아오지 않았는가.

"어서 오십시오. 그냥 전화나 메일로 좋은 것을….

인사치레하는 사이, 깜짝 놀라 자지러질 뻔했다. 노작가가 아파트 거실 바닥에 엎디어 내게 큰절을 하고 있지 않은가.

"아이고. 왜 이러십니까. 그냥 앉으십시오. 이게 무슨 일입니까…."

더 머리 낮춰 맞절은 했지만, 속이 풀리질 않는다. 팔십이 세, 노작가가 연하인 내게 큰절이라니. 문두홍 작가는 그렇게 겸양이 몸에 밴 분이다. 홀연히 벌어진 장면에 그만 안절부절못했다.

제주일보에 '시론'을 집필하고 있어 작가로서 더 반듯해졌을지도 모른다. 나이와 달리 글의 질료로 구사하는 그의 언어가 젊다. 젊은 작가 못지않게 싱싱하고 감각적인 언어다. 요즘에는 '~입니다, 합니다 체'의 경어를 즐겨 쓰는 게 눈에 띄어 그쪽으로 가면 호흡에 맞을 것 같아 권장하고 있다. 상대를 존중하기 위해 자신을 낮추는 겸손에 더할 미덕은 없다.

이제 수필집 세 권을 출간했다. 다섯 권까지 낸 뒤에 선집을 내고, 그 후 '수필전집'을 낸다는 꿈은 지금도 유효할 것이다.

한데, 문두홍 작가의 오늘 큰 절은 너무 과도했다. 겸손은 미덕이지만, 손아랫사람에게 큰절을 하다니.

구지뽕 조청

동생처럼 아끼는 양재봉 수필가가 구지뽕 조청을 그릇 둘에 가득 채우고 먼 읍내에서 달려왔다. 시내 도심 아파트까지 30~40분이나 되는 멀리 떨어진 거리다.

얼마 전 내가 뇌경색 진단을 받고 급히 입원했을 때, 문병까지 왔던 동생같은 친구다. 코로나로 방문을 통제하는 바람에 병원 입구 로비에서 만나 손을 맞잡았던 그다. 화중에 그가 구지뽕나무가 혈액순환에 좋다는 얘기를 했었던 것 같다.

내가 퇴원한 걸 알고 집으로 오더니, 이런, 그가 야산에 가 구지뽕 열매를 따다 조청까지 만들어 가져온 게 아닌가. 놀라운 일이다.

열매를 따기 위해 산과 들을 헤맸을 것이다. 구지뽕나무는 교목인데다 가지에 억세고 긴 가시가 돋아 있어 자칫 긁혀 상처가 날 수 있는 거친 나무다. 9월에 발갛게 익은 열매가 약용으로 쓰여 몸에 좋다는 얘기를 들은 적이 있다.

목질이 박달나무에 맞먹을 정도로 단단하다고 한다. 중국에서는 구지뽕나무로 만든 화살을 최고로 쳤다는데, 열매도 몸에 좋은 것으로 알려져 있다. 누에 키우기 위해 대접받는 뽕나무가 부러워 굳이 뽕나무로 하겠다고 우겨 '굳이 뽕나무'가 되었다는 우스갯소리도 전한다. 몸의 산화를 막아주며 암을 억제해 주고, 당뇨병이나 고혈압 등 성인병에 좋은 성분이 풍부해 효능이 탁월하다고 한다.

양재봉 수필가는 환경운동가로서 미생물 쪽에 학문적 실적을 쌓고 있어 식물 등에도 조예가 깊다. 내 병 얘기에 곧바로 산으로 올라 숲속을 뒤졌을 것이다. 9월 초라 때마침 구지뽕열매가 붉게 익어 갈 무렵이다. 그는 숲속에서 구지뽕나무를 뒤적이며 가시 돋친 나무에 올라 보물을 찾듯 열매를 땄을 게 아닌가. 그리고 그것을 향토음식 전문가인 자기 부인에게 맡겨 조청을 고았다. 여름 더위 끝자락 폭염이 기승을 부리던 때다. 그 부인도 무쇠솥 아궁이를 지켜 앉아 땀을 쏟았을 것 아닌가.

"하루 한 번, 두세 알 정도만 드십시오."

순간, 나는 그 앞에서 체신도 저버린 채 울컥했다.

"……."

무슨 말을 하랴. 고개만 끄덕일 수밖에.

아내가 그 부인에게 고맙다고 전화를 하고 있다. 나는 긴장했던지 언어장애가 우심해 입을 떼지 못한 채 곁에서 마음으로만 고마움을 전했다. 안쓰러웠지만 인사를 뒤로 미뤘다.

구지뽕열매 조청을 먹기 시작한 지 오늘이 닷새째, 가만 그릇 속을 살피다 손에 올려 무게를 가늠해 보니 안에 든 열매가 꽉 차 듬직하다. 두 그릇을 합하면 열매가 천 개가 더 될지도 모른다. 나뭇가지에 난 억센 가시를 헤치며 한 알 한 알 저 열매를 따냈던 양재봉 수필가의 모습을 떠올린다. 동생이라고 다 저러지 못할 것 아닌가.

　한 달이 채 안 됐는데 양재봉 수필가가 다시 구지뽕 조청을 가지고 집에 왔다. 이번에도 두 그릇이다.
　"개발이라며 산야를 마구 파헤치는 바람에 구지뽕나무도 귀해졌습니다."
　"……."
　무슨 말을 하랴. 입을 다문 채 그를 쳐다보기만 했다.

의자가 양말을 신었는데

아파트 층간소음이 문제로 떠오른 지 오래다. 아이들이 여럿일 때는 장난치며 우당탕 소리를 자주 내니 그로 인해 층간 싸움이 일어난다는 것이다. 시골 단독주택에 살다 온 나는 경험한 적이 없지만 겪는 사람들로선 인내의 극한을 요구하는 수가 있을 법하다. 행여 소홀했다. 나잇값 못한다는 소리라도 듣게 될라. 마음에 두게 된다.

아파트에 짐을 부리는 그날부터 바짝 신경 쓰인 게 층간소음이다. 내 시화詩畵 액자 하나를 벽에 건다고 망치질 한 번 하면서도 몹시 조심스러웠다. 로봇청소기도 이른 아침이나 한밤중엔 돌리지 않는다. 녀석이 멋모르고 사방팔방 돌아다니느라 소리를 내기 때문이다. 이 정도 긴장하면 아파트가 평화로운 것 아닌가.

한데, 이사 뒷정리가 대충 끝나 살림살이가 안정을 찾았구나 싶어 한숨 돌리던 날이다. 밥을 먹으려 식탁 의자를 잡아당기는데 이게 웬 발악하는 잡소리인가. '박' 하는 소리가 거실 바닥을 거칠게 긁는다. 깜짝 놀랐다. 바로 의자를 두 팔로 안아 옮겨 놓았다. 원목으로 만든 것이라 꽤 묵직하다. 힘 안 들이게 하면 소리도 나지 않을

것 아닌가. 방법을 찾아야겠다.

아내가 마트에 갔다 의자 발에 끼우는 거라며 열여섯 개를 사 왔다. 끼웠더니 조금 길긴 하나 의자 발이 팔자를 고쳐 목 긴 양말을 신은 모양새라 실실 웃음이 나왔다. 당기고 밀어도 미끄러져 일절 소리가 나지 않는다. '거참, 신통방통하네.' 했다.

며칠 썼더니 그게 이리저리 밀리더니 벗겨지기 일쑤다. 이럴 수가 있나. 다시 박박 하는 소리를 내기 시작하므로 낑낑거리며 양말들을 벗겨 놓았다. 하나를 집어 들여다보니 'made in CHINA'가 아닌가. 값싼 노동력이 실없이 이런 물건을 만들어 돈이나 벌어들이면 그만이라는 속내가 야속하다. 들키게 돼 있는 게 잔꾀다. 중국산은 믿음이 안 간다. 몇 년 전, 일 년도 안 돼 돌아가다 멎은 선풍기 생각이 났다.

아내가 이전에 신기던 플라스틱 양말을 사 왔다. 국적 표시를 못 찾았지만 잘 끼워지고 잘 미끄러지고 단단하다. 이젠 됐다.

새 옷으로 보이네요

30년 만의 이사는 쉽지 않다. 엄청난 역사役事다. 부자는 절대 아닌데 온갖 쌓인 것들로 채워져 집 구석구석 빈틈이 없었다. 각종 세간, 옷가지, 용품, 책. 버리진 않고 아깝다고 모아 두기만 한 것들. 그것들을 꺼내놓고 한바탕 실랑이를 벌여야 했다.

늘그막에 마지막이라고 마음먹었으면서도 이삿짐 싼다고 꺼내놓으면 생각이 달라진다는 걸 많은 이사 경험을 통해 잘 안다. 이번만은 과감히 버린다고 원칙을 세웠다. 책부터 선별을 시작했다. 꼭 필요한 책만 갖고 간다고 했으나 막상 버리려니 아깝다. 갈등이 생겼지만, 눈 꼭 감고 수천 권의 책을 버렸다.

가지고 온 게 고작 백 몇 권. 뭐가 잘못된 건지 금세 후회가 밀려왔다. 왜 그 많은 책을 다 버렸나. 책을 버린 아픔은 치유할 방책이 없다. 뭘 한두 줄 쓰다 문득 떠오르는 책들이 적지 않아 정신 스산한 게 한두 번이 아니다. 짐을 풀고 자리 잡고 나서야 알게 됐으니 영락없는 사후 약방문이다. 떠나간 책은 다시 손에 넣지 못한다. 가슴 칠 일이다.

초가을, 아침저녁 서늘해지자 아내가 안 보이던 옷을 꺼내 입었다. 그 옷 샀느냐고 인사치레를 했더니 고개를 좌우로 흔든다. 전에 입던 헌 옷이라 한다. 여름에서 가을로 가는 요즘에 딱 좋은 옷으로 보인다. 그냥 버리기가 아까워 장에 넣어 뒀다 꺼내 입었단다. 40년도 더 됐을 거란다. 그렇게나? 한데 웬걸, 헌 옷이 새 옷으로 보인다. 오래 묻어 둔 것이라 그런가. 전혀 못 보던 것처럼 낯설다.

'나는 많은 책을 버렸는데, 아내는 풀었다 쌌다 반복하다가 다시 싸고 왔구나.'

내 옷을 손수 다림질해 세탁소에 가본 적이 없는 아내, 웬만한 데 흠이 생기면 짜깁기해 새 옷처럼 만들어 내놓곤 하던 아내다. 옛날 일들 생각에 아내에게 가 있던 시선을 조용히 거둬들인다. 아내에게 무어라 한마디 해야 한다.

"헌 옷이 새 옷으로 보이네요."

막상 얘길 건네고 나니, 어째 겸연쩍어 실없이 웃는다.

내 몸에 불청객을 들이다

갑자기 말이 어눌하고 몸이 기우 뚱거린다. 다시 말을 해본다. 발음이 애매하고 더듬거린다. 혀가 딱딱하게 굳어 가는 것 같고 입 언저리가 뻣뻣하다. 좀 걷고 있으면 풀리겠지 해 아파트 마당으로 나섰더니, 몸이 오른쪽으로 쏠리며 쓰러지려 한다. 균형이 흔들리고 있다. 없던 일인데 몸이 예사롭지 않다. 불길한 예감이 스친다.

그냥 좀 두고 보자 할 아내인가. 이끌려 H병원 신경과에 갔다. 의사가 대충 증상에 귀 기울더니 MRI(자기공명영상)를 찍어 보자 한다. 세상의 온갖 잡소리가 으르렁거리는 이상한 기계음 속에 40분, 촬영을 끝냈다. 기사가 고등학생 때 제자다. 그가 하는 말이 몹시 귀에 거슬린다. "선생님, 상태가 안 좋은 것 같습니다." 아니나 다를까, 의사의 표정이 심상찮다. "뇌경색입니다. 빨리 치료에 들어가야 합니다. 바로 입원하셔야 해요.""예? 오늘 제삿날인데….""그래도 입원해야만 합니다." 의사의 어조가 매우 단호하다. 골든아워를 다툴 일이라는 걸 직감했다.

전광판에 붙은 사진 속에 뇌 한쪽에 땅콩만 한 하얀 반점이 또렷이 박혀 있다. 그게 뇌 속으로 연결된 혈관을 막는 데다 산소 유입을 차단해 주위의 일부 조직을 괴사시키고 있다는 것. 뇌졸중이라는 것이다.

충격이었다. 의사 지시대로 입원 절차를 밟았다. 졸지에 환자가 됐으니 세상에 이런 일도 있는가. 뭐가 뭔지 어지럼증에 머리가 빙빙 돌고 혼란스럽다.

후사 없는 제사라 마음이 씁쓸하다. 가족들도 놀랄 게 아닌가. 코로나19의 극성으로 문병도 통제됐다. 보호자 한 사람이, 그것도 병원에서 발급한 출입 카드를 목에 걸어야 입원실 출입이 가능하단다.

간호사가 팔에다 링거 두 개를 꽂는다. 투명한 비닐 주머니 속에서 약물이 호스를 타고 몸 안으로 끊임없이 주입되기 시작이다. 이쯤에서 영락없이 환자가 돼 입원실 침상에 누웠다.

입원실엔 보호자용 간이침대가 없다. 아내가 어떻게 밤을 보내야 할까. 내 침대 아래 밑바닥에 쭈그려 새우잠을 청해야 한다. 민망하기 짝이 없다.

뇌가 까딱하다 뇌출혈로 간다면 앞을 가늠하지 못할 것이다. 일단 일주일 입원해 병세를 점검하면서, 통원치료를 받든지 결정하게 될 것이다. 젊은 담당 의사의 이름이 여민주, 여 씨는 희성인데 제주에선 처음 듣는 것 같다. 쉽지 않은 인연이다. 의사가 하늘 같은 존재로 다가온다. 아들만 한 나이지만 하라는 대로 따라야지. 불청객을 안에다 들인 처지에 딴은 무슨 할 말이 있나. 빨리 내 안에서 나가거라, 네 갈 길 가라 으름장 놓아 가며 회유하다 고집불통이면 담판도 불사해야지.

바깥과 차단돼 있어 그런지 시간이 안 간다. 서른아홉 살에 위 수술받고 보름 동안 세브란스병원에 입원했었지만. 그게 언제인가, 마흔 해 전이잖은가. 질병으로 집콕이라지만 병원은 전혀 다른 상황, 다른 공간이다. 생각할수록 한심하다.

하지만 신세타령할 때인가. 중요한 것은 정신적 안정이다. 부질없는 글 쓴답시고 오랫동안 혹사해 왔나. 입원했으니 우선 내 머리를 쉬게 해야 한다.

아잇적 시름시름 앓고 있던 어느 날 동살 틀 무렵이었다. 어머님이 나를 우물가에 업고 가 우물물 한 대접 떠놓고 두 손 모아 빌었다. 뭐라 중얼중얼 알 수 없는 축원의 언사를 늘어놓는데, 대접 물 위에 별이 내려 반짝이었다. 그 별에 눈을 맞추는 순간 나는 왠지 울컥했고, 그날 밤 나는 날개를 달아 하늘을 날으는 꿈을 꾸었다.

새벽녘, 울담가에 섰다. 별이 내릴 때까지 손 모아 기다릴 것이다.

몸의 언어

책상에 앉았다 일어서려는데 오른쪽 발이 어깃장을 놓는다.

"못 걸어요." 다짜고짜 한 방에 사람을 겁준다.

"왜 그러지? 조금 전까지도 말짱했잖아?"

"말로 해야 하는 거요? 만날 하루 한시도 쉬지 않고 걷는 사람이, 그걸 누구한테 묻은 거지?"

이쯤 되고 보니 어리벙벙해, 할 말이 없다.

점검한다. 엄지발가락 부위다. 움츠렸다 폈다 서너 번 반복했더니 심하게 아프다. 일어서서 내디뎌 본다. 오른쪽 다리가 절름거린다. 엄지발가락 하나가 운신을 거부하고 나설 기세다. 다시 자리에 앉아 손으로 엄지발가락 위아래를 움켜잡고 주무른다. 씩씩거리는 아픔에 다리가 저릿해 온다. 다쳐 외상을 입은 것도 아니니 도대체 원인을 알 수가 없다. 아파도 자꾸 옴짝거려야 할 것 같다. 스무남은 번을 주물러댔을까. 아픔이 조금 눅어들 기세다. 이건 억지로 엄지발가락을 쥐어박는 식이다. 갑자기 손목이 삐면 반대쪽 손으로 주무르던 식인데, 그게 먹혀든 것인지 그럭저럭 낫는 게 아닌가.

소소한 게 아픔을 키울지도 모르나 지레 겁먹지 않는 내성耐性에 대한 자신감 같은 게 내 안에 뒷심 좋게 들앉아 있는 듯하다. 좋은 건지 나쁜 건지 나도 잘 모르겠다. 가까운 동네 의원이라도 찾아가려 않는 건 문제다.

내겐 몸을 관리하는 특별한 방법이 없다. 하루 한 번 걷기운동을 하는 게 유일하지만, 일관성을 유지하는 편이다. 걷는 게 몸에 좋다는 건 의학적으로 검증된 것이라, 그걸 믿고 오로지 그 하나에 매달린다. 하지만 연일 34도를 오르내리는 불볕더위라 오늘은 걷기에 나서지 않았다. 얼굴에 끼얹는 하오의 복사열은 끔찍하다. 무리하다 주저앉으면 낭패다.

"오늘 하루를 쉬어라."

몸이 호령을 내리는 바람에 눌러앉고 말았다. 밑지는 것 같아도 이건 돈 몇 푼 남고 손해 보고, 이익을 따지는 장사가 아니다. 몸이 쇠해 자칫 잘못해 넘어지면 일어나지 못할 수도 있다는 예감이 몸 어느 구석에 자리해 있다. 요즘 그걸 느껴 간다. 몸이 가만둘 리가 없다.

제일 위중함을 느끼는 게 숨이 끊어질 것 같은 무호흡의 징후다. 7, 8초쯤일까. 느닷없이 와 있곤 하는 적신호, '지금 내가 잘못되는 건지도 몰라.' 점멸하는 그 짧은 시간이 길디길다. 몇 년 전 자기공명영상 촬영을 했지만, 의사의 소견은 명쾌한 듯 애매했다. 병을 가장 잘 아는 건 본인이란 믿음이 강한 나는 기어이 처방을 내놓았다. '매일 걷기운동을 한 뒤 아령을 드는' 것. 아령은 몸 전체를 세차게 흔들어 놓아 세포를 생동케 할 것이라는 확고한 믿음이 있다. 그걸 들면 몸이 피를 활발히 흐르게 할 것이라 그 흐르는 소리 '콸콸'이란 의성어를 좋아한다.

내게 이만한 신뢰 관계가 또 없다. 아파트로 이사해 입구 쪽 숲 그늘에서 아령을 들고 있다. 밖에서 드는 게 좋다는 몸의 언어를 즉각 실행에 옮긴 것이다.

음습하고 불유쾌한 그 무호흡 증상이 헐거워지는 낌새다. 두어 달에 한 번쯤, 숨이 넘을 듯하던 무호흡의 시간도 2, 3초로 짧아졌다. 지켜보던 몸이 한마디 훈수한다. "물의 흐름을 보느냐?"

일어서려니 엄지발가락이 몹시 아프다. 퍼뜩 스쳐 지나는 소리. '불볕 펄펄 끓는데 오늘은 걷기를 쉬어라.' 분명 몸이 제동을 걸었을 것이다. 명령 복종이다. 오늘은 걷기를 쉬기로 했다.

섬이 불타는 것 같다.

김 교수님의 노후老後

김형석 교수님은 올해 99세로 백수白壽
이시다. 〈노철학자 · 노 수필가님 말씀〉을
인터넷으로 읽었다. 마치 옆에 앉아 듣는
듯 맑고 명료했다. 읽는 동안 행복했고, 세
상일 까맣게 잊을 수 있었던 건 덤이었다.

도산 선생의 강의를 직접 듣고, 〈별 헤는 밤〉의 윤동주 시인과는
평양 숭실중학교에서 동문수학했다는 교수님. "고령인데도 나무처
럼 꼿꼿하다. 틀니나 보청기, 지팡이 같은 노년의 그림자는 없었다."
는 글쓴이의 말이다.

지난해 펴낸 〈백년을 살아보니〉는 10만 부가 팔렸다 하고, 이어
지는 집필에 계속해서 강의를 한단다. 일주일에 서너 번이라니 참
노당익장老當益壯한 어르신이다.

김 교수님은 지난 백년, 한 시대를 증언할 수 있는 철학자다.
1920년에 평남 대동에서 출생, 25세에 광복을 맞이했지만, 환희는
짧았다. 그럴 수밖에 없었던 게, 공산주의를 경험하다 월남했고, 30
에 6·25전쟁을, 40대엔 4·19의거를 목격했다.

2017년 6월 연희동 단독주택 교수님의 책상 위엔 200자 원고지와 펜, 국어대사전 그리고 돋보기가 놓여 있었다고 한다.

고령에 일하는 게 진력나지 않느냐고, 무례한 질문을 던졌다 한다. 대답에 녹아 있는 노 교수님의 노후가 노란 은행잎처럼 나풀거린다.

"여든 살이 됐을 때 좀 쉬어 봤는데, 노는 게 더 힘들더라. 내게는 일이 인생이다. 남들은 늙어서도 그렇게 바쁜데 행복하냐고 묻지만, 그들이 생각하지 못하는 행복이 뭔고 하니, 내 일 덕분에 무엇인가 받아들인 상대방이 행복해하는 걸 보게 된다. 그게 곧 내 행복이다." 그만하려던 말조차 잊고, 자신을 추스르기 힘들었단다.

대부분의 사람들은 행복과 성공을 동전의 양면처럼 생각한다는 것. 그러니까 성공한 사람은 행복하고 행복한 사람은 성공했다고 여긴다. 노 교수의 생각은 사뭇 달랐다. 그런 시대는 이미 지났다는 것이다.

손녀가 미국에서 MIT(메사추세츠공대) 졸업, 애플에 취직해 무한경쟁 속으로 뛰어들었다고는 하지만, 성취하면 또 다음 과제가 주어지고, 또 그러고. 안 그러면 밀려나는 세상 아니냐 한다. 성공한 것 같아도 행복하진 않은 것, 끝나지 않은 등산 같은 거라며.

밖에 나가면 수필 쓰는 교수로 통한단다. 철학과 교수들은 '궤도밖 외도'라 하고. 철학계 삼총사라 불리는 고 안병욱(숭실대)·김태길(서울대) 교수한테도 그랬었다고.

그러면서 요즘 철학에 대한 기대는 낮아도 인문학에 대한 기대는 확대됐다는 게 노 교수의 깊은 속정이다. "상아탑이 학문의 전부는 아니다. 사람들이 내 책이나 강의에 행복해하면 그 기운이 나한테 돌아온다. 그러니 출간도 하고 강의도 하게 되고, 그러는 것이지."

미국 사는 딸이 아들·딸·사위 모두 정년퇴직했는데, "아버지 혼자 일하신다."는 얘기를 들으며 행복하단다. "전엔 아들·딸들이 용돈을 갖다주었는데, 가족이 식사하면 저들이 계산하고. 한데 요즘엔 (돈 버는) 아버지가 내세요." 한다며 웃는다.

"이승만 박사가 실패했는데, 소인배와 아첨꾼을 썼기 때문이에요. 박근혜 전 대통령은 편 가르기를 했어요. 내 사람, 같이 일할 사람, 영 아닌 사람으로 나눴고, 아닌 사람은 당내에서까지 내쳤지요. 그렇게 분열되면 정치 못해요."

그 연치에 2층 방을 하루에도 몇 번씩 오르내린다고 하고, 일주일 세 번 수영장에 간다니 정신이 번쩍 든다. 늙는 사람에겐 생활 자체가 운동을 동반하는 것이어야 한다는 육성이 싱그럽다.

"사람은 성장하는 동안은 늙지 않아요." 그래서 60분 정도 강연은 서서 한다.

이제 고작 노인 청년, 교수님의 이 말에 낯이 활활 달아오르더라고 했다.

보청기

머리 감다 물이 귀에 들어간 게 화근이 됐다. 이비인후과 전문의 말에 바짝 쫄았다. 이럴 수가.

"고막 파열로 구멍이 났어요."

내 귀는 그 후로 퇴행에 가속페달을 밟기 시작했다.

청력에 문제가 생겼다는 진단이 나오면서, 의사의 권유로 결국 청력을 보완하기 위해 귓속에 보청기를 넣기로 했다. 귀 안으로 쏘옥 들어가는 앙증맞게 작은 놈이다.

내 귀가 이 이물질을 받아들인 지 3년째인가. 처음엔 잘 들리더니 요즘엔 넣은 건지 안 넣은 건지 어정쩡하다. 녀석이 소리를 제대로 증폭시키지 못하는 것 같다. 속에 녹두알 만한 건전지를 끼우면 에엥 신호 따라 귀가 확 열려 오는데, 이젠 들리는 둥 마는 둥 존재감이 미미하다. 보청기를 갈아야 할 때가 된 걸까. 최소 150만원이니 가계에 주름께나 늘게 생겼다. 그것 참, 조금만 더 도와주면 어디가 덧나나.

그새 습관이 돼 보청기를 빼면 소리가 안 와 적막공산에 든 것 같다. 갑자기 세상에서 손이라도 뗀 듯 허탈하다. 숱한 인연들을 어찌하랴. 소음에서 자유로운 것은 좋으나, 세상의 소리에서 배제된 건 언짢다. 이제까지 많은 말을 들었고 수많은 소리에 에워싸여 살았으니, 소리에서 멀어져 있어도 된다고 할지 모른다. 그렇게 돼서 좋아할 사람은 세상에 없을 것이다.

절집 마당을 들어서며 풍경소리를 들어야 하고, 계절을 지나는 바람 소리, 새소리도 들어야 사람으로 사는 것이다. 꽃이 피고 지는 소리, 앞산 눈 녹아 개울 흐르는 소리, 길 건너 파도 소리. 소리를 떠나 있으면 고적하다. 상상하지 못해 그리울 수밖에 없는, 이 모든 자연의 소리, 소리들.

요즈음 나에 대한 배려로 가족들이 큰 소리로 말을 한다. 나도 그만큼 큰 소리로 대응하고 있을 것이다.

하지만 소리를 대신하는 소리 아닌 소리도 있다. 사람의 말은 표정으로 짓으로 눈빛으로 할 수도 있다. 완벽하지는 않아도 소통은 되니 보청기가 꼭 필요한 건 아니다. 다만 이제 사람의 소리건 자연의 소리건 놓치지 않고 살았으면 하는 것이다. 나를 둘러싼 많은 것들과의 화해를 위해서라도 외계의 모든 소리를 듣고 싶다.

'소리샘보청기', 오래전에 갔다 온 그 가게를 찾아야겠다. 넣어도 잘 들리지 않는다면 새것으로 갈아 넣으라 할 것이다.

그러면 갈아 넣어야지.

병을 안고 산다

아내가 오른쪽 어깨 통증을 안고 산다. 의사는 어깨뼈를 이어 주는 인대 다섯 개가 전부 망가졌다면서 수술을 받아야 한다고 권고한다. 외과 말고는 치료 방법이 없다는 것이다. 그런데도 한사코 수술을 안 받는다는 아내. 내 설득마저 먹히지 않는다.

보통 수술이 아닌데, 오랜 기간 재활 치료도 어렵거니와 수술이 잘못돼 재수술을 받는 경우가 적지 않다는데, 그 고통을 어떻게 감당하느냐는 게 아내의 입장이고 주장이다. 의논을 잘 섞는 사람인데, 이 문제에만은 아주 완고하다.

통증이 우심하다. 비 오는 날에 더 심한 것은 공기가 습하기 때문이라는데, 그렇게 일기가 불순한 날엔 통증으로 신음하며 온몸을 뒤틀 정도다. 통증으로 잠 이루지 못해 뒤척이는 걸 지켜보며 가슴을 쓸어내린다.

뼈 쑤시는 데 먹는 약만으로 안 돼 밤마다 어깨와 팔 사이에 '냉파스' 두 장을 붙인다. 하루도 거르는 밤이 없다. 통증을 조금이나마

완화시키려는 임시변통이다. 파스를 붙여 주려고 다가서면 벌써 손사래를 치고 있다. 허구한 날 저대로 해 온 것이라 하던 손이 해야 성에 차는 모양이다.

'이걸 붙이기 시작한 지 얼만데? 이제 어림짐작이지만 잘만 해요.' 왼손은 잘 안 듣는 쪽인데도 두 장을 위아래로 딱 제자리에 갖다 놓고 손바닥으로 쓸어내리고 있다. 둥근 얼굴이 웃고 있어 나도 같이 웃지만 웃음이 아니다. 속울음이 밖으로 터져 나오지 않게 막아 나서는 방편일 뿐.

이 사람 아주 독한 사람이다. 그 아픔을 참고 견뎌내고 있지 않은가. 내가 걱정한다고 요즘에 어깨 통증이 심하다는 얘기는 일절 하지 않는다. 이를 악물고 있을 것이다. 평생 나를 위해, 집안을 위해 헌신해 온 사람이다. 밤낮 병을 안고 사는 아내가 너무 가엾다. 이 착한 사람이 인생 말년을 또 고통 속에 살고 있다니, 가슴을 치지만 답이 없다.

창에 비친 저녁놀이 고운데, 오늘도 아내와 나란히 앉지 못한다.

아령을 든다

　아령을 든 지 근 30년이다. 운동이라고 하는 게 이것 하나라 1년, 2년 하다 보니 햇수가 쌓였다. 나는 거의 매일 걷는다. 걷고 돌아오면 아령 들기를 버릇해 어지간히 굳은살이 박혔다.

　팔 굽혀 펴기, 옆구리로 들었다 내리기, 위에서 팔 굽혀 펴기, 위아래로 흔들기, 양옆으로 휘두르기, 잡은 채 좌우로 흔들기, 가슴 위로 번갈아 오가기를 30번에서 50번을 반복한다. 한겨울 눈발 성성한 날에도 민소매 런닝 바람이다. 그래선지 독감에 걸린 적이 별로 없으니, 내게 맞는 운동이라 굳게 믿고 있다.

　들고 나면 몸이 아주 개운하다. 팔뚝이 불쑥거리면서 힘이 솟아 젊음을 되찾은 것 같다. 가만 생각하니, 그동안 큰 병 없이 무탈하게 지내 온 게 이 아령 덕일 것이다. 한쪽이 6.7kg라 과도한 것 같지만 몸도 만만찮다. 눈 내리는 날 강풍 속에 마당에 나서서 곱은 손 호호 불어가며 '하나 두울 세엣…' 하고 무거운 쇳덩이를 들었으니, 몸이 탄탄해지지 말란 법이 없다. 한두 해인가. 무려 30년이다.

　오래전, 건강진단에서 '부정맥不整脈' 진단을 받은 적이 있다. 숨이 끊겨 6~7초 무호흡이 이어질 때의 그 축축하고 불유쾌한 기분에

서 나는 죽음이 서성거리는 그림자를 보았던 것 같다. 그런 증상이 주기적으로 몇 번 거듭되면서 죽음에 대한 공포를 느꼈다.

직감이 있었다. '아령으로 몸을 흔들면 어떨까. 피가 펑펑 소리 내며 돌아가게.' 무슨 계시였을까. 그 부정맥이 까마득히 멀어져 가질 않는가. 나는 이 변화가 계속 아령을 든 데서 온 인과율이라 굳게 믿고 있다. 그런 의식은 나를 아령에 집중하게 이끌었다.

아령을 들려면 먼저 걷기운동을 해야 한다. 비가 오나 눈이 오나 바람이 부나 나는 하루 한 번 걷기에 매달려 산다. 좋은 습관이 건강을 만들어 가고 있는 것 같다. 마음을 움직이면 되는 일이다.

요즘처럼 35도를 오르내리는 폭염에도 하오의 열기가 식기를 기다려 걷기에 나선다. 몸이 후끈거리지만 걷고 아령 들고 나서 샤워하고 난 뒤의 청량감을 무엇에 견주랴. 돈 주고도 살 수 없다.

아파트에 이사와 한때 아령을 들 마땅한 장소가 없어 주춤했다. 쇳덩이 부딪치는 소리를 실내에서 낼 수 없으니 밖에 나서야 한다. 몇 군데 더듬다 입구 회양목 바자를 두른 안쪽 작은 공터를 잡았다. 오가는 주민들이 웬 늙수그레한 사람이 큰 쇳덩이를 드는가 눈을 주지만 나쁘게 보지는 않을 것이다.

아령이 내 건강을 지킨다. 녀석, 화단 회양목 그늘이 새 보금자리다.

약

약을 이렇게 먹어도 괜찮을까. 약이 지나치면 독이 된다고 하는데….

아내와 나는 매일 약을 입에 달고 산다. 먹는 약이 참 많다.

혈압약, 감기약, 건위제, 뼈 쑤시는 데 먹는 약, 어깨 통증 억제약, 아로나민 골드, 인사돌, 콧물약, 진해제, 수전증약, 지혈제, 뇌경색 이완제, 어깨에 붙이는 냉파스, 정관장, 민간요법약 구지뽕 조청…. 약봉지를 전부 들어내 일일이 보지 못할 지경인데다 그 속엔 이름을 알지 못하는 약도 몇 가지 더 들어 있다. 내외가 먹는 약을 구분하지 않고 나열한 것이다.

'늙으면 약으로 산다'고는 하지만, 이쯤 되면 위험 수위를 훨씬 넘는 건 아닌지 모른다. 작은아들이 개업의라 개 눈치만 살피며 지내는 형편이다. 안쓰러워선지 너무 오래 복용하고 있다든지 무슨 말을 하지 않고, 퇴근하며 가슴에 약봉지를 안고 와 웃기만 한다. 편안히 살려면 이만한 약을 필수라고 여기는 건 아닐 테고, 아리송하다.

상시 복용해 오는데도 약으로 인해 나타나는 별다른 이상은 없는 것 같다. 십 년도 더 된 일인데, 하고 약에 대해 두터운 신뢰를 보내고 있다.

불안한 게 하나 있다. 아내가 달고 사는 감기약은 몇 년을 내리 먹는 데도 기침이 간헐적으로 이어진다. 약을 지속적으로 먹으니까 기침이 덜할 것이긴 하겠지만, 과용하면 모르는 새 몸이 잘못돼 가는 건 아닌지 겁이 난다. 아마 그런 부작용이 없지 않을 것이지만, 그리 염려할 정도는 아니라 작은아들이 굳이 토 달아 얘기하지 않는 것 아닐까.

약의 효능을 실감해 온 나는 약에 관한 한 세심히 챙기는 편이다. 이 나이에 고혈압이 아닌 것만도 얼마나 다행스러운 일인가. 행여 자지레한 증상이 외려 혈압이나 고지혈 등의 문제를 유발할까 봐 신경이 쓰인다.

건강은 건강할 때 지켜야 한다든지, 건강을 잃으면 다 잃는다는 속담은 단지 속담이면서 자체가 빛나는 진리다. 말년에 가족에게 피해는 주지 말자 함이다. 오랫동안 병석에 누워 시난고난하는 일이 제발 없기를 소망하지만, 길흉화복은 사람 소관이 아니니, 몸에 잔뜩 신경을 쓸 수밖에 없다.

어차피 먹는 약들이다. 이제 중단하지는 못할 것 같다. 과도한 것을 모르지 않지만 앞으로 이곳저곳 아픔이 심해 또 새 약을 먹게 되지 말았으면 좋겠다.

식후는 약을 먹는 시간이다. 각자 머그잔에 그득 물을 받아 먹을 약을 꺼내 차례로 줄을 세운다. 혹여 빠진 게 없나 서로 눈 밝혀 확인해 가며. 오늘 하루를 무사히 건너기 위해.

소염다혜 少鹽多醯

김봉주 선생(전 중등교장)의 투병 얘기가 훈훈하다. 종편 방송 (A)에 내외가 출연해 화제가 됐다.

1982년, 건강검진을 받았는데 단백뇨가 나왔다. 서울 큰 병원에 가 재검한 결과 사구체신염, '만성콩팥병'이라는 것. "술·담배·커피를 멀리하고 과로하지 말고 스트레스를 피하고, 염분을 줄이고 체중을 일정하게 유지하라."는 의사의 소견에 눈앞이 캄캄했다.

고민 끝에 무염 음식을 먹자 결심한다. 소금이 안 들어간 음식은 거북하다. 맛없고 역겹다. 밥을 물에 말아 억지로 넘겼다. 어지럼증에 시달리다 3개월이 지나면서 현기증이 사라졌다. 음식이 입맛을 따라갔고, 자신을 얻었다. 오기가 생긴 것이다. 한발 더 나아갔다. 건강과 관련된 간행물을 찾아 읽고 현미밥에 길들이면서, 양조식초·참기름·마늘로 간을 맞추는 무염식 식단 개발에 천착했다. 출근길 그의 손에는 늘 아내가 조리해 준 도시락이 들려 있었다.

식이요법을 하면 살 수 있다는 신념이 굳어 갔다. 걷기운동을 병행해 매일 3Km를 뛰다시피 걸었다. 마음도 평정돼 갔다.

음식을 가려 먹는 건 쉬운 일이 아니다. 특히 회식 자리가 쉽지 않았다. 자신의 처지를 모르는 이와는 더욱 불편했다. 갈등도 많았다. 하지만 이것만이 살길이라는 믿음으로 참고 참았다. 자그마치 32년. "가족을 생각하면서 참았지요."

신장염을 앓는 이들이 수소문하면서 많이 찾아왔다. 자신의 경험을 털어놓고 실천하도록 당부했으나 실행하는 적었다. 대부분 일찍 세상을 등졌다.

그가 말하는 식이요법의 핵심은 '소염다혜少鹽多醯다'. 소금은 적게 식초는 많이'. 식초는 신맛으로 산성이지만, 먹고 나면 알칼리성이 돼 체질 개선을 크게 돕는다. 이제 그는 식초가 없으면 식사를 할 수 없다. 모든 반찬이 식초를 사용한 조리다. 그의 아내는 어느새 식초를 사용한 무침조리의 달인이 됐다.

한국교원대학교 구내식당에 특별 주문해 장기간 교장 자격 연수를 받았고, 외국 여행도 몇 차례 했다. 모험이었지만 아내의 치밀한 준비가 있어 가능했다. 반찬 가방 하나 더 들고 여정을 소화해 낸 것이다.

김 교장은 전문적 지식을 갖고 있지 않다고 겸손해 한다. 꾸준히 실천한 식이요법과 운동에서 터득한 경험칙이 있을 뿐이라고. 또 힘주어 말한다. 산은 오르는 자의 것, 몸도 마찬가지라는 것. 애쓰면 몸도 느끼고 감응한다고.

신장 투석도, 신장 이식의 효능도 20여 년 정도라는 게 의학의 정설이다. 그러나 그는 올해 일흔다섯, 100세를 예약했다. 그는 '몸신'이다.

정년 후 몇 년째 줄곧 숲 해설사로 뛰고 있다. 투석 한번 않고 살아있는 게 꿈만 같다고 한다.

아내에게 하고 싶던 말을 꺼낸다. "여보, 당신 덕이오. 사랑합니다!"

몸신 김 교장은 나하고 우정 어린 친구다.

먼지 세상

인간 세상을 풍진風塵이라 한다. 바람과 먼지가 강조됐다. 속된 곳, 곧 속세를 매우 적절히 비유했다. 바람이 먼지를 날리니 이것들은 한곳에 한통속으로 있다. 집 안으로 햇살이 들어와 공간을 비출 때, 떠다니는 먼지를 보면서 경악한다.

청소한다고 걸레질하다 기겁해 들숨을 끊어 숨을 죽인다. 반사적이다. '저것들이 몸 안으로 들어갈 게 아닌가. 병균이 득실거릴 텐데….'

아무리 청결하다 해도 세상은 먼지투성이다. 걸러낸다 해도 먼지를 물 먹듯 안으로 들이켜고 있다. 그렇게 먼지로 가득 채워진 세상에 숨 쉬며 살고 있으니 한심스러운 일이다. 그러면서도 병에 걸리지 않으려고 버둥거리고 있으니 참 용한 일이다. 게다가 백세를 노래하고 있는 걸 보면 인간세상처럼 희한한 곳도 없다.

우주선을 타고 달에 가고, 가공할 핵은 개발하지만 먼지와의 싸움엔 승산이 없으니, 과학의 한계다. 누구의 착상일까. 의사가 하얀 가운을 입는 것은 환자에게 먼지 천지를 가리려는 위장술(?)인지도 모른다. 가장 먼지 관리가 잘된 곳이 병원일 텐데, 며칠 지나 의사의 가운은 거무튀튀해진다.

먼지를 마구 받아들이면 몸이 고장을 일으킬 것 아닌가. 병에 걸린다. 그래서 먼지를 떨어내고 쓸고 닦고 씻어낸다.

창밖에 가 있던 눈이 창가에 서 있는 선풍기에 닿더니 뚝 멎는다. 세상에 이런. 첫여름에 꺼내놓고 샅샅이 씻어낸 것인데, 그새 웬 먼지인가. 먼지가 쌓여 너울거리고 있다. 내가 아주 먼지 속에 살고 있구나. 어쩔 것인가. 선풍기를 분해해 목욕시킨 뒤, 겨우내 비닐에 고이 싸 두는 수밖에.

청정기가 빙글빙글 돌다 고개를 번쩍 쳐들었다 재주를 부리며 집 안의 청정을 책임진다고 바지런 떤다. 파란 불 초록 불 빨간 불을 켜며 미세먼지 좋음, 나쁨을 보여주지만 시원치 않다. 먼지의 많고 적음을 제대로 헤아리기나 하는 걸까.

내일 아침 다시 진공청소기로 먼지를 빨아내고 걸레질을 해야 한다. 먼지와의 싸움이 일상이다, 사람이 만들어 낸 먼지 아니냐. 자업자득인 걸.

신문을 꼼꼼히 읽어요

아내가 활자를 가까이하지 않는다. 내가 문단에 등단하면서 몇 번인가 책 읽기를 권했지만 마이동풍이다. 한데 언제부터인가 신문에 나오는 내 칼럼을 읽는 낌새다. 활자를 가까이하면 치매 예방에 큰 도움이 된다는 권위 있는 전문가들의 얘기에 공감했을 법하다.

아내는 방송에서 아침마다 나오는 프로 '무엇이든지 물어보세요'를 즐겨 시청한다. 주부들에게 매우 유익한 프로다. 각종 요리에서, 질병 예방 치료며 몸 관리에 이르기까지 외연이 넓다. 치매에 대해서도 자주 시간을 할애하는 것 같더니, 두뇌활동을 활발히 하면 치매 예방에 좋다는 내용이 나왔을 법하다. 드디어 '활자'가 아내에게 꽂혔다. 두뇌활동에는, 활자를 섭렵하는 것처럼 좋은 게 없을 것이다.

아내에게 느닷없이 나타난 이 변화에 나도 눈이 번쩍 띄었다.

'그래, 책에 손이 가지 않는다면 일간지를 읽으라 해야지. 신문은 현실적인 사건 사고도 많이 다루니까 아내에게 안성맞춤일 거야.

그래야지.'

책을 읽으라 하지 않을 테니, 이왕 읽는 거 신문을 정치면에서 사회·문화면에 이르기까지 꼼꼼이 읽도록 권장했다. 아내는 TV에서 어지간히 선행학습이 돼선지 매일 신문을 받아 앉는다. 얼마 전 백내장 수술을 받아 작은 활자를 읽을 만큼 눈도 맑고 밝다. 타이틀만 읽고 넘어가던 이전과는 현저히 달라졌다. 요즘엔 손가락으로 글줄을 받쳐 가며 빼놓지 않고 읽는다. 놀라운 변화다. 나는 인터넷 의존도가 있어 대충 스쳐 지나지만 아내는 꼼꼼히 정독하고 있다.

내 말문이 막힌 때가 한두 번이 아니다. "아이고, 신문을 제대로 읽지 않았구나. 나한테만 그러지 말고 당신도 신문을 잘 좀 읽어요."

아내와 올해로 57년을 함께 살았다. 별것 아닌 것에 다투기도 하고, 생각이 틀려 씨근덕거리며. 그러나 우리는 사랑으로 오늘까지 버텨 왔다. 우리가 이뤄놓을 마지막 업적은 백년해로다.

끝까지 맑은 정신으로 서로를 바라보며 살고 싶다. 내가 아내의 얼굴을 잊어버려선 안 되고, 아내가 내 얼굴을 잊어버려서도 안 된다. 아내가 신문을 꼼꼼히 읽으면 치매를 물리칠 수 있을 것이다. 나도 늘 글을 쓰고 있으니 치매 같은 건 안 할 것이다.

아내가 볕 바른 베란다 창가에 앉아 일간지를 읽고 있다. 사뭇 진지하다.

산의 근육

거처를 읍내에서 시내로 옮겼다.

아파트 13층 베란다 창에 기대 창밖을 내다보고 있다. 남향했다. 한라산 정상 한 쪽이 눈에 든다. 산 오른쪽 어깻죽지 윤곽이 선명하다. 그림으로 보아도 채워진 전체는 아니고 한 부분만 내 몫인 셈이다. 구도가 쪼개 졌으니, 풍경이라기보다 정물이라 해서 좋다. 그래야 정겹다.

여기 오기 전 오래 살던 시골집이 자연이면, 이곳 아파트는 문명 이다. 도심 복판에 쌓아 올린 콘크리트 구조물. 자연과는 동떨어진 것이라 마음에 걸렸다. 시골에서 나고 자랐으니 그냥저냥 시골에서 생을 마감하리라 했는데, 종잡지 못하는 게 사람 일이다.

이곳으로 오며 긴장했던 게 한라산이 안 보이면 어떡하나 하는 것이었다. 이 섬에서 나고 자란 토박이에게 한라산은 내게 징표거나 삶의 좌표거나 지향이다.

단지 그런 상징적 존재로만 관념 속에 녹아 있지 않다. 아침에 집을 나서며 제일 먼저 눈 맞추는 게 한라산이다. 가끔 쳐다보기만 해도 듬직해 위안이다. 귀갓길에도 무심치 않아 다독이는 격려의 눈빛에 걸음이 가볍다. 기쁠 땐 단숨에 오를 듯 펄쩍펄쩍 뛰고, 힘들면 눈 들어 흰 허리 펴 주먹 불끈 쥔다. 슬퍼도 괴로워도 눈물 보이지 않는 산, 분노를 삭일 땐 앙가슴 쓸어내리는 손길이다.

다시 한라산을 바라본다. 눈에 오는 건 산의 정점에서 어깨로 흘러내리는 시작점, 그 아래는 앞 동 15층에 가려, 능선이 보이지 않아 아쉽다. 그나마 산 일부가 그림같이 떴으니 됐다 무릎을 치는데, 뜻밖의 발견이라니. 산 어깻죽지가 꿈틀거리고 있다. 살던 읍내보다 산이 훨씬 가까운가. 전에 못 보던, 그것은 분명 산에 팬 계곡이다. 골이 깊다.

앞으로 당겨 가며 또 눈을 보낸다. 아, 저 산의 근육, 숨 쉬며 꿈틀거리는 동세. 마치 보디빌더의 뱃살처럼 우둘투둘한 근육 덩어리. '산은 천년을 두고 저렇게 몸을 만들어 왔구나.' 강풍과 폭우와 폭설 속에 신산한 날들을 견뎌낸 자국들. 탱탱한 산의 근육을 바라보며 터져 나오느니 감탄, 감탄이다.

아침마다 베란다에 기대어 산과 대면하리라, 장엄해라, 산의 저 위용. 나도 불끈 주먹 쥐고 흔들면 꿈틀거릴까.

나이 들어도 정신은 젊다. 마음으로 안 되는 일이 없다. 한라산을 바라보며 몸을 일으켜 세우면, 요 주위 몇 마장 내달릴지도 모른다.

버려진 마스크

걷기운동으로 동네 한 바퀴를 도는데 버려진 마스크 몇 개가 눈에 띈다. 비 온 뒤라 어떤 것은 흙탕을 뒤집어 쓰고 있다. 왜들 이럴까. 코로나19가 돌기 시작한 지난 1월부터 9월까지 반년 넘게, 질병에 선제적으로 대응해 가장 손쉬운 수단이 돼 준 게 마스크 착용이었잖은가.

초기엔 마스크 구하기가 금 같았다. 약국 앞에 주민등록증을 가지고 끝자리 1 · 6, 7 · 2, 3 · 8… 5부제로 한 번에 석 장씩 배급받느라 길게 늘어섰었다. 그 긴 줄, 어렵게 구해 끼던 마스크가 흔해지자 이젠 무용지물로 보이는 모양이다.

하루 이틀 쓰다가 픽픽 버리고 있으니. 감소세라 하면서도 확진자가 세 자리를 그대로 유지하는 이 평행선을 흐지부지 보아 넘길 일이 아니다. 집단감염이 시작된 지 오랬는데, 더욱이 누구에게서 옮았는지 감염 경로를 전혀 알 수 없는 깜깜이 감염이 늘어나고 있어 여간 심각한 상황이 아니다.

두세 번의 대유행이 잇달아 다시 네다섯 번으로 이어지지 말라는 보장이 없는 게 질병이다. 질병에 무슨 유보나 온정 따위가 있을까. 위중 환자가 확산되고 있어 마음 놓을 수가 없다. 방역 기관과 의료진들이 희생을 무릅쓰고 헌신적으로 현장을 사수하고 있지만, 국민으로서 실천해야 할 것이 있다. 방역수칙 준수. 그중 마스크는 첫 번째이고 필수다.

길에 버려진 마스크를 보면서 실망감을 누를 수가 없다. 질병은 점점 기세를 올리는데 사람들은 환란患亂으로부터 상당히 이완된 것은 아닌지 걱정스럽다. 상식적으로 생각해도 그렇다. 2, 3일 쓰던 마스크엔 병균이 득실거리고 있을 게 아닌가. 병균에 감염될 대로 감염된 마스크다.

반드시 소독해야 한다. 완벽한 살균은 불태우는 것이다. 코로나19를 효율적으로 선제 대응해 질병 관리 선진국이란 찬사를 들었던 대한민국 아닌가. 명예를 훼손하는 일이 있어서는 안 된다. 우리는 할 수 있다. 2002 한일월드컵 4강 신화를 상기할 일이다. "대~한민국~ 짝짝짝 짝짝".

눈도 피로합니다

올해 들어 집안일을 돕자고 나섰다. 아내가 이 일 저 일 가사 범절을 혼자서 하고 있으니 벅찰 게 아닌가. 소소한 일들이야 같이한다지만 늘 말이 앞선다. 말이란 게 부풀리고 꾸미기에 오죽 익숙한가. 말의 속성을 모르지 않는다. 실천이 따르지 않으면 하겠다는 사람에게 진정성이 없거나 부족한 게 원인이다. 나중엔 작심삼일이라 자책하는 게 아니라, 작심삼일도 하기만 하면 안 하는 것보다 낫다로 돼 간다. 결국 용두사미가 되고 마는 것이다.

이번엔 달랐다. 자신을 혹독히 통찰하고 반성했다. 그래서 도달한 결론은 놀라운 것이었다.

"집 안 청소와 설거지를 내가 하겠소." 단순한 표방이 아님을, 아내에게 귀에 대고 육성으로 선언한 것이다. 전처럼 흥얼거린 게 아니라 의지가 나를 닦아세웠다.

정신 일도했으니 3~4개월은 잘했다. 게으른 습관을 쑥 빼놓진 못해도 청소도 뻔질나게 하고, 설거지에도 꽤 바지런 떨었다.

한데 크게 달라지지 않았다. 공교롭게도 이변엔 몸이 '뇌경색'이라는 충격적 진단을 받은 것. 절대 안정을 취하라는 의사의 소견에 따라 하루 한 번 나서던 걷기운동도 내려놓아야 했다. 청소와 설거지도 접었다. 병이 병인 만큼 관리에 들어가지 않으면 더 심각해질 것이 불 보듯 하기 때문이다.

조금씩 덜어 가던 아내의 피로가 다시 가중되기 시작했다. 몸이 조금 느긋해지려는데 다시 바싹 조이니 더한층 긴장했을 것이고, 내 병까지 겹치면서 더 힘겨웠을 것이다. 나 혼자 나이를 먹고 아내는 멈춰 있는 게 아니다. 내일모레 여든이다. 게다가 만성 어깨통증으로 부대끼는 중인데, 내 병 진단에 또 얼마나 충격을 받았을 것인가. 하루를 살아내기가 쉽지 않은 요즘이다.

오늘 늦지 않은 아침, 주방에 들어 있던 아내가 나를 부르더니, 오른쪽 눈꺼풀을 들어 속을 열어 보이는 게 아닌가. 웬일일까. 직감이 왔다. 흰자위가 발갛게 피로 물들어 있다. 한쪽은 동공을 덮고 있는 얇은 조직 일부가 일그러져 있다. 심상하지 않다.

어제 병원에 갔더니 의사가 "눈도 피로합니다. 물약을 투여하면 괜찮아질 거예요." 하더란다. 평생 가정에만 매달려 헌신하고 희생해 온 아내다. 아직도 쉴 겨를 없이 가사에 치이고 있으니 안쓰럽다. 가슴이 먹먹해 온다.

내가 빨리 나아야 한다. 내가 청소와 설거지를 맡아 해 주면 그나마 나아질 게 아닌가. 아내의 눈에 약을 넣으며 가까이에서 피로 멍울진 눈을 들여다보려니 고통스럽다. 아내에게 무슨 말로 위로할까. 한마디 말이 군색하다. 어쩌지 못하는 내 한계다.

PART 2

교감이 소통으로

마음의 눈

헤르만 헤세는 영감이 떠오르지 않을 땐 일주일쯤 눈을 감고 살았다 한다. 그러면 평소에 느끼지 못하던 감각이 살아나고 안 보이던 것도 보인다고 했다. '마음의 눈'이 뜨인다는 얘기다.

하지만 시각장애인은 경우가 다르다. 그들에겐 햇빛도 달빛도 별빛도 없다. 수련睡蓮처럼 빛으로 맞는 아침을 모른다. 어둠 속에 갇혀 사는 그들, 평생 앞을 못 본 채 생을 이어 가는 강고한 의지에 경탄케 된다. '본다'는 걸 상실하고 살아가는 것만으로도 경탄감 아닌가.

"눈을 감으면 저 멀리서/ 다가오는 다정한 그림자/ 옛 얘기도 잊었다 하자/ 약속의 말씀도 잊었다 하자/ 그러나 눈 감으면 잊지 못할/ 그 사람은 저 멀리 저 멀리서/ 무지개 타고 오네."

가수 이용복. 그는 시각장애인이다. 세 살 때 마루에서 떨어져, 또 일곱 살 때는 동무 썰매의 송곳에 찔려 두 눈을 다 잃고 실명했다. 고교 시절 가수로 데뷔해 비슷한 처지의 많은 이들에게 희망으로 떠올랐던 그다.

먼 데서 또 그의 노래가 들려온다. "진달래 먹고 물장구치고 다

람쥐 쫓던 어린 시절에….” 어릴 때 시력을 잃은 그가 먼빛으로 그려 보는 천진난만한 어린 시절이 애틋하다. “아름다운 시절은 꽃잎처럼 흩어져 다시 올 수 없지만 잊을 수 없어라.”에 이르러 얼마나 속절없고 애잔한가.

그는 겉눈을 잃은 대신 속눈, 마음의 눈을 얻었다. 혜세가 갈구하던 그것, 시각을 내주고 얻은 청각, 촉각 그리고 육감.

회상의 공간으로 그가 무대에서 노래하고 있다. 새까만 선글라스에 흰 양복 입고 통기타 치며 노래하던 미성美聲. 시각장애인이라는 관념 때문일까. 그의 노래를 들을 때면 적막하다. 세포 하나하나가 문을 닫고 숨죽여 귀 기울이게 하는 노래. 그의 노래엔 듣는 이 가슴에 일렁이는 슬픈 영혼의 울림이 있다.

몇 년 전, 그를 코앞에서 조우했다. “아버지, 차에서 내리고 있는 저기 저분 보세요.” 그를 얼른 알아본 것은 어릴 때 ‘어린 시절’을 즐겨 부르던 작은아들이었다. 텔레파시였을까.

2월 하순께, 성산일출봉이 눈앞인 유채꽃밭, 관광객들 발길이 이어지고 있었다. 둥그스름한 얼굴에 시간의 흔적이 묻어나지 않는 희고 매끈한 홍안. 그는 가족으로 보이는 여인의 도움을 받으며 승용차에서 내렸다.

그 순간, 언뜻 머릿속을 스치는 생각. ‘앞을 못 보는 분이 성산일출봉과 유채꽃을 보러 제주에까지….’ 나는 놀라는데 그는 태연했다. 예의 새까만 선글라스를 끼고 있었고, 몸 전체에서 느끼는 차분한 기운은 보통 사람과 전혀 다름이 없다.

앞을 보지 못하는 그가 무엇으로 아름다운 제주의 풍광을 볼까. 하지만 안타까워하는 건 나였지, 그가 아니었다. 그는 여인과 함께 노란 유채꽃이 남실거리는 돌담길을 끼고 찬찬히 걷기 시작했다.

그는 산을 보고 꽃을 느끼고 뭍으로 달려드는 파도를 보고 있었다. 분명 마음의 눈으로 보는 것 같았다. 그는 지금 성산포의 바다 냄새와 유채꽃 향기와 아직 한기 덜 걷힌 하늬바람의 칵테일을 즐기고 있을지도 모른다.

그늘을 걷어내며 몇 조각 흰 구름이 앞장서고, 그의 뒤로 첫봄의 다스운 햇살도 잰걸음으로 따라 나서고 있다.

가파도는 섬으로 풍경이다

강의 나가는 복지법인 춘강의 문학동아리 '글을 사랑하는 사람들의 모임' 회원들과 가파도 문학기행에 나섰다. 가파도는 30년 만이다. 그적엔 발동기선 타고 정신없이 휘청댔더니, 이적엔 여객선 타고 선실 좌석에 앉아 호사했다. 모슬포에서 남쪽으로 5.5km 떨어진 섬, 가파도 뱃길은 고작 10분이었다.

짧지 않은 동안, 섬이 많이 변해 있었다. 새 건물들과 알록달록 채색 단장한 슬레이트 지붕들이 눈길을 끈다. 파스텔 톤 무채색 옛 섬이 아니었다. 기억 속에서 한 조각 추억을 줍고 있었다. 배에서 내려 몇 걸음에 닿던 민박집 그 아이, 어느덧 중년이 됐을. 그때 초등학교 5학년 소녀 '파랑이'네 집을 도무지 찾지 못하겠다.

섬이 '청보리축제'로' 한껏 달떴다. 보리밭은 작은 섬인 걸 충분히 잊게 한다. 바람도 쉬어가는 청보리밭의 일렁이는 보릿결. 가르마 탄 길 따라 건들바람이 살랑대고 떼 지은 사람들이 바람과 함께 흐른다. 까르르 웃는 정겨운 웃음도, 두런두런 주고받는 다감한 말들도 함께 흐른다. 이 어인 조화인가. 지척에 굽이치는 창망한 바다가 보리밭으로 흘러들어 남실거리는 것만 같다.

　밋밋한 보리밭 언저리에 나무 몇 그루 섰으면, 그래서 해풍에 휘적댔으면. 그게　섬을 역동적이게 했을 텐데. 나무가 없다. 그래도 가파도는 섬만으로 풍경이다.

　가파도 문화는 이렇게 속살을 드러내 놓고 있었다.

　보리밭 초입에서 희한한 집과 만났다. 글로 쓸 수 있는 알맞은 그림기호는 무엇일까. 소라껍데기와 딱지로 도배한 집이라 하면 되나. 울타리에서 시작해 어귀며 사면의 벽에 이르기까지 온통 소라껍데기와 딱지를 붙여 놓았다. 어루만지다 몇 걸음 물러서서 보지만 그냥 손길이 아니다. 불규칙 사방연속무늬가 집을 예술로 완성했다. 마당엔 아이 주먹만한 모오리돌을 오밀조밀 깔았다. 고 작디작은 것들을 낱낱이 줄 세웠다. 보는 이들이 탄성을 지르며 어깨를 맞대 인증샷에 바쁘다.

　섬은 바다를 끼고 풍경으로 앉아 있었다. 해안 길 올레 10-1코스를 걷기로 했다.

　동네 벽들이 온통 해녀의 물질 사진을 붙인 상설 전시장이다.

영등굿 장면도 있다. 마을 사람들이 손으로 뜨고 그린 소품 전시장을 지나니, 눈앞이 바다다. 아이 키 높이로 둘러 바람 막고 해녀들이 언 몸 쬐는 불턱, 가족들의 무사 안녕과 풍어를 기원하던 할망당과 선사시대의 유물 고인돌 군락지, 학교와 교회와 대원사 절 마당에 서 있는 해수관음상…. 가파도는 예사 섬이 아니다. 곳곳에 시간의 흔적이 묻어나고 선인들 숨결이 배어 있어, 섬 전체가 자연사박물관이다.

해변 둔덕에 한창 자라는 키 작은 사철나무와 까마귀쪽나무들이 반갑다. 낮고 작은 숲이다. 잇대어 아기 솔들이 줄을 섰지만 바닷바람에 부대껴 벌겋게 떴다. 섬에 숲이 없는 속사정이 있었다.

바다를 끼고 공동묘지가 들어섰는데 이장하다 몇 기 남지 않았다. 이력을 아는 이의 귀띔으론 납골당에다 안치했으리라 한다. 장차 작은 섬에 무덤이 들어설 자리가 없겠다. 무덤을 방풍이라는 풀이 뒤덮고 있다. 묘역에 흔한 고사리나 산딸기나무가 아닌 것도 유별나다.

네 시간 머물며 가파도를 섭렵했다. 책 한 권을 읽은 만큼 머리가 꽉 찼다. 가파도엔 나무가 없다. 그래도 가파도는 섬으로 풍경이다.

동물, 영원한 타자他者인가

"쓰레기 분리수거장에 버려진 강아지를 발견했어요. 영하 10도가 넘는 혹한인데 담요에 덮여 낑낑대고 있지 뭡니까." 서울의 한 아파트 경비원의 말이다. 또 혀를 찼다. "이사하며 아파트 놀이터에 버리고 가기도 해요. 못 키울 거면 처음부터 거두질 말아야지."

결론부터 얘기하면 동물, 그들은 '타자他者'다. 단지 대상으로 존재할 뿐이다. 반려동물도 한가지, 그렇다면 '반려'란 말이 무색해진다.

그들을 죽이고 살리는 게 모두 사람의 필요에 의한 것이다. 경제 개발과 경제 성장의 논리로, 또 한편으로는 보호와 보존의 이름으로. 두 가지가 충돌할 경우, 판단 기준은 장기적 관점에서 어느 게 더 높은 부가가치를 창출하느냐와 상대적으로 적은 기회비용을 소요하는가다. 그게 그들의 운명을 좌우한다.

나는 극단적 동물애호가도 동물보호주의자도 아니다. 개를 키워 보고자 했으나 실패를 거듭했다. 그래도 식구로 만들어 본다고, 명색 진돗개를 새끼 때부터 애지중지 품었던 적이 있다. 목욕시키고 먹이 주고 함께 산책하고. 한데 녀석이 상견이 다 된 어느 날, 울 밖

덤불 숲에 가 오줌을 뉘는데 갑자기 내 손을 물었다. 변을 당한 것이다. 용서할 수 없었다. 홧김에 옆집 과수원으로 보내고 말았다. 뒤가 쓸쓸했지만, 반려동물과는 인연이 아니라고 접어 버렸다.

대문 지붕 위에 올린 작은 숲에 깃들더니 고양이가 새끼 한 마리를 낳았다. 어미 없을 때 틈틈이 우는 소리가 하도 애절해 생선국에 밥 말아 마당 구석에 놓자, 눈치 보던 녀석이 슬금슬금 와 먹는다. 경계를 허물며 다가왔지만, 냉정히 돌아서기로 했다. 동네 고양이들이 떼지어 어슬렁거리질 않는가. 한동안 칭얼대다 떠나갔다.

요즘 고양이가 세상 만나 번성하고 있다. 길 가다 음식물 쓰레기통 옆을 얼쩡거리는 길고양이들을 볼 때마다 갈등을 느낀다. 그때마다 고양이 팔자 상팔자란 말을 떠올리며 눈을 돌려 버린다. 저대로 살아가게 돼 있는 게 생명이다. 집으로 데려다 먹이고 재우지 않아도 되는 그들이다. 무관한 일로 치면 그만이다.

이런 것들은 내 삶을 구성하는 이율배반의 하나로, 양심과 이해가 상충하는 순간들이다. 하지만 차라리 사랑하지 않는 편이 훨씬 좋은 것인지도 모른다. 짐승은 짐승으로 차가운 대상의 세계에 남아 있어야 하는 게 아닌가. 괜히 사랑하게 됨으로써 사람이나 동물, 피차간 마음에 고통을 안을 게 뭐냐는 생각이다. 정신건강을 위해서도 이중 잣대가 필요하다.

반려동물을 기르는 인구가 1000만에 이른다고 한다. 덩달아 버려지는 동물도 늘어 10만을 넘어섰다 하고.

맡아 줄 사람 찾기가 마뜩찮은 긴 연휴에 동물 유기가 늘어난다

고 한다. 딴은, 반려동물에 대한 이해 부족 상태에서 키워 보고 싶다는 즉흥적·일시적 욕구나 충동에 따라 쉬이 사들이는 것도 문제다. 쉽게 손에 넣으면 정도 쉬이 식는 모양. 살아 있는 생명, 더욱이 '반려'를 산 채로 내버리다니. 죄의식이 없다면 심각한 일이다. 생명을 존엄하게 여기는 의식이 아쉽다.

　동물, 그들은 우리에게 영원한 타자인가.

도심의 까마귀 소리

제주시 연동과 노형동은 번화가의 중심부다. 구도심권에서 상권이 이곳으로 중심이동하면서 구제주는 텅 비어 한적해 버렸다. 제주의 명동이라 불리던 칠성로에 가게가 즐비하나 찾는 발길이 뜸하다. 그곳에서 바다를 매립한 탑동으로 이어지면서 남실거리는 갈맷빛 바다, 이런 풍광을 어디서 만날까. 이곳에 다시 사람들이 북적거릴 날이 올까.

길지 않은 시간에 달라진 제주시 도시 면모를 보면서 흐르는 시대의 물결을 실감한다. 예전 박정희 대통령이 당시 제주에서 가장 높던 KAL호텔(19층)에서, "저기에 신도시를 건설하라." 손가락으로 가리킨 곳에 탄생한 것이 새 제주, 말 그대로 '신제주'다. 처음엔 연동이 번화했으나 점차 도시 발전의 중심이 인접한 노형동으로 옮아왔다.

제주 동부의 읍내에 눌러살다 얼마 전 연동 아파트로 거처를 옮겼더니, 이곳 신제주가 도시 규모나 디자인이 서울이란 느낌이 들 정도다. 옛날 앞산에 꿩이 울고 감귤밭이던 땅에 빌딩이 들어서서 번잡한 도시가 됐다. 간판이 닥지닥지 붙고 관공서가 운집해 있으니 이런 변화를 일러 상전벽해라 할 것이다.

아파트에서 도시 외곽을 한 바퀴 도는 코스를 잡아 걷기운동을 하고 있다. 한 시간에 불과하지만 무리하지 않기로 했다.

오늘 폭염경보에 아랑곳하지 않고 걷고 있었다. 제주에서 제일 크다는 한라초등학교 울타리를 끼고 걸으며 땀을 훔치는데, 별안간 까마귀 소리가 들리는 게 아닌가. 번화한 도시에서 듣는 까마귀 소리는 색다르고 정겹다. 하지만 싸라기 흩뿌리는 제삿날, 하늬바람에 나부끼다 집 어귀 울담에 앉아 울던 옛날의 까마귀 소리와는 사뭇 다르다. 그때는 무엇엔가 촉촉이 젖은 소리였는데, 전신주에 숨어 우는 도시의 까마귀 소리는 목말라 카랑카랑한 금속성으로 들린다.

눈 치켜뜨니 한라산이 성큼 다가서 있다. 어릴 때 전쟁놀이 하던 동산같이 정답다. 확실히 이곳서 한라산은 가깝다.

저 까마귀들이 까치에 쫓겨 산으로 올라갔다지 않은가. 조상의 뼈를 묻으며 섬에 살아온 텃새가 섬에 온 지 일천한 것들에게 내몰리다니 말이 좀 이상하다. 영특하고 잽싸다는 까마귀인데.

번화한 도시의 거리에서 까마귀 소리를 듣다니. 흔히 도·농의 격차를 말하나 까마귀가 날아오는 하늘 아래라 사람 살 만한 곳이란 징표는 아닐지. 까악 까르르 까악 까르르. 건널목을 건너는데 등 뒤로 오는 까마귀 소리에 걸음이 리듬을 탄다.

제주도는 아직도 오래된 것들이 남아 있어 정다운 곳이다. 길가 모퉁이에 모도록이 분꽃이 피어 있다. 시골에서도 예전에나 보는 꽃이다.

분재盆栽

　　　　　　　　　푸른 수의囚衣 내던지고 초록으로 성
　　　　장盛裝했지만 갇혀 있습니다
넘지 못하는 견고한 검은 벽 안 영어囹圄의 몸입니다
그렇다고 질곡이라거나 정체라고는 생각지 않습니다
거세는 더더욱 아니고요
작고 만만한 변방이 아닌, 가장 현란한 핵심입니다
　　오금 못 추지만 내 영토에 엄연하게 앉아 확장의 야욕 일찍 버리
고, 세상 유람하는 허접스러운 꿈같은 것 접은 지 오래입니다
　　긍정하는 것, 수용하는 것이 넓히는 자유가 진정한 것임을 터득
한 지금입니다
　　쫄깃쫄깃 씹히는 달디단 제한적인 이 자유를 누가 재단했건 그
야 무슨 상관이겠습니까
　　나이 먹어 온 시간만큼 꼬이고 뒤틀리긴 했지만, 그건 어디까지
나 창조적인 연마입니다
　　날이 갈수록 어루만져주는 애무의 눈길에 매달려 나는 행복합니다
　　뻗고 치솟지 않는 내게도 하늘이 와 있고 밤엔 별이 쏟아지고 새

벽에 내리던 이슬이 언제부터인가 무서리를 불러 영그는 꿈 한 자락 밟고 앉았습니다

이런 세상에 생을 누리고 있는 걸 축복이라 여겨 울울해 하거나 구시렁거리지 않기로 했습니다

많은 말을 갖되 말하지 않는, 이웃 지은 돌에게서 배운 침묵이야 말로 무거운 내 존재의 무게입니다

말을 적게 하는 것이 아닌, 말하지 않을 것을 말하지 않는 미덕은 수식하지 않은 문장처럼 깔끔합니다

초조해 하거나 미적거리지 않고 암팡져 꼿꼿합니다

몸은 겹겹 남루를 감았지만 손끝은 옴짝거리며 날의 실과 씨의 실을 잣아 새로운 생명의 잉태에 늘 분주합니다

태어나는 순간순간 손끝에 이는 떨림이 속살 깊숙이 줄 하나 새겨 넣고 반 뼘의 키를 키움으로써, 당장의 이 왜소함도 어깨 떡 벌어져 거목 앞에 크고 딴딴합니다

세파에 얽히고설키면 야무지고 당차야 풀리는 게 갈등임을 알아 일찌감치 몸을 사렸지만, 정신까지 구부정한 건 아닙니다

나만의 노래가 있어 새가 노상 오지 않아도 슬프지 않습니다

바람이 머물다 가는 날이면 그 옛날 인욕의 기억을 훌훌 털고 일어나 아침 해를 향해 마음을 여미고 또 여밉니다

요즘 들어 노루 꼬리만치 짧은 여름밤에도 잠을 물리고 마당에 나앉아 별을 헤어 봅니다.

언제쯤 꿈 한 번 꿔 보려는 소망인들 왜 없겠습니까.

펫로스 신드롬(pet loss syndrome)

우리 집엔 강아지도 고양이도 없다. 개를 길러 보자 해 몇 번을 시도했지만, 고양이는 집 안에 들인 적이 없다.

개는 영물이고 아이들 교육과 정서를 위해 도움이 될 것이라 들였으나 다 실패했다. 반듯하게 집도 놓아 주고, 조석으로 먹을 것 잘 주고, 술 마시다 갈빗집에서 뼈다귀를 싸고 와 대접을 했는데. 가출해 돌아오지 않은 게 첫 번째. 한번은 털이 빠지는 병에 걸려 손을 못 써 옆집에 넘겼고, 얼마 전엔 진돗개 족보에 올라 있단 말에 그야말로 애지중지했다. 나서 한 달도 안 된 놈을 눈 가리고 데려다 품었다. 흰빛이 눈부셨다. 내 손으로 목욕시키고 마당을 돌며 놀아주다 목사리를 띄우고 산책도 했다.

두 해째던가. 울 밖 덤불 숲에서 쉬를 시키고 있는데 앙 하고 내 손을 무는 게 아닌가. 창졸간 일격을 당하니 하도 어처구니가 없어 녀석을 버리기로 했다. 충견까지는 바라지 않았지만 주인을 물다니. 그렇게 아꼈는데. 참을 수 없었다. 길 건넛집 과수원으로 보내 버렸다. 막상 떠나고 나자 서운했지만, 기억 속에서 지워 버리자 했다. 그 후도 먹이 그릇 들고 온 집 아이며 이웃집 아주머니를 물었다는 소문을 들었다. 다음 갈 곳은 정해져 있다. 고약한 놈인데도 마당 구석 매었던 유자나무에 눈이 간다. 정이란 그런 것인가 보다.

대문 지붕에 올린 보리밤나무 숲에 길고양이가 새끼 한 마릴 쳤다. 한 달이 지나자 어미를 찾는지 마당에 내려 구슬피 운다. 가여워 몇 번인가 접시에 먹을 걸 내줬더니 현관 앞까지 접근한다. 안으로 들일 뻔했는데 사태가 벌어졌다. 먹거리가 생긴 걸 눈치챈 동네 길고양이 여럿이 몰려들었다. 소름이 돋았다. 먹이 보급을 딱 끊었다. 새끼가 며칠을 두고 울었지만 마음을 닫았다. 동물들과는 그렇게 절연했다.

거둬 어쩔 것인가. 끝을 생각했다. 죽었을 때 내가 책임지지 못할 것 같아 아예 거두지 말자 단호했던 건 잘한 일이란 생각이다.

글방에 나오는 여류수필가 K에게서 작품 한 편을 받았다. 〈펫로스〉. 생소했다. 읽으면서 베일을 벗었다. '반려동물의 죽음'이란 뜻이었다. K는 반려동물을 사람으로 동일시하고 있었다.

"오래전에 내 품을 떠난 고양이 '톰. 비록 5일시장에서 데려온 아이지만 아름다운 목소리와 우아한 걸음걸이로 나를 매료시켰다. 소파 뒤에 들어가 조용히 쉬고 있다가 내가' 톰 어디 있어? 하면, 야옹하고 대답하면서 나오는 아이였다. 너무 어린 것 같아 예방접종을 미루고 있었는데, 어느 날부턴가 아이가 밥을 잘 먹지 않았다. 그것도 3일째나 지나서야 알아차렸으니 참으로 미안할 따름이었다." 그의 글의 일부다. 마지막 인사도 사랑도 나누지 못한 채 톰은 쓸쓸히 무지개다리를 건넜다고 슬퍼했다.

강아지와의 또 다른 이별을 겪었고, 지금 함께 있는 강아지 초코는 12살, 명이 얼마 남지 않았음을 알아, '이 아이를 잃으면 어떻게 살아갈까.' 하고 있다. 그러나 반려동물은 저세상에 먼저 가 주인을 마중한단다. "아이의 영혼은 늘 내 주변에 있는 것을 믿는다. 엄마에게 힘내라 응원할 것이다."에 이르러선 가슴 먹먹했다. 당연히 아이라 하고 있으니 화자는 '엄마'라야 하겠지만….

　　반려동물을 떠나보내고 겪는 상실감과 우울 증상이 '펫로스 신드롬'. 외상 스트레스 장애로 심하면 자살까지 한다니 끔찍하다. 집에 동물이 없는 나를 돌아본다.

거울 앞에서

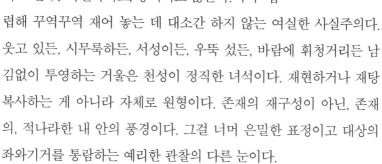

　거울을 보는 버릇이 있다. 로션을 두어 번 찍어 바르다 나를 똑바로 정시한다.

　허구한 날, 만만한 나를 거울은 받아들인다. 어느 한 곳 차별하지도, 놓치지도 않는다. 두루 섭렵해 꾸역꾸역 재어 놓는 데 대소간 하지 않는 여실한 사실주의다. 웃고 있든, 시무룩하든, 서성이든, 우뚝 섰든, 바람에 휘청거리든 남김없이 투영하는 거울은 천성이 정직한 녀석이다. 재현하거나 재탕 복사하는 게 아니라 자체로 원형이다. 존재의 재구성이 아닌, 존재의, 적나라한 내 안의 풍경이다. 그걸 너머 은밀한 표정이고 대상의 좌와기거를 통람하는 예리한 관찰의 다른 눈이다.

　보여주는 구상이면서 보이지 않는 추상이다. 꽃이나 나무, 새와 풀 그리고 하늘을 흐르는 구름도 붙들긴 하나 한계가 있다. 절정을 딛지 못해 주저앉고 만다. 그것들의 속을 드러내지 못한 채 팔부능선쯤에 몸을 사려 버린다는 의미다.

　촉발한다. 거울 앞에서 눈을 돌리는 것은 보이지 않는 것을 보기 위한 마음이 작동해 오기 때문이다. 눈을 떼면서 그것은 때로 자신의 속을 들여다보게 되는 뜻밖의 자기 응시로 이어지곤 한다. 수없이 반복되는 시도 뒤로 내가 나를 바라보게 되기를 고대하는 이 접근은, 나를 기쁘게 때론 우울하게 하면서 의식을 번쩍 깨어나게 하는 묘방妙方이다. 그런 족족 깨어나 앉으며 놀란다. 거울 속에서 웃음 짓고 있는 다른 내 얼굴엔, 주름이 골을 파고 골짝을 흐르는 시간의 노래가 닳혀 가는 귓전에 가물거린다. 기억의 회생 장치가 나름 싱그럽게 하는 가슴 뛰는 순간이다.

서편이 불그레할 즈음, 거울 속에도 놀이 탄다. 이런 날은 내가 붉게 물들어 놀이다. 불타는 내 한 생의 강렬한 반조返照. 꼼짝 않고 거울 앞에 선 채 녀석이 끄집어 낸 생애의 파노라마를 하나씩 빠뜨리지 않고 점호하듯 줄 세워 뒤적인다.

거울 앞에서, 그 앞에 부동의 자세로 서 있는 겸손한 나와 해후한다. 둘은 우애롭고 참 신실 순진 순직하다. 대화를 시작하면 며칠 밤을 뜬눈으로 새울지도 몰라 함부로 입을 트지 않는다. 딴은 그냥 묻어 두면 잉여의 시간이 더께를 씌울 것인즉 하루 한 고비씩 혹은 굴곡진 고비를 돌아가며 한 올 한 올 풀어내려 한다. 소소한 것이지만, 그것들은 더러 모질었던 내 칠십 성상의 우여곡절이라서….

거울에 먼지가 내려앉았다. 놀이 지기 전에, 온몸으로 닦으려 한다.

나무 이름

얼마 전, 읍내 동산 집을 팔아 시내 아파트로 둥지를 옮겼다. 30년을 살았던 집이다. 집에 든 정은 떼어 내기가 쉽지 않았다. 옛집이 새록새록 그리워 마음속으로 수십 번을 오갔다. 눈을 감고 한길에서 건널목을 건너 가파른 어귀를 지나 고샅에 서서 받은 숨을 고르노라면, 서너 집 너머 어서 오라 손짓하던 그 집.

두 아들이 대학생 시절부터 결혼할 때까지 한 가족 한 식구로 살았던 집, 그러니까 가장 오랜 시간 가족에게 '우리 집'이었던 보금자리, 그 집이다. 140평 부지에 건평 25평으로 작은 집이지만 그래도 읍내라 아늑했다.

그 집은 내가 손수 가꾼 나무들로 무성해 누가 별명을 붙였듯 '작은 수목원'이었다. 나무에 물 주고 가지 쳐 수형을 다듬으며 잔디 마당에서 잡풀을 뽑다 보니, 물 흐르듯 30년이 지나 있었다.

내 방 창 앞 백매화 망울 터트리는 1월, 첫 번째로 개화의 시절을 찍으면 개나리, 자목련, 영산홍, 산철쭉, 앵두, 천리향, 맥문동, 동백으로 이어지던 꽃의 파노라마. 거기다 나무들이 숲을 이뤄 개체가 무려 100을 헤아리던 곳.

　충청도에서 제주로 귀촌한 강 사장과 연이 돼 집을 넘기게 됐다. 실은 그분의 무남독녀 이름도 예쁜 강나루가 있어 흥정으로 이어졌다. 미술을 전공했다는 30대의 그 따님은 식물을 무척 좋아했다. 집에 살게 될 딸이 정원의 나무들을 탐내는 낌새를 알아차렸다. 계약서를 작성하는데 언제 정원의 나무 이름을 써 줄 수 있느냐고 했었다.

　집값 완불을 며칠 앞두고 집 이곳저곳 설명을 듣고 싶다 하므로 오랜만에 옛집에 갔더니, 그들 가족이 먼저 와 있다. 보일러, 심야전기 등에 대해 설명을 끝내는데, 강나루님이 나무 얘기를 꺼낸다. 잊지 않고 있었다.

　"선생님, 약속했잖아요. 정원의 나무 이름을 얘기해 줄 수 있죠? 지금요."

　"아, 그래요. 근데 어떡하죠? 명찰을 달았으면 좋은데 준비가 안 됐으니."

젊은 부부는 달랐다. 내가 정원 둘레를 돌며 나무 이름을 부르는 대로, 강나루님은 이름을 백지에 적고 그의 신랑은 스마트폰에다 차례로 나무를 찍어 담는다. 동백나무, 비자나무, 감나무, 유자나무, 단풍나무, 석류나무, 보리밤나무, 향나무, 소나무, 느릅나무, 팽나무, 오죽, 개나리, 자목련, 모과나무, 이팝나무, 오가피, 무화과, 꽃단풍나무, 종려, 소철….

나무들을 두고 떠나려니 발길이 떨어지지 않았지만, 좋은 임자를 만났으니 마음 든든하다. 젊은 부부가 번갈아 물 주고 가지 치고 잡풀 매고 흙을 북돋우리라. 집을 나오다 돌아서서 나무들에게 손을 흔들었다. 언제 볼 수 있을까. 떠난 집에 다시 오기는 어렵다. 이별해야 한다.

개 대접

서양에서는 개를 '견공犬公'이라 한다. '공公'은 작위爵位 반열이다.

사르트르는 노벨문학상을 거부한 것 말고도 같은 작가인 보부아르와의 계약 결혼으로 유명하다. 계약 결혼은 파격적인 것이었다. 화제가 된 게 있다. 사르트르가 별세하자 원고료 등으로 축적된 막대한 유산을 보부아르는 한 푼도 상속받지 못했는데, 개는 상속을 받았다 한다. 계약 결혼을 한 사이라 법적 부부의 지위를 인정받지 못했기 때문이다. 결국 유산이 개에게만 돌아갔다는 황당한 얘기다.

정도 차이는 있으나, 한국인들도 개를 어지간히 가까이한다. 마당에 놓아 기르던 옛날의 누렁이가 아니다. 데리고 놀면서 즐기는 애완견에서, 생각이나 행동을 함께하는 동무로 늘 데리고 다니며 같이 먹고 자는 자리에까지 와 있다. 반려견, 부부를 일생의 반려라 하는 바로 그 '반려'다.

애완과 반려의 차이는 더 현격해 요즘 개들은 천국에 살고 있다. 놀며 주는 것이나 받아먹는다 해서 '개 팔자 상팔자'라 한 것은 옛말이다. 곱게 입히고 온갖 치장에 심지어 일정 기간 투숙하는 전용 호

텔도 있다. 무슨 예방접종이니 하는 것은 웬만한 집에 기르는 개도 동물병원을 찾는 시중을 마다하지 않는 세상이다. 사람의 삶이라고 이만큼 호사스러운가 돌아보게 한다.

개를 영리하다고 영물靈物의 짐승이라 한다. 평균적으로 165개의 단어를 이해한다니, 아이와 비슷한 수준인 셈이다. 인간의 감정을 읽는 민감한 통찰력에 프로 운동선수보다 체력이 더 좋다 한다. 가장 빠르다는 그레이 하운드라는 종은 시속이 72km라지 않는가. 청각이 발달해 외부의 기척에 쫑긋 귀를 세우다 수상쩍을 때는 포악해지는 충직한 파수꾼, 예로부터 견마지성犬馬之誠을 다하는 동물로 사랑받는다.

한양으로 과거 보러 가는 주인을 따라가다 잠든 주인이 산불로 위험해지자 개울에 몸을 적셔 가며 주인을 살리고 지쳐 죽었다는 의견義犬 설화도 있다.

최근 유튜브에 올라왔던 영상, 〈주인을 보호하는 충성스러운 강아지〉 얘기.

중국 귀주의 길거리에서 주인이 교통사고로 기절했다. 길바닥에 쓰러진 주인이 걱정되는지 발을 동동 구르며 주위 사람들에게 '도와 달라'는 눈빛을 보내는 개. 쓰러진 주인 곁에서 꼼짝않다가 구급차가 도착해 신고 떠나려 하자 점프해 주인 곁으로 다가간다. 반려견의 충성이 감동적이다. 인간의 가장 좋은 친구는 반려견이란 말을 실감케 하는 장면이다.

서부유럽 여행에서 돌아와 10일 만에 집 앞에 내리는데 어떻게 알았을까. 특이한 소리를 내며 울부짖더니, 가슴팍으로 뛰어들던 옛 개가 생각난다. 사람인들 세상에 그렇게 반겨 줄 이 있을까.

한 젊은 여인이 승차권을 따로 사 반려견을 차에 태웠다 노인에게 심하게 꾸중 듣는 걸 인터넷에서 봤다. "사람 탈 자리도 없는데 개를 앉히나?"라 하자, "표를 끊었지 않아요?"라며 맞받고 있었다. 승차권을 끊어 개를 차에 태우는 시대다. 놀랍긴 한 세상이다.

한편 유기견이 날로 늘어나는 것은 웬일인가. 비록 짐승이라지만 아끼던 것을 함부로 버릴 수 있는 걸까. 모를 일이다. 책임질 수 없을 것이면 아예 연緣을 맺지 않았어야 한다.

우리는 퍽 하면 개를 화중에 올린다. "개 같다"느니, "개같이"라느니. 말 못하는 짐승이라고 개에게 덤터기를 씌워선 안 된다.

스스로를 돌아볼 일이다. 개에 덧대어 '개 같다'라 하면 그것도 구업口業이 된다. 개를 좀 대접하면 어떨까. '개만큼만이라도 하자'는 얘기다.

동기감응 同氣感應

그림은 풍수風水의 핵심 이론인 동기감응同氣感應에 민감하다. 동기감응이란 서로 같은 기운을 느껴 그 결과, 반응을 보이는 것.

풍수와 산수화는 모두 산山과 수水를 공통으로 하는데, 본래 그 기운이 같다. 풍수가 그림을 동기감응의 수단으로 봐 온 역사는 꽤 길다.

일찍이 중국의 종병(宗炳, 375~443)은, 잘 그려진 산수화는 보는 이의 눈과 마음을 화가의 그것과 감응케 한다고 했다. 좋은 그림은 인간을 구원하지만 나쁜 그림은 불행을 가져올 수 있다는 의미다. 빈센트 반 고흐는 풍수적으로 살펴볼 좋은 사례. 고흐도 그림과 인간 사이에 일종의 동기감응 관계가 있다고 봤다.

"한 장의 그림을 보고 흥미를 느낄 때, 나는 언제나 나도 모르는 사이에 이런 물음을 던진다. 이 그림을 걸어 효과가 있고 적당한 곳은 어떤 집, 어떤 방의 어떤 자리일까? 또 그것은 어떤 사람의 가정일까?"

반 고흐야말로 진정한 '대지의 화가'로 그가 그린 것은 '고정된 대지가 아닌, 꿈틀거리는 삶의 대지'였다. 풍수학의 입장에서 반 고

호의 대지관은 매우 흥미롭다. 풍수란 결국 대지를 어떻게 인식하는 가에 관한 것이므로.

어떤 이는 반 고흐의 그림을 '소용돌이 기법技法'으로 파악했으며, 그것은 사람들에게 몹시 흔들릴 정도의 '현기증'을 불러일으킨다고 했다. 반 고흐가 대지에서 본 것은 풍수 용어로 '광룡狂龍', 즉 미친 땅이었다. 땅이 미쳤는지, 그가 그렇게 인식했는지는 모른다.

반 고흐의 생애는 비극적이었다. 한때 세상에서 가장 고가로 주목을 끌었던 그의 대표작이 비극적이었던 것은 자못 흥밋거리다. 그가 죽기 몇 주 전에 그린 〈의사 가셰의 초상화(1890)〉를 두고 하는 말이다.

'가셰'는 반 고흐를 치료하던 주치의로 반 고흐처럼 정신과적 문제가 있었다. 이 초상화는 매우 우울해 보인다. 반 고흐는 의사 가셰를 자신의 내·외면적 '도플갱어'로 봤다. 봐서는 안 될 것을 봐 버린 것이다.

독일어인 도플갱어(Doppelgenger)란 판타지의 주인공들이다. 일종의 심령 현상으로서 이중으로 돌아다니는 사람, 또 다른 분신이요 복제다. 육체에서 빠져나간 영혼 자체라는 설이 있다. 도플갱어를 본 사람의 말로는 결국 죽음이다. 영혼을 잃은 육체는 오래 남지 못한다. 대처할 수 있는 효과적 수단은 안타깝게도 없다. 그런즉 〈의사 가셰의 초상화〉는 가셰의 초상화이면서 동시에 고흐의 자화상인 셈이다.

고흐가 죽은 지 100년 뒤(1990), 그림은 일본 기업가 사이토 료

에이에게 낙찰됐다. 낙찰가는 무려 8,250만 불(1000억). 그렇게 비싸게 사들인 이유에 대해선 설이 분분하다. 사이토 회장 대리인 화상畵商 고바야시 히데트는 "사이토 회장이 가셰에게서 자신의 모습을 보았기 때문"이라 했다 한다. 동기감응에 의한 도플갱어인가. 종당에 그림은 반 고흐·가셰·사이토 3인의 초상화인 셈이다.

사이토의 운명도 기구했다. 그림을 산 지 3년 뒤, 뇌물공여죄로 구속되고 회사는 도산했다.

분명한 게 있다. 그림에 대한 투자가 그의 몰락을 앞당겼다는 점이다. 1996년 그가 세상을 떠난 후 〈의사 가셰의 초상화〉, 그 비싼 그림의 행방이 묘연해졌다.

기억하는 존재, 식물!

　늦가을엔 가지치기를 해 웃자란 걸 쳐내고 수형을 다듬는다. 주로 낙엽수들이다.

　힘부칠 때쯤에야 나무도 아파할 것이란 생각이 든다. 톱과 가위로 뭉텅뭉텅 잘라내고 있잖은가. 망나니가 춤을 추는 것만 같아 멈칫하곤 한다. 잎 진 뒤 계절 앞에 고단한 나무들에게 이 웬 날벼락인가.

　미국의 피터 톰킨스와 크리스토퍼 버드의 공저 〈식물의 정신세계〉엔 신기한 얘기가 들어 있다. "식물은 아픔을 느끼는 생물이다. 외부로부터 높은 열을 받아 죽음에 이르면 동물이 숨 거둘 때처럼 경련을 일으킨다. 이산화탄소를 받아들이고 산소를 내보내는 게 식물인데, 이산화탄소 양이 과도하면 질식하고, 동물처럼 산소로 회생시킬 수 있다."

　하긴 20세기 초, 인도의 자가디스 찬드라 보스에 의해서 이미 밝혀진 것이긴 하다. 연구를 정리한 책이 나오자, 프랑스의 르 마탱지는 '어떤 여인을 꽃으로 때린다면 그 꽃과 여인 중 누가 더 아플까를 염려해야 할 판'이라는 기사를 내놓았다.

거짓말 탐지기의 일종인 검류계檢流計는, 약한 전류를 사람 몸에 대어 그 사람의 심리상태나 감정에 따라 바늘의 움직임을 그래프로 보이는 기구다. 이를 이용해 미국의 클리브 백스터는 식물에 대한 실험에서 의외의 성과를 냈다.

그는 사무실에 드러시너라는 화초의 잎사귀를 불에 태우면 어떤 반응을 보이는지 알아보고 싶었다 한다. 불을 생각하며 성냥을 찾으려 하자, 그가 몸을 움직이려는 순간, 놀라운 일이 일어났다. 화초에 연결된 검류계의 바늘이 갑자기 움직이고 그래프의 도표가 쭉 올라갔다. 그의 마음을 드러시너가 알았을까.

식물도 동물처럼 괴로워한다. 백스터가 한 실험 중에 이런 게 있다. 실내에 있는 거미를 사람이 잡으려 하자, 거기 있는 식물이 바로 극적인 반응을 나타냈다. 한번은 바다새우가 끓는 물에 떨어져 죽을 때마다 필로덴드론이라는 식물은 매우 강하게 반응했다. 필로덴드론은 볼티모어의 신문 선(Sun)지 기자가 자기의 출생 연도를 짐짓 틀리게 대답한 것을 짚어 냈다. 리더스 다이제스트는 사람의 거짓말을 알아맞힌 이 일을 기사화했다.

'범인 찾기'라는 실험도 있다. 두 그루의 식물이 있는 방에 사람이 들어가 하나를 뿌리째 뽑아 짓밟고 나왔다. 목격자인 식물에 탐지기를 연결하고, 누가 범인인지 모르는 5명 속에 가해자를 뒤섞어 한 사람씩 그 식물 앞을 지나가게 했다. 탐지 장치의 바늘이 범인이 접근하자 세차게 움직였다. 기억하는 존재, 식물!

식물의 오묘한 속내는 상상을 넘는다. 신경초神經草라고도 하는

미모사는 개미나 송충이 같은 해충이 줄기를 타고 오르면 재빨리 줄기를 들어 올리고 잎사귀를 접는다. 반사적인 움직임으로 침입자가 놀라 떨어지게 하는 것이다. 덩굴식물은 의지할 게 있는 데를 알고 그쪽으로 덩굴손이 더듬어 간다. 해 없는 밤, 서쪽으로 가 있는 꽃부리를 동쪽으로 돌려놓는 해바라기.

아리스토텔레스는 식물에도 영혼이 있다 했다. 식물은 몸이 상하면 아파하고 다른 동식물의 죽음을 슬퍼하며 사람의 마음을 읽는다. 또 사람과 고락을 함께한다. 한데도 인간은 인공위성을 쏘아 올리며 식물의 마음을 읽으려 않고 내뿜는 피톤치드만 쐬려 든다.

가지치기하다 멈칫한다.

게발선인장

시내 아파트로 이사하는데, 서운했던지 앞집 아주머니가 화분 하나를 선물했다. 그 아주머니 말없이 웃고 있지만 웃음 속에 담고 있는 마음을 알 것 같다. 앞길 건너 집이라 동네에서 가장 가까웠고, 마음 씀씀이가 좋은 분이다. 과수원을 크게 하는 집이라 겨울만 되면 컨테이너로 귤을 가져다주며 하던 말이 새삼 떠오른다. 마음이 넉넉했다.

"먹다 모자라면 또 가져다드릴게요. 선생님, 글 쓰시면서 많이 드세요. 예?"

아무리 이웃사촌이라지만 이런 인정은 쉽지 않다. 귤 한 알에 흘린 땀이 얼마나 값진 건가. 우리는 주는 대로 넙죽넙죽 받아먹기만 해 왔지 않은가. 무려 서른 해. 비 오는 날은 공치는 날이라 "언니, 커피 한 잔 줘서." 하며 우리 현관을 제집 드나들 듯 몸을 던져 가며 오던 분.

우리가 떠날 때 선물하려 진작 마음먹었을까. 네 뼘은 될 높직한 하얀 백자 화분에 선인장 종류의 식물이 심어 있다. 작은 체구에 어디서 솟는 힘일까. 아주머니가 그걸 들고 길 건너 와 우리 차에다 신고 손을 흔들더란다. 아내는 어느새 목소리가 촉촉해 있다.

화분을 아파트 베란다 옆 다른 화분들과 함께 놓았다. 입주시켰으니 이름을 불러 줘야 하는데 이름을 알 수 없다. 식물에 조예 깊은 지인에게 전화로 허공에다 손짓, 발짓해 다해 가며 설명했더니, 그 좋은 이름을 몰랐냐 나무라며 일러 준다.

'게발선인장'. 그러고 보니 줄기가 마디마디 붙어 나는 게 영락없이 게발을 닮았다. 마저 검색창을 두드렸다. 브라질 원산. 열대지역 습한 삼림에 분포. 적절한 온도 17~22도, 습도가 높은 게 좋음. 물주기가 까다롭다. 봄 주 1회, 여름 월 2회, 가을 주 2회, 겨울 월 1회. 복잡하니 메모해 둬야겠다. 열대산이라 온도와 습도에 예민할 게 아닌가.

정으로 건네준 아주머니를 떠올리며 잘 키워야 한다. 식물은 쉬이 목말라 한다. 목이 타게 물이 그리워도 찾아가지 못하기 때문이다. 제일 중요한 게 물주기, 다음엔 열대산이라 적당한 온도를 유지해 주는 일일 것이다.

늦가을 소슬바람에 긴 팔 꺼내 입는 날이면, 베란다 쪽에서 거실 안으로 들여놓을 생각이다. 녀석이 밤에는 많은 산소를 내뿜는다니 집 안 공기를 정화시켜 줄 것이다. 그렇다면 벽 쌓고 지붕 이는 게 아닌가.

옳거니. 아침에 보니 넉 달째인데 새 줄기가 끝마다 두셋씩 돋아났다. 왕성한 생장이다. 저 연둣빛 새 줄기들이 머잖아 도톰하게 진초록을 입어 가며 빛깔까지 진해질 것이다. 겨울에 꽃이 핀다지만,

성급히 올겨울 개화를 바라지 않으려 한다. 이 해 지나 내년이나 내 후년쯤이면 어쩌랴. 필 때가 돼 필 때, 이왕이면 진분홍으로 발갛게 피어라. 널 보내준 아주머니에게 꽃소식 전하게.

목화분

이름을 붙이기 쉽지 않아 궁리 끝에 '목화분'이라 하고 있다. 화분으로 태어난 것만 30년이 더 됐지만, 톱과 대패와 망치로 만든 게 아니다. 못 하나 박지 않고 지저깨비를 밀어낸 대패 자국도 없는 순수한 자연산. 산에서 내려오다 눈이 꽂힌 게 연緣이 됐다. 걸음을 멈추고 다가서게 했다.

나무의 무게를 이고 있던 밑동이었다. 그저 그런 거겠지 해 발끝으로 툭 찼다. 가벼운 발길에 쑥 뽑혀 나온 고목 등걸의 아랫부분. 무심결 두 손에 받쳐 들고 모양을 살폈더니, 웬걸 예사로워 보이지 않는다. 어느 해 비바람에 꺾여나가다 남았을까. 꺾이면서 난 요철凹凸이 그냥 솜씨가 아닌 자연의 손을 탄 거라는 느낌이 왔다. 하도 기괴해 손으로 두드려 보았다. 금이 가거나 몇 조각 떨어져 나갈 것 같은데 무슨 강골인지 끄떡없다. 돌처럼 단단하다. 나무로 살다 생명을 잃고 흙에 묻혀 있던 시간을 알 수 없으나 꽤 오래됐을 게 아닌가. 한데도 나무 같지 않게 돌덩이처럼 탱탱하니 이 무슨 나무인가.

버려선 안 될 것을 만난 게 분명했다. 배낭 속에 넣고 왔다. 흙을 털어낸다고 마당 바닥에 앉혔더니 반반한 게 그대로 화분이 아닌가. 무얼 심을까 뒤적이다 난을 심기로 했다. 동양란 두 뿌리를 좋은 흙을 넣어 심었다. 현관 신발장 위에 놓아 일주일에 두 번 물을 주었다. 음침한 데서 햇볕이 그리울 것 같아 간간이 테라스에 내놓고, 비 오는 날에는 그칠 때까지 빗속에 놓아 주곤 했다.

난을 키우며 꽃을 바라지 않는다면 솔직하지 못하다. 한 번만이라도 꽃을 보여주었으면 하고 갈원한다. 그러나 개화는 난의 마음이지 사람의 마음이 아니다. 그래도 언젠가는… 하고 눈을 맞춘다.

목화분에 난이 뿌리 내려 30년. 아무래도 녀석은 꽃에 무심한 것 같다. 여태 꽃 기별이 없다. 속 보이는 얘기지만 이따금 눈을 흘긴다. 그 세월에, 너무한 것 아니냐고.

한데 몇 달 전 시내 아파트로 이사하게 됐다. 아파트는 난을 키울 곳이 아니란 얘기를 정설로 믿어 온 나는 난실을 정리해 난이 가고자 하는 사람을 찾아 분양해 주고 몇 분만 갖고 왔다. 이걸 어떻게 할까 고심하다 갖고 오자고 했던 것.

애지중지해 왔으니 한 번은 꽃을 보여주리라는 은근한 기대를 버리지 못한다. 내 평생을 두고 꽃을 피울 텐데. 버리고 가는 것은 도리가 아니라 여긴 것이다. 덥석 손에 넣자 아내의 지청구다. "아이고, 한란까지 모두 놔두면서 그건 왜요?"

"꽃 기별이 있을 것만 같아서…."

꽃을 보여줄까. 설령 꽃이 피지 않아도 녀석은 이삿짐에 실려 온 난분 열 가운데 하나로 내 곁에 있다. 끝까지 같이 하려 한다.

분꽃

어릴 때, 무척 꽃을 좋아했다. 한데도 집엔 꽃들이 없었다. 어른들은 새벽 동살 틀 무렵 눈만 뜨면 밭으로 갔으니, 집에 꽃 심을 겨를이 있을 턱이 없었다. 그 이전에 꽃을 몰랐다. 집 마당 한구석에라도 꽃을 심어 가꿨던 경험이라곤 전혀 없었던 분들이다.

제주도는 바람이 심했고 토지는 박해 집에 있어도 밭 걱정으로 살아야 했다. 부지런은 하늘이 알아 농사를 거들었다. 가을에 좁쌀이며 산도쌀, 메밀쌀 몇 말이라도 더 거둬들이게 하는 게 하늘이라고 믿었다. 비가 오는 날에나 쉬었으니 비가 오지 않으면 집에 드는 날이 없었다. 그런 어른들 눈에 꽃이 보일 리 없었다.

집엔 네 살 손아래 여동생과 나만 있었다. 나는 열한 살 아잇적부터 꽃밭을 만들었다. 맨 먼저, 마당 모퉁이 울 밑에 아래 조그만 터를 내어 작은 돌로 경계를 쌓아 놓고, 동네 꽃 있는 집 아이를 꼬드겨 꽃을 하나둘 얻어다 심기 시작했다. 철철이 꽃이 피는 봉숭아, 분꽃, 접시꽃 금잔화, 맨드라미, 칸나, 국화…. 손이 미치는 것들로 채워 갔다. 눈부신 장미는 구하지 못했지만, 더 크면 내 손이 꼭 닿으리라는 꿈을 버리지 않았다.

물만 잘 주면 꽃들은 잘 자랐다. 봉숭아 꽃잎을 따 동생 손톱에 물을 들이는 것도 일찌감치 그때 배웠다. 신통했다. 동생에게 얼마나 자랑했는지 모른다. 키 큰 접시꽃은 돌아가며 오래 피는 게 신기했고, 금잔화는 향기가 맵게 진해 코를 들이대면 코끝이 얼얼했다. 소리 없이 숨어 피던 의젓한 꽃 맨드라미와 양하를 닮은 칸나.

울담을 덮으며 무성하던 꽃이 있었다. 분꽃. 분홍과 흰색이 어우러지던 이 꽃은 오후에 피기 시작해 지붕에 올리던 박꽃처럼 밤에 활짝 피는 게 신기했다. 열대엿 살 비바리들이 좋아했다. 꽃이 시들면서 맺는 탱탱한 까만 열매 속에서 분 냄새가 났다. 아니나 다를까 그 속엔 하얀 가루가 들어 있었고 분 냄새로 꽉 찼다. 화장품이 없던 시절 그 열매가 천연화장품의 원조였던 걸 크면서 알았다. 열매가 달리면 여섯 살 위 누나가 독차지했다. 그래서 이름도 분꽃이었다.

분꽃 같은 옛 꽃들이 해외에서 들여온 것들에 밀리는 시대다. 낯선 꽃들이 널린 세상이다. '울 밑에 선 봉숭아'가 간간이 보일 뿐, 예전의 꽃들이 해마다 사라져 간다. 웬만하면 시골집 주위를 밝히던 샛노란 황금색 금잔화도 만나기 어렵다.

오늘 아파트 담벼락을 따라 걷다 깜짝 놀랐다. 분꽃나무와의 해후. 흙을 비집고 온전하게 자라 많은 꽃을 준비하고 있었다. 얼마 만인가. 보폭을 넓혀 걷다 주춤 섰다. 이곳이 예전 시골길이라 그때 뿌리내렸던 게 지금까지 살아있는 걸까. 빌딩들을 짓느라 파헤치던 무서

운 장비의 이빨에도 살아남았으니. 놀라운 생명력이다. 선뜻 다가서
서 어루만지고 있었다.

저것, 어릴 적 내 꽃밭에 피었던 그 꽃으로 피어나고 있잖은가.
걷기운동을 하면서 늘 이 길을 걸으며 눈을 맞춰야겠다.

2천 년을 산다

　산꼭대기에서 혹독한 풍상을 몸으로 견뎌낸 위용 앞에 전율하다 경의를 표한다. 껍질이 벗겨지고 벌겋게 속살을 드러냈다. 지금 수壽 몇 년의 고비를 돌고 있을까.

　분재원 대형화분 속에 잔뜩 웅크리고 앉아 있는 걸 보면 자신이 속박받는다는 어설픈 표정 따위를 전혀 느끼지 못한다. 오래 몸에 밴 인내는 자유를 갈망하되 구속을 질곡이라 하지 않는가. 한 뼘 땅도 소중하다는 듯 아주 작아진 몸으로 순명順命하는 철인哲人의 모습 같아 모르는 새 흐트러진 옷매무새에 손이 가 있다.

　지천인 둘레의 나무들을 가슴에 품어 안을 듯, 금세 굽이굽이 살아온 역정 한 굽이 줄줄 풀어 놓을 듯, 침묵 속에 많은 할 말을 하는, 한 노인의 웅숭깊은 경륜으로 다가온다.

　주목, 마당이나 뜰에서, 작은 정원에서 늘 보는 나무다. 사람은 때로 가까이 있고 널려 있으면 별다른 존재감을 느끼지 못하게 산만하다. 희귀하지 않기 때문이다. 이런 사람의 타성은 숨어 있는 존재의 속내나 생명의 신비를 그냥 지나치기 쉽다.

　사람의 통찰력이 모자람을 꾸짖을 게 아니란 생각을 하는 게 평범해 보이는 주목의 맵시다. 소나무, 비자나무, 잣나무 등 침엽수는 많다. 무리 속에서 주목만 떼어내 신비하다면 뭔가 이가 맞지 않을 것이다.

눈에 날을 세워 주목을 톺아보게 됐다. 계기가 있었다. 주목을 '살아 천년, 죽어 천년'이라지 않는가. 그냥 나온 말이 아닐 텐데, '천년'이란 아득한 시간, 그것도 두 번을 거듭해 2천 년 아닌가. 살고 나서 또 죽어 합이 2천 년이란 화술에 끌려든다.

주목에게는 장수의 비결이 있다. 쉬운 듯 어려우니 묘리다. 아주 천천히 자란다니 쉬운 듯 어려운 그만의 생리다. 천천히 자라는 대신 뿌리를 널리 뻗어내리고, 나무가 훼손될 경우를 대비해 실뿌리들에 영양분을 저장한다는 것이다. 주목은 반음지식물이라 햇볕에 많이 쪼이면 빨리 죽는다. 일반적으로 나무들은 줄기가 크면 뿌리도 크다. 한데 주목은 줄기가 큰데도 뿌리는 실뿌리로 가늘다.

뿌리가 가늘어 물을 흡수하는 양이 적은 편이라는 것. 바로 이것이다. 뿌리가 가늘고 약하므로 물을 많이 주어도 한꺼번에 받아먹을 능력이 없다. 그래서 살기 위해 노력하다 보니 천년을 살게 되고, 내성이 생기면서 죽어서도 쉬이 무너지지 않는다. 빨리 성장하는 나무는 무너지기도 쉽다. 느긋이 천천히 자라면서 기초가 단단해야 오래 간다.

'살아 천년, 죽어 천년'을 되짚게 된다. 해마다 몰아치는 강풍과 폭우 그리고 혹한의 날들을 견뎌 천년을 살고 나면, 베어져 목재로 새로운 생명을 얻어 천년이 가도 변함이 없다 함일 것이다. 생명에게 2천 년의 수를 부여했다. 멀고 먼 긴 그 시간이 놀랍다.

주목의 목질은 단단해 뒤틀림이나 트임이 없다 한다. 값비싼 민속품 제작에는 주목이 으뜸으로 따를 나무가 없다. 으레, 살아 천년의 기품이 죽어 천년으로 흐르기 때문이 아닌가.

사람들은 이제 고작 백세시대라고 신바람 나 있는데, 주목은 무려 2천 년을 산다. 2천 년 수를 누리는 신비한 나무.

아름다운 미모사

　　미모사 공주는 아프로디테 여신도 질투할 미모를 지니고 있었다. 노래와 춤 실력도 대단했다. 그래서 교만해 겸손할 줄 몰랐다. 부왕이 그런 공주를 혹독히 꾸짖자 샐쭉해진 미모사가 어느 날 궁중을 뛰쳐나갔다. 궁 밖에서 화를 식히며 거니는 미모사의 귀에 어디선가 들려오는 리라 소리. 자신은 흉내조차 낼 수 없는 아름다운 음악이었다. 아름다운 선율에 이끌린 그녀의 귀에 낭랑히 시를 읊는 소리까지 들려오는 게 아닌가. 호기심과 질투에 휩싸인 미모사는 소리가 나는 쪽으로 뛰어갔고, 마침내 양치기 옷을 입은 소년과 아홉 명의 아리따운 소녀를 발견했다. 아, 눈앞에 환상적인 장면이 벌어져 있지 않은가. 소년은 지그시 눈을 감은 채 시를 읊고 소녀들은 그 둘레에 앉아 시 소리에 맞춰 리라를 타고 있다. 아름다운 소리, 눈부신 모습이었다. 난생처음 부끄러움을 느낀 미모사. 오도카니 서 있다 눈을 뜬 소년과 시선이 마주쳤다. 소년의 빛나는 맑은 눈을 바라보는 순간, 미모사는 부끄러움에 어쩔 바를 몰라 하다 한 포기 풀로 변해 버렸다. 소년은 풀로 화한 미모사가 측은해 손을 뻗어 어루만지려 했으나, 소년의 손이 닿자마자 미모사는 더욱 부끄러워 몸을

움츠리고 말았다. 소년은 아폴론이었으며 소녀들은 무사이 아홉 여신이었다.

신경초 한 그루가 내 책상에 놓여 있다. 살짝 건드리면 움츠러드는 풀, 신기하다. 신경이 민감하다고 '신경초'라 했을까. 6월 들어 식물을 좋아하는 가까운 문우가 가져다주었다. 작년에 이어 두 번째 받은 선물이다.

신화의 주인공이라 그런가. 놀랍게도 움직이는 풀이다. 손끝으로 톡 치면 밑으로 처지면서 잎이 오므라들어 갑자기 시든 것처럼 추레해 보인다. 멀쩡한 잎이 반으로 접히면 천적이 먹을 가치가 없다고 등을 돌리도록 유도하는 것이란다. 외부의 공격으로부터 자신을 보호하기 위한 방어기제, 생존전략이다. 재미있어 보이지만 저 딴엔 죽기 살기로 움직이는 것이리라, 움직이는 데 에너지가 소모되니 스트레스를 받는 모양이다.

원산지 브라질에선 다년초인데 우리나라에 와 일년초가 됐다 하니. 좋은 환경을 만들어 두세 해 같이 살아 볼까 했다. 겨우내 방에 놓고 물주고 공중분무도 해 봤지만 졸지에 시들어 버렸다. 녀석의 속울음을 듣지 못한 탓일 것이다.

검색했더니 한여름 연한 붉은색 꽃을 달아 신화 속 공주가 환생한 것처럼 아름답다고 한다. 내 손으로 꽃을 피워 미모사 공주를 만나고 싶은데 소관 밖 일이라 아쉽다. 흙이 마르면 물을 흠뻑 주며 함께할 수 있는 시간이나마 늘리고 싶다.

신경초보다 미모사란 이름에 끌린다. 어여쁜 이름이다. 신화 속 아름다운 공주, '미모사!'

전설의 심해어 돗돔, 낚다

KBS TV가 공감 스페셜을 통해 돗돔 낚시 장면을 실황으로 내보냈다.

공간적 배경은 부산광역시 영도구 남항동 바다. 주낙배보다 조금 큰 어선에 어부 5, 6명이 공동 조업하고 있다.

타이틀에 '돗돔'이 나와 있어 긴장했다. 어선이 포구를 나오는 장면부터 낚시를 던져 녀석을 잡아 올리는 힘겨운 장면까지 눈을 떼지 못했다.

노련한 어부들이라 돗돔이 출몰하는 포인트를 정확히 포착해, 배를 그 지점에 바로 들이댔다. 덩치가 워낙 큰 데다 수심 400m 심해에 살므로 신비해 '전설의 돗돔'이라 부르는 농어과 물고기. 깊디깊은 바닷속, 그것도 바위가 많은 곳에 산다니 듣기만 해도 경이롭다.

대형 선망어선에서 그물에 걸리기도 하지만. 현장에서 녀석을 포획하려 노리는 건 내로라하는 부산 영도의 낚시꾼들.

낚시가 돔 낚시의 스무 배는 될 것이라, 미끼로 꿰는 것도 갯지렁이나 갈치 고등어 조각이 아니었다. 살아 꾸물거리는 크고 긴 장어다. 낚싯줄을 던졌다. 어부들 눈이 낚시가 떨어진 지점에 따라가 꽂힌다. 숨죽이는 순간이다. 침묵 속 기다림의 시간, 시간과의 싸움이 계속된다. 왜 아무런 소식이 없나, 때가 됐는데 한마디씩 하는데, 드디어 신호가 왔다.

"걸렸다!" 두꺼운 낚싯줄을 잡은 손들이 줄을 당기기에 바빠졌다. 팔의 길이만큼씩 번갈아 되감고 다시 되감는다. "저기, 저기 보인다. 돗돔이 보인다." 또 한 번의 탄성이 파도가 소리보다 드높다.

돗돔이 바짝 끌려왔다. 덩치가 엄청난 놈이라 어부 다섯이 달라붙는다. "여차, 여차." 한 어부가 떡 벌린 돗돔의 아가미 사이에다 밧줄을 넣더니 올가미를 만들어 끌어올리는 데 성공이다. 배 안에 패대기쳐지자, 와와 환호성이 터진다. 흥분으로 들떠 있다. 한 사람이 옆의 도움으로 돗돔을 치켜 안는다. 여럿이 한 덩이가 돼 기념사진을 찍는다. 후레시 터뜨리는 소리로 갑판이 시끌시끌하다.

TV는 몇 차례 비슷한 장면을 번갈아 가며 보여주었다. 한번은 여덟 시간의 지루한 기다림 끝에야 한 마리를 잡아 올리는 쉽지 않은 작업이었다.

최고 길이 2m에 무게가 200kg나 되는 게 낚인 적이 있다는데, 520만 원으로 최고 낙찰가를 기록했다 한다. 고기 한 마리 값이다.

강한 여운이 있었다. 긴 기다린 뒤 어부들이 한 몸처럼 뭉쳐서 해내는 빛나는 협동정신. 너울 치는 바다 위에서 이뤄진 그들의 그 정신이 보석같이 빛났다.

하고자 뜻을 세우면 되는 것이었다.

오래 피는 꽃, 안시리움

열정으로 피는 꽃이다. 원산지가 열대라 저리 붉은가 했더니, 내가 꽃으로 본 건 꽃이 아니었다. 꽃을 싸는 빨간 포대기, 불염포였다. 그 한가운데로 봉곳이 솟은 노랗거나 초록색 봉이 꽃이라지 않는가. 내가 암술이나 수술대로 봤던 그것.

15도 정도를 유지해 주고 물만 알맞게 주면 일 년 내내 꽃을 볼 수 있다니, 세상에 이렇게 오래 피는 꽃도 있었나. 아름다움으로 기어이 사람을 고혹게 하는 장미도 길어야 열흘인데….

집에 들인 게 6월 초, 석 달을 채워 가는데 심록으로 거무죽죽한 이파리도, 선홍의 여섯 송이 꽃도 집에 오던 그냥 그대로 변함이 없다. 노랑 꽃은 어느 시기가 지나면 퇴락하면서 소명을 다해 진다 하고, 곧바로 그 진 자리로 새 꽃을 달기 시작한다는 것. 여기까지만 해도 신비의 베일에 싸인 꽃이다.

한 제자에게 내 수필집과 시집을 보냈더니 답례로 택배해 온 화분에 피어난 꽃, 안시리움. 검색에 서툰 깐에 가까스로 찾아내자마자, 그 이름부터 부르기 시작했다. 정 들인다고 낯선 듯 정겨운 운율로 오는 이름을 몇 번이고 불러댔다. '안시리움, 안시리움, 안시리

움…'

　꽃 없는 아파트 거실을 혼자 독차지했다. 한여름이라 기온은 문제가 안 될 것 같아 물주는 데 신경을 곤두세운다. 그렇다고 무조건 펑펑 물을 줘서도 안 된다. 열대산이라 물을 너무 주면 뿌리가 썩어버릴 수 있기 때문이다. 식물은 말을 못한다. 눈으로, 마음으로, 느낌으로 말을 걸어야 한다.

　아침에 잠에서 깨면 제일 먼저 눈이 가 녀석을 어루만진다. 무료한 시간에도 으레 다가서 있다. 말없이, 그러나 내 눈길이 닿아선지 노란 꽃을 두른 빨간 포대기가 강렬히 빛을 낸다. 응원에 힘이 날 것이다.

　꽃이 피고 지고, 몇 번의 순환의 고비를 어떻게 넘길까. 가까이서 지그시 지켜보고 싶다. 이제 우리는 한 가족이구나.

거목巨木

"나무는 주어진 분수에 만족할 줄 아는 덕을 지녔다. 나무는 고독을 알고 견디며 즐긴다. 나무에게는 달과 바람과 새 같은 친구들이 있는데, 그들을 차별 대우하는 법도 알고 그들이 오고 감에 일희일비하지 않는다. 나무의 가장 좋은 친구, 서로 이웃하고 진심으로 공감하는 나무들이다."

이양하의 수필 〈나무〉의 도입부다. 키워드는 '덕', 무릇 나무는 덕을 지녔다는 유의미한 메시지를 담았다. 작가는 그가 마음속으로 바라는 인간상을 의인화해 나무에 접목했다.

수령 백 몇 년이리라. 내 유년의 집터엔 그때 집 어귀에 있던 유일의 팽나무가 지금도 버텨 있어, 액자 속의 풍경으로 머릿속에 각인됐다. 평생을 그림자처럼 따라다녀 내게 회상의 상징구조처럼 된 나무다. 이따금 찾아가 팔 벌려 안고 어루만지면, 까마득한 옛 추억을 실타래처럼 풀어 주곤 한다. 매미가 새카맣게 붙어 동네를 뒤흔들던 소리가 지금도 귓전이다. 무더운 여름이면 소년에게 그늘로 있던 나무다. 갖은 풍상을 견뎌내 이젠 거목이 됐다.

나는 나무를 좋아한다. 하지만 호·불호는 있어 잡목 따위는 취

하지 않고 거목을 선호한다. 오랜 세월을 두고 비바람과 뜨거운 햇볕과 불타는 가물, 한겨울 폭설을 이겨내어 자신을 탑처럼 쌓아 올린 나무가 거목 아닌가. 굵고 훤칠한 높이에 무엇보다 그 당당함, 깊은 뿌리와 현란한 꽃과 탐스러운 열매를 좋아한다. 그뿐 아니다. 거목에게서 받는 감동이 있다. 아래로 들어서는 순간, 훅 하고 끼얹어 온몸을 싸고도는 강한 기氣— 그 서늘한 그 기에 오싹해 온다.

봄철이 되면 거목은 소방차로 수십 대 분량의 물을 빨아올려 싹을 틔운다고 한다. 나무에서 기를 내뿜는다는 확실한 증거다. 용문사 은행나무가 이런 경우다. 높이 42m, 둘레 14m나 되는 이 나무는 일본군이 불을 질렀지만 타지 않았고, 나라에 이변이 있을 때는 크고 이상한 소리를 낸다. 6·25, 4·19, 5·16 때가 그랬다는 것이다. 수령이 1100년이라니 이미 신목神木이 돼 있다.

수령 백 년 이상이면 마을의 전설과 옛일을 간직하고 있다고 보는 데는 그만한 연유가 있을 법하다. 제를 지내는 당제목堂祭木이거나 마을의 수호신으로서의 존엄성을 갖게 된다는 뜻이다.

산 중턱에 우뚝 선 거목을 올려다보노라면, 하늘이 덮쳐오는 것 같은 착각마저 일으킨다. 바라보는 사람을 압도해 전율케 하는 그 위의威儀.

호두알

무심코 거실 소파 앞에 놓인 교자상 서랍을 열었다 눈 휘둥그레졌다. 호두알 열 개가 잔뜩 엎더 있다. 오랜만에 쏟아져 드는 빛에 눈이 부셔 반사적으로 몸을 옴츠린 건지도 모른다.

기억의 포획망을 뒤적이니 맨 앞줄 창가로 번연히 뜬다. 그새 세해가 지났나. 음력 정월 대보름 전날 밤을 새우다시피 한 불공 뒤 절집에서 갖고 온 부럼에 끼어 있었다. 여러 번 깨물지 않고 한 번에 깨물면 일 년 동안 무사태평하고, 몸에 부스럼이 나지 않고 이가 튼튼해진다는 속설이 있다. 오랜 풍속이다.

"좋다니까 몇 알 깨물어 봐요."

호두알 여럿에 땅콩은 껍질째 주렁주렁 매달린 놈을 앞으로 밀어놓는 아내. 사람도 참 땅콩이야 잘 씹히니 그런다 치고, 호두를 어떻게 깨물라는 건지 원. 밤샘하고 온 아내에게 무슨 말을 하는 것도 그래서 주는 대로 받아 땅콩만 까먹고 호두알은 보기 좋은 것으로 골랐었다.

호두는 부럼 중 가장 껍질이 단단한 견과다. 알이 굵어 입에 넣기도 그렇고 어금니로 깨문다고 깔 수도 없다. 섣불리 부럼이라고 깨물었다간 이가 왕창 상할 것은 짐작이 가는 일이다. 그도 그렇거니와 내게는 묘하게도 호두알의 겉모습이 괜히 마음에 걸리는 불편함이 있다. 호두가 귀하던 예전 처음 봤을 때, 인체 해부도에서 본 뇌腦의 분위기가 연상됐던 것. 이후 연년이 정월 보름 즈음해 볼 때마다 그런 느낌으로 다가온다. 그뿐 아니라, 하나 더 얹힌 게 있다. 저걸 까면 그 속에서 잠들었던 목숨이 고물거릴 것만 같은 그런 좀 엉뚱한 상상.

딴은 그런 내 생각이 두어 단계를 뛰어넘으며 깊어진 의식의 흐름은 근거 없이 헛도는 일이 아니다. 호두알은 죽은 게 아니잖은가. 땅속에 묻어 놓으면 싹터 나무로 태어날 한 개체의 생명이 웅크려 앉아 있는 조그만 거처인 게 분명하다.

이걸 아내에게서 받고 아무렇게나 흘려 버리지 않고 간직한 데는 그런 저간의 애착 같은 게 있었다. 그래서 방치하지 않았고, 더러는 녀석에게 바짝 다가갔던 흔적이 내 안에 있지 않은가. 〈호두알〉이란 시를 쓰고 있었다.

숨 쉰다
생명이 들었다
외피,
쇳덩이 같다
필연이다

풀어내기 어려웠을까. 5행시로 매우 짧다. 어간 수백 편의 시를 내놓았지만 몇 안 되는 단시 중의 하나로 남는다. 저게, 숨 쉬는 생명이 들어 있어 쇳덩이 같은 외피를 둘렀지 않은가. 그걸 어찌 우연이라 하랴.

서랍 속에 있는 것 중 제법 곱상한 것 둘을 골랐다. 손안에 넣고 만지작거린다. 무료할 때, 혹 무슨 일이 꼬여 눈꼴사나울 때, 자그락자그락 소리 내면 좀 풀릴 것 같다. 그러리라는 기대심리에서 하는 게 아닌, 순전히 손안에 넣는 순간 작동한 내 직감일 뿐이지만.

서랍이든 손안이든 이것들을 오래 내버려 두어도 되는 걸까. 생명을 방치하는 것은 아닌지 마음에 걸린다.

해바라기 꽃바구니

해바라기는 향일화向日花다. 양지바른 곳이면 비탈진 자드락에서도 잘 자란다. 아메리카 인디언에 의해 재배됐다는 특별한 유래를 지닌 꽃이다. 콜럼버스가 아메리카 대륙을 발견하면서 유럽에 알려져 '태양의 꽃', '황금꽃'이라 부르게 됐다 한다. 둥글게 피는 꽃. 둥그스름한 얼굴에 노란빛이 부티를 더한다. 이글거리는 태양 아래 활활 타오르는, 한여름에 샛노란 해바라기 만한 정열의 꽃이 있을까. 해를 바라보며 웃음과 희망을 듬뿍 머금어 핀다. 약간의 오해가 있다. 해를 바라본다고 해가 가는 쪽으로 돌아가는 건 아니다.

키가 보통 2m로 껑중한 껑다리다. 밝게 웃는다고 만만하게 봐선 안 된다. 장미에 가시 돋듯 해바라기 줄기에는 억세고 거친 털이 나 있다.

꽃 피워 세상은 내 차지란 듯 티 한 점 없이 신나게 웃다가도 꽃 시절을 접을 무렵이면 무게를 잡는다. 씨가 익어 가며 고개를 숙일 줄 안다. 단지 씨가 무거워서일까. 한때 오만해 보였으니, 꽃을 접으며 모처럼 겸양해진 자리로 깨어나는 예도인지도 모른다.

번식력이 강해 곳곳에 피어난다. 해바라기 축제, 해바라기 농장

이 늘고 있다. 그림으로 보지만 현장에 가보고 싶게 우리를 고혹한다. 황금 대신 수많은 황금의 꽃을 눈으로 누리는, 그런 호사가 어디쉬우랴.

반 고흐는 꽃병에 꽂아 그렸고, 모네는 해바라기가 양옆으로 둘러싼 사이에 어린 여자아이를 세웠다. 그림을 모르니 깊은 화의畫意는 알 수 없으나, 그들에게도 한때 타오르는 정열이 있었을 것을 엿본다. 꽃말이 '기다림', '숭배'라 하니 그 메시지를 보이려 했을 것이다. 어설픈 내 눈에는 두 화가의 아우라가 그림 속에서 빛난다.

아내가 어느 날 해바라기 꽃바구니를 사다 현관 신발장 위에 놓았다. "해바라기가 있으면 집 안이 환해진대요." 얼른 무슨 말이 떠오르지 않아 웃기만 했다. 단지 집 안 분위기를 위한 게 아닌, 뜻이숨어 있으리라. 나고 들 때마다 눈을 맞추게 됐다. 그 적마다 웃음을띠게 한다. 이 꽃바구니를 갖다 놓은 아내는 애초에 어떤 생각이었을까. 무엇이 성취되길 기다린다든지 또….

　일 년이 채 안 돼 시내 아파트로 이사하면서도 따라왔다. 이번엔 놓을 자리를 식탁 벽에 걸린 조그만 시렁이 좋겠다고 적극 내가 나섰다. 그렇게 한 건 나도 잘 모르겠다. 그렇다고 아내가 태양의 신 아폴로의 사랑을 애원한 포세이돈의 딸도, 내가 그녀의 상대인 아폴로도 아니다. 나이 들었으니 불같은 사랑은 사윈 지 오래고, 이제부터는 서로를 존경하며 따뜻이 감싸 줄 때다.

　그냥 집 안을 해바라기처럼 밝게 하자는 의중일 것이다. 중요한 건 감응이다. 이상하다. 해바라기 꽃바구니에 눈이 자꾸 가 있으니….

대바지

우리 집엔 도자기라 할 만한 게 없다. 1990년대 초, 등단 몇 년 만에 '수필과비평상'으로 받은 희끄무레한 누른빛 항아리 하나가 고작이다. 자기로서의 가치는 별로일 테고, 문학에 입문해 처음 받은 상이라 기념한다는 의미로 간직해 온다. 얼마 전 시내로 이사하면서 짐에 실려 와 거실 한 켠에 놓여 있다. 도자기엔 별다른 취향이 없을뿐더러, 혹여 뜻이 있어도 재력이 안 되니 손도 미치지 않았다.

거실 큼직한 뒤주 위에 조그만 반닫이를 얹어 놓고 그 위에 작은 항아리 셋이 어깨를 겯고 있다. 저쪽 집에서부터 몸을 대고 지내 온 터라, 그냥 그렇게 자리를 틀어 주었다.

실은 이 셋 중 한가운데 놓여 양쪽에서 둘이 손잡듯 정겨워하는 작은 항아리에 눈이 가 있다. 높이 한 뼘 반이 될까. 배 불룩하지 않고 몸통에 비해 완만히 흘러내린 형체인데, 오래 두고 보니 여간 야무진 게 아니다. 거기다 단단해 보인다.

대바지, 옛날 제주에 물이 귀하던 시절, 어린 여자아이가 우물가에 가 물을 긷고 오던 작은 물허벅*이다. 엄마에게 오죽 칭얼댔으면 저런 작은 허벅을 구해다 가슴팍에 안겼으랴. 한라산 기슭을 거쳐 들판을 지나며 약해진 물줄기가 우물에 이르러 쫄쫄 솟아 나올 때, 어린아이 쪼그리고 앉아 찌그러진 양은 사발로 그 물 받아 저것에 붓고 또 부어 한가득 채웠겠다. 물을 채우면 젖 먹은 기운을 다해 낑낑대며 끌어안아 집까지 날랐을 것 아닌가. 눈이 오래 머물더니 항아리에서 어린아이 용쓰는 소리 들린다.

조악한 표면에도 그나마 반지르르 빛 반들거리는 오지항아리다. 물을 길어 넣거나 큰 항아리에 부을 때 손이 맨 먼저 가는 곳이 윗부분 아가리다. 어느 아이 물 긷는 게 힘겨웠던지 오돌토돌 떨어져 나갔으니 볼썽사납다. 그런다고 '진품명품'에 내놓아 감정가를 칠 것도 아니니, 문제 될 건 하나도 없다.

우리 아이들에게 이 항아리의 용처와 이력만은 알려주려 한다. 살기 어려웠던 시절, 선인들의 가팔랐던 숨결에서 오늘을 사는 지혜가 나올 것 아닌가.

지는 해가 스몄을까. 작디작은 오지항아리에 머무른 빛이 고운 저녁이다.

* 물이 귀하던 때 어린아이가 우물물을 길어 나르던 작은 그릇, 어른이 등에 지던 큰 것은 물허벅, 아주 작은 것은 대바지임.

명패

校長 金吉雄, 會長 金吉雄

거실 정면 TV 아래 명패 두 개가 놓여 있다. 회장을 교장에 포개어 앞에서 볼 때는 하나로 보인다.

'교장' 명패는 내 교직 2년 반 동안 중등교장 재직 시절 교장실 책상 앞에 놓였던 것이고, '회장' 명패는 제주문인협회 회장 때 사무실에 놓였던 것이다. 아파트로 이사 와 마땅한 자리가 없어 여기저기 살피다 엉거주춤 몸을 부렸다. 생각과 달리 노출이 심한 곳이라, 보는 눈에 따라서는 직함에 목매는 것처럼 보일지 몰라 다른 장소를 생각 중이다.

자개로 박은 글자들이 은은히 빛을 내고 있다. 어찌된 건지 글자체가 한 사람이 썼는지 똑같다. 제주도는 바닥이 좁은 지역이라 같은 곳에 주문했을 것이다. 그야 어찌 됐든 이 패들에 가끔 눈길이 가지만 별다른 감흥이 없으니 모를 일이다. 아무나 될 수 있는 교장인가. 나도 그랬지만 현직에 있을 때 교장이 되기 위해 얼마나 발버둥치는가. 교직에 마흔네 해를 몸담아 교장 자리에 못 오르면 당장 처자에게 체면이 서질 않는다고 얼마나 고민 고민했었나.

눈에는 보이지 않으나 치열한 경쟁을 뚫고 선택됐다. 교장이 돼 학교로 출근했을 때, 교장실 문을 열면서 맨 처음 반겼던 게 저 교장 명패였다. 솔직히 재직해 있던 2년 반 동안 눈으로 많이 어루만졌던 게 저것이다. 그랬는데도 이제는 내 눈이 머물려 않으니 모를 일이다. 왕년에 있었던 그만한 자리야 거기서 거기, 도긴개긴 아니냐며 고개를 돌리는 건 아닌지 모르겠다.

회장 패도 한가지다. 제주문인을 대표하는 자리라 억척스레 기어올랐지만 별다른 성과는커녕 회원들 작품의 질을 높인다고 개혁을 주장하다 별 성과 없이 물러앉고 말아, 유종의 미를 거두지 못했다. 회장 명패를 저렇게 평생 끌어안아야 하는 건지 혼란스럽다.

한 친구가 교장 승진을 앞두고 돌아갔는데, 미리 누가 교장 명패를 준비해 뒀다 집으로 가져오자, 그 부인 "교장 자리에 한 번 앉아 보지도 못하고…." 하며 오열하던 장면이 선뜻 떠오른다. 아무 이름이나 새겨지는 것이 아니니, 쉽게 버리지는 못할 것 같다. 내 사후는 우리 아이들이 알아서 할 일이고….

집을 찾아올 사람이 많지 않으나, 명패를 놓을 자리로는 너무 눈이 많이 가는 곳이다. 함 속에 넣어 두는 건 그렇고 어느 옷장 위 칸이 좋을 듯도 하다. 과거를 현재 속에 전시해 놓고 자신이 헷갈릴 필요는 없다. 그때는 그때대로 의미가 있었거늘.

상패들

어른이 되면서 명예에 마음이 가게 된다. 자신의 이름을 세상에 알리거나 떨치는 것을 싫어할 사람은 없을 것이다. 세상에 태어나 성실하고 또 치열하게 살면서 가치 있는 삶을 영위하는 것은 인생의 목표다. 눈부신 업적을 남길 수 있으면 그보다 더 좋은 일이 없다. 그렇지 못하더라도 자신의 활동 영역에서 작지 않은 성과를 올려 사회 발전에 기여할 수 있다면 그 이상 바람직한 일이 없다.

평생을 살면서 우리는 많은 상을 받는다. 학생 시절에 받는 상에서 시작해 어른이 된 후에도 표창과 상, 그 위로 훈·포장을 서훈하기에 이른다. 개인에게 영예로운 일일 뿐 아니라 가문의 영광이기도 하다.

사회인으로서 활발히 활동하는 40대쯤 혹은 50대에 이르면, 사회나 국가가 자신의 활동에 대해 어떤 의미로든 상패賞牌를 받았으면 하는 야릇한 심리가 고개를 쳐들기도 한다. 남으로부터 인정을 받고자 하는 욕구의 자연스러운 발로다.

교직에 있으면서 다른 분야처럼 그런 상패를 한둘쯤도 받았으면 했다. 교직은 상패를 주는 데 인색해 그랬는지도 모른다. 고작 종이에 인쇄한 상장이나 표창장이 아닌 묵직한 패란 걸 한 번 받아 봤으면 했던 것이다.

내가 처음으로 받았던 패는 J고등학교에 5년간 근속했다는 '근속 표창패'였다. 나이 서른예닐곱 살 때, 운동장에서 1200명 학생들이 지켜보는 가운데 받은 것이라 가슴이 뛰었다.

돌이키니 그때만 해도 순진했던 것 같다. 그 후 자연스럽게 삶의 범위가 넓혀졌다. 지역사회에서 하는 일, 이를테면 동민헌장을 제정하는 데 문안을 초안한다든지, 라이언스에 입회해 활동한다든지, 또 문인으로서 작품집을 내서 받게 되는 출판기념패 등. 하다 보니 꽤 많은 상패들을 받게 됐다. 주는 사람의 마음이 담긴 거라 받을 때마다 가슴이 두근거렸다.

'아, 내가 이 사회를 위해 무언가를 하고 있구나.' 자신의 존재감을 내보이는 건 결코 나쁘지 않은 것이다. 대부분 감사패, 공로패였다.

한때 그 상패들을 거실 뒤주 위에 진열해 둔 적이 있었다. 몇 년 지나자 어느 집에서 본 양주를 진열한 풍경이 그 위로 포개지면서 거북하게 다가왔다. 바로 마대에 담아 다용도실 한구석으로 옮겨 버렸다. 마대 하나로 모자라 또 하나를 채워 갔다. 그후 상당한 시간을 협착한 방구석 신세로 있다가 그것마저 내놓게 됐다. 시내 아파트로 이사하면서 앉을 자리를 잃은 것이다.

클린하우스로 가져갈까 하다 주춤했다. 내용이야 어쨌든 내 이름 석 자가 박혀 있지 않은가. 그렇다고 이삿짐에 넣어 좁은 아파트

로 동행할 수는 없다. 고민을 거듭한 끝에 가까이 사는 동생 같은 수
필가 Y에게 간곡히 부탁하면서 방법까지 상의해 맡겼다. 허술한 땅
도 좋으니 장비를 사용해 깊이 파 매장하기로.

뜻밖의 기습에도 살아남은 게 딱 세 개. 거실에 놓인 등단패와
'대한문학 대상(산문 부문)'과 '제주특별자치도문화상(예술 부문)'
상패.

이젠 명예였든, 자신의 존재를 드러내는 것에 뜻이 없다. 처음
패를 받았을 때 가슴이 뛰었는데, 그 흥분감이 어디에 가 버린 것인
지 모른다.

지금 남은 것들도 시간이 흐르고, 그걸 받아 들떴던 내가 이곳에
없게 되면 누군가의 손에 의해 땅에 깊이 묻히거나 화덕에 들어 태
워지거나 할 것이다. 버려진 적잖은 상패들처럼.

늦가을, 잎들이 흩날리고 있다. 저것들, 끝내 흙 속에 묻히리라.

거북이 저금통

초록색 바탕에 등과 몸통에 마디마디 그어진 줄무늬가 예쁘다. 어디론가 바지런히 기어가고 있는, 느리지만 제법 운동감이 느껴지는 거북이.

애초 용도는 아닌 것 같은데도, 언제부터인가 여기에 동전을 넣기 시작했다. 등 한가운데 뚜껑을 내고 있어 여닫으면 된다. 언제든지 꺼내 쓸 수 있는데도 동전이 쌓이기만 할 뿐 꺼내 쓰는 손이 없다. 그전 집에선 마루 입구에 놓아 드나들며 눈을 맞췄었다. 수복壽福과 강녕康寧을 기원한다든지 하는, 특별한 의식이 없으면서 막연히 거북이가 길한 동물이라 그 자리를 차지하게 됐던 것이다.

지금은 거실 정면 벽, TV 아래 자리를 틀고 앉았다. 기다란 문갑 위라 편안해 팔자 늘어져 보인다.

오늘 무얼 뒤적이다 동전통이 돼 버린 거북이에게 다가앉았다. 오른손으로 멋모르고 들었더니 생각보다 묵중해 손이 아래로 내려간다. 뚜껑을 열어 들여다보았다. 십 원짜리 동전들로 꽉 채워 있는데, 은빛 반들거리는 백 원짜리와 오백 원짜리도 듬성듬성 끼어 있다. 검지로 속을 들쑤셔 몇 개 집어내 보았더니, 이럴 수가. 십 원짜리는 더러 퍼렇게 녹이 슬었다. 동전이라지만 주재료는 주석일 텐데 주석도 녹이 스는가.

나라의 조폐공사에서 만들어낸 동전이 이리 허술할 수가 있는가. 기분이 씁쓰레하다. 녹슨 것에 붙어 있는 것들도 곧바로 녹이 진행되고 있다. 녹도 산화작용을 일으켜 옆으로 번질 것이다.

월 연금으로 살아가는 처지인데도 저 속의 동전을 거들떠보지 않고 있으니, 나도 여유로운가. 궁핍했다면 십 원짜리라고 온전했으랴.

저대로 내버려 두는 건 별 의미가 없을 것 같다. 화폐 가치를 발휘하도록 해 줘야 한다. 저걸 어떻게 한다? 봉지에라도 담고 은행에 가야 할 것인데, 은행에 가 접수대에 쏟아 놓으면 담당 여직원 까르르 웃을지 모른다. 그나저나 쉬이 세는 무슨 방법이 있을까. 지폐를 좌르르 세는 그런 기구가 있으면 좋으련만.

도대체 얼마가 될까. 몇 년 두고 쌓았고 윗부분에 백 원 오백 원짜리가 눈에 띄나 아래층은 대부분 십 원짜리라 큰돈은 안 될 것이다. 얼마일까. 아내와 내기라도 했으면 은행 가는 길이 앞당겨질 텐데, 딴은 싱거울 것 같아 그만둔다.

PART 3

순간이 역사로

바르다, 김선생

읍내에서 시내 아파트로 이사했다. 내외가 함께 신제주 연동 거리에 나섰다.

작품집 우송 치다꺼리를 하다 보니 몇 분을 빠뜨렸다. 제주우편집중국에 들러 얼마 전에 나온 수필집『읍내 동산 집에 걸린 달력』과 시집『둥글다』를 보내고 돌아오는 길.

그만그만한 간판들이 다닥다닥 붙었는데 유독 눈길이 꽂힌 곳. '바른 김밥 식당'. 김밥천국, 자매김밥, 둘둘김밥, 김밥고수…. 흔한 이름들은 봐 왔지만 '바른 김밥'이란 소리는 금시초문이다. 바른 김밥이라니. 어떻게 생긴 게 그렇다는 건가. 어딘가 바르지 못한 김밥도 있으니 그런가. 조그만 자극에 호기심이 작동했다.

제안했다. "저 간판 좀 봐요. 한 줄 먹어 볼까요?" "훗, 그래요. 간판이 재밌네." 간판에 끌렸다. 동업자들로 보이는 네 젊은이, 주문이 들어왔을까. 테이블에 손님은 없는데도 바지런히 움직이고 있다. 모두 까만 옷을 입고 있다. 의도적으로 보인다. 김밥을 말고 있는 김이 까만색이니까.

첫여름 하오, 후텁지근해 좁은 식당 안은 그렇고, 두 줄 포장해 달라 했다. 김밥 덩이가 굵직해 보인다. 한 줄에 착한 가격 5천원. 집에 와 풀었다. 몇 조각 단무지도 들어 있다. 출출하던 참이라 삼시에 바닥이 났다. 둘둘 말아 놓은 속에 들어가야 할 것들의 조합이 잘돼 있어 먹는 데 속도를 냈을 것이다.

'바른 식당'이라 내걸 만하다. 김밥이란 게 원체 신선하게 다가올 것도 아니긴 하지만, 먹고 난 뒤 느낌이 괜찮다. '바르게' 만들어 그런가.

식탁을 정리할 차례다. 들고 왔던 조그만 종이상자를 쓰레기통에 버리려다 선뜻 눈이 몇 줄의 글에 꽂혔다.

"바르다, 김선생"-
〈김선생의 비밀〉
"재료의 품질과 신선함은 타협의 대상이 아니기에, 늘 기본에 충실한 바른 재료로 정성껏 만듭니다. 바른 마음을 갖고 정성을 담은 음식은 반드시 가치 있게 전달된다고 믿습니다."

콕 가슴을 찌르는 말, '재료의 품질과 신선함은 타협의 대상이 아니다.' 더욱이 사람이 먹는. 음식은 더 말할 게 없다. 그러니 김밥일지라도 바른 마음과 정성으로 만들어야 한다.

'바르게'를, 그것도 '김 선생'을 내세워 보장(?)한다는 이유가 되었다. 김밥 한 덩이도 바르게 하려는 젊은이들, 돋보인다. 종이상자를 쑤셔 넣으며 또 한 번 중얼거린다. '재료의 품질과 신선함은 타협의 대상이 아니다.'

화반花飯

비빔밥을 화반花飯이라고 한다. '꽃'이 란 뜻이다. 백화요란百花燎亂, 온갖 꽃이 불 타오르듯이 피어 찬란하다 한 것과 같은 맥락이다.

콩나물, 도라지, 고사리, 당근, 표고, 시금치 같은 갖은 나물과 양 념해 잘 볶은 쇠고기에다 반듯하게 썬 야들야들한 녹말묵이 어우러 진다. 그 위로 달걀 프라이가 얹힌다. 울긋불긋 꽃답다. 시울 헤벌어 진 넉넉한 대접 속에 화려한 꽃이 만발하다.

섞고 비비고 끓이는 것을 유달리 좋아하는 한국인들. 비빔밥만 큼 한국 음식의 원리에 통한 먹거리도 없을 것이다.

유래가 있다. 제사상을 물린 뒤 밥, 고기, 생선, 나물 등을 비벼 음복했던 데서 비롯했다 한다. 그믐날 묵은해의 음식을 먹어 치운다 고 남은 밥에 반찬을 쓸어 넣어 밤참으로 한 데서 온 것이라고도 한 다. 모내기나 추수 때 이웃끼리 품앗이하며 시간과 일손을 덜기 위 해 재료를 들로 가지고 나가 비벼 먹은 게 시초라고도 하고. 모두 설 득력을 지닌다. 꽃처럼 화려한 데다 식생활의 합리와 편의가 충분히 고려됐으니 참 지혜롭다.

비빔밥이 한국 음식을 대표하는 자리에 오른 지 오래다. 각광 받는 이유가 있다. 우선 재료의 구성이다. 건강식을 말할 때 채소와 고기의 비율을 8:2라 하는데, 비빔밥이야말로 그 비율에 근접한다. 이로써 끝나지 않는, 중요한 순서가 기다리고 있다. 고추장을 넣고 비비는 것. 오묘한 맛이 순전히 여기서 나온다.

이것으로 비빔밥의 속내를 다 드러내지 못한다. 아무리 여러 가지 재료들을 넣었다 해도 이 재료들이 자신의 맛을 잃어버리면 안 된다. 고유의 맛을 잃는다면 그것들이 비빔밥 속으로 들어갈 하등의 이유가 없었을 것 아닌가. 비빔밥의 요체다.

여러 재료를 섞어 맛깔을 높은 차원으로 승화시켜야 한다. 그 촉매 구실을 하는 게 고추장과 참기름이다. 재료들이 갖는 본래의 맛과 그것들이 합쳐짐으로써 창출되는 상위上位의 맛을 제대로 내야 한다. 그게 진짜 비빔밥이다. 원래 비빔밥을 골동반骨董飯이라 한 게 실감 난다. '어지럽게 섞어 만들었다'는 뜻. 그러니까 '섞음의 미학'를 구체화했다는 얘기다.

그런데 흥미로운 것은 예서 한발 더 나아가 파격의 미학을 실현시키는 데 있다. 일단은 활짝 핀 꽃처럼 예쁘다. 하지만 예쁜 건 잠시일 뿐, 거기다 고추장을 넣고 마구 비벼댄다. 그릇에 담길 때, 애초의 아름다움이 삽시에 깨어지고 만다. 단번에 그릇 속의 질서를 파괴해 버리는 것이다. 그런데도 재료들의 개성이 전체 속에 살아나는 절묘한 음식, 비빔밥!

꽃다운 밥을 받고 앉아 입에 침이 설설 끓는데, 숟갈로 휘저으며 비벼대는 손놀림이 느긋하겠는가. 다소간 잽싸고 거칠다. 한국인의 야성과 역동성이 여지없이 노출되는 대목이다.

지난번 문·트럼프 한미정상회담의 만찬 메뉴가 비빔밥이라 하므로 감회가 컸다. 품격이 있으니, 단지 우리 음식이 그런 자리에 올라 격상했다는 게 아니다. 아무리 여러 재료를 넣었더라도 자신의 맛을 잃지 않는 비빔밥의 개성이 떠올랐다. 두 나라 간의 관계가 비빔밥 속의 '재료'처럼 독자성을 잃지 않으면서 혈맹으로서 조화롭게 유지되리라는 기대감….

비빔밥에는 우리 문화 코드가 숨 쉰다. 섞고 끓이는 찌개, 탕, 전골 등과 맥을 같이 한다. 설렁탕만 해도 그렇다. 고기의 여러 부위를 넣어 섞고 오래 끓임으로써 새 맛을 우려내는 걸 보면 이도 비빔밥과 한통속이다.

비빔밥의 인기가 가히 세계적이다. 우리의 기내식이더니 많은 외국 항공사들도 비빔밥을 선호하고 있다. 일본인들도 '비빈바'라 혀 짧은 소리를 내며 좋아하지 않는가.

요즘 피폐한 우리 사회가 좀 섞이고 엮였으면 좋겠다. 비빔밥같이.

바지 내리는 풍경

토일렛(toilet)이란 단어가 영국에서 상류층을 움찔 놀라게 한 유명한 사례가 있다. 2013년 7월 왕세손비 케이트 미들린(Kate Middlen,1982~)이 첫아들을 낳아 온 국민을 열광의 도가니로 몰아갔지만, 그녀는 연애 시절 한때 윌리엄 왕자(Prince William,1982~)와 헤어지기도 했었다. 수년 전, 그들의 결별에 '토일렛'으로 상징되는 계층 격차가 적잖은 영향을 끼쳤다는 한 일간지 (2007. 4. 한국일보)의 보도가 있었다.

"윌리엄 왕자가 최근 애인 케이트 미들린과 헤어진 것은 상류층과 평민이라는 계층 차이를 극복하지 못한 것도 이유가 된 것으로 알려졌다.

26일 '인터내셔널 헤럴드 트리뷴'에 따르면 미들턴의 어머니는 왕실 인사들과의 모임에서 상류층이 즐겨 쓰는 '화장실(bathroom)'이라는 말 대신 '변소(toilet)'라는 단어를 써서 '귀하신 분들'의 심기를 불편하게 했다고 일부에서 주장하고 있다."

영국에서 변소와 화장실이 엄연히 구분되고 있음을 극명하게 보여 준 대목이다.

우리의 경우는 일찌감치 w.c(water closet)이라 하다가 나중 토일렛으로 보편화되는 과정을 거쳐 가며, '변소便所'라는 말은 온데간데없다. 말 그대로 '(크고 작은) 볼일을 치르는 곳'이라는 뜻이라 수준이 바닥을 드러냈다. 영국의 상류층에서는 화장실이 'bathroom', 미국에서는 'restroom'으로 변소와는 확연히 다른 공간이다. 그래서 의당 말도 다르다. 변소란 말이 사라지면서 나온 화장실이란 간판에 놀라던 시절이 있었다. 분 바르면서 얼굴을 곱게 치장하는 게 화장化粧 아닌가. 실제 화장에 필요한 시설과 기구를 갖추고 있는 방을 화장실이라 해야 맞다. 우리 현실의 화장실은 그와 거리가 먼 것이라 어리둥절할 수밖에.

한 여류 수필가의 인도 기행문을 읽다 경악했다.

"인도에서 가장 당황스러웠던 기억은 몇 시간을 달려도 휴게소는커녕 화장실이 없다는 것이다. 뜨악한 것은 인간의 근본 문제를 해결하는 데 문화가 아닌 문화, 노상방뇨를 하라는 것이다. 난색하며 서로를 바라보는데, '처음에 거북하겠지만 한국에 가면 그리워질 겁니다.'라는 가이드의 재치에 다들 웃음을 띠고 있다."

인도의 매력의 하나라며, 열악함을 낭만으로 승화시킨 스토리텔링.

두어 시간 뒤 드디어 실제상황에 맞닥뜨렸다는 것이다. 어디에 건물 하나도 없는 사방팔방이 탁 트인 도로변에 달리던 버스를 세우더니, 자유롭게 일을 보고 오라지 않는가. 급하게 줄 서 나가는 한국인들.

어디 이럴 수가. 남녀 불문, 볼멘소리로 툴툴대던 그들이 어딘가로 깊숙이 가고 있었다. 저 건너 둑을 넘고 숲을 지나 나무 한 그루에 의지해 바지를 내리는 풍경이라니. "그 경험의 스릴은 평생 잊지 못할 것이다."라 했다. 인도는 희한한 나라다.

십수 년 전, 중국의 화장실은 역겨웠다. 코 막고 눈을 감게 했다. 많이 개선됐겠지만 소변 칸마저 지린내로 퀴퀴했다. 명색 공항인데, 국제 망신이란 생각이 들었다.

우리의 화장실은 몇 년 새 현저히 달라졌다. 화장실답다. 각급 기관, 공공시설, 크고 작은 업소 어디나 고루 깔끔해 '아름다운 화장실' 수준이다. 벽화 몇 점이 걸렸는가 하면, 조그만 화분도 놓여 있다. 한국 화장실 문화의 진화는 산업화의 기적 뒤가 무언지를 보여주듯 놀랍다.

밭담 감상법

　오름에 올라 눈 아래 펼쳐진 밭담을 굽어본다. 돌덩이를 쌓는 바지런한 손길들이 어른거리고 지금도 쉼 없이 흐르는 운동감으로 다가온다. 직선으로 흐르다 완만한 곡선과 만나 아우르고, 그랬다 다시 이어지는 절묘한 돌들의 동세가 유유하다.

　누군가 길게 펼쳐진 저 제주 밭담의 흐름을 일러 흑룡만리라 했다. 무진장으로 길게 꿈틀꿈틀 이어지면서 비틀거나 꼬이며 용틀임하는 모습을 떠올렸을 것이다. 눈앞의 장엄한 풍광에 경이의 눈이 번득였을 법하다.

　하지만 제주 밭담은 하루아침에 쌓아 놓은 게 아니다. 석공들이 돌을 가공해 멋스럽게 쌓은 것도, 좋은 장비를 동원해 얹어 놓은 것도 아니다. 우리 선조들이 투박한 손으로 한 덩이 한 덩이 쌓아 올린 놀라운 축조물이다. 그러니까 제주 밭담을 제대로 보려면 먼저 기술자의 손매가 아니란 데로 눈을 돌려야 한다. 하르방 할망이 쌓고, 아방 어멍이 쌓고, 아지방 아지망이 쌓았다. 지켜보던 아이도 작은 돌멩이 하나를 빈 구멍에 끼우며 한 손 보탰다.

　단순해 보이지만, 쉽지 않았다. 큰 돌을 굴려다 기초를 놓고 돌

의 크기 차례로 쌓았을 뿐 원리란 게 별것도 아니다. 아랫돌 위에 올려놓는 돌이 무너지지 않으면 그만이다. 그렇게 숨찬 역사役事가 이어진다. 돌을 가슴 가득 안고 끙끙대며 겨우 무릎까지 올려놓고선 다시 사력을 다해 허리를 펴야 한다. 젖 먹은 기운을 다 내야만 간신히 돌 하나가 올라간다.

비바람에 잣벽이 무너져 내린 날엔 난장이 된다. 밭이 무너진 돌과 자갈과 흙으로 뒤덮여 사람의 기를 팍 죽여 놓는다. 농사를 지으려면 원상 복원해야 한다. 하루 이틀에 되지 않는다. 열흘 보름을 쉬지 않고 무너진 돌덩이와 사투死鬪를 벌인다. 굴삭기는 꿈도 못 꾸던 시절, 연장이라곤 호미 괭이 삽 삼태기가 전부였다. 순전히 몸으로 때웠다.

하늘에 하소연한들 무슨 소용이랴. 팔 걷어붙이고 돌을 가슴에 부둥켜안는다. 손이 시퍼렇게 멍들고 발이 찍혀 줄줄 피가 흘렀다. 이렇게 선조들이 피와 땀으로 올린 게 제주의 밭담이다. 돌을 들어 보지 않은 사람은 모른다. 시골서 크며 몇 번을 지켜보았을 뿐인데, 어찌 필설로 다하랴. 저 밭마다 굳건히 발 옴치고 앉아 있는 밭담을 쌓은 이들은 이젠 세상에 한 사람도 없다. 하지만 밭담은 온전히 우리의 유산이 됐다.

유채꽃 남실대는 제주의 풍치가 관광객들에겐 낭만이지만, 농부들에겐 현실이듯 밭담 또한 낭만이 아니다. 누군가 말했듯 밭담에 코를 대면 할아버지 할머니 냄새가 난다. 그 냄새를 맡을 수 있어야 한다.

총 길이가 만리장성보다 긴 22,000km라 추정한단다. 참 길다. 그뿐인가, 네모, 세모, 원, 그것들의 변형으로 이뤄진 밭담의 다양한 디자인, 감탄을 자아내게 한다.

세계중요농업유산으로 등재된 게 어찌 우연한 일이랴. 우마의 범접을 막고 방풍에 한몫하면서 덩달아 경작 면적도 넓혔다. 예술이고 낭만 이전에, 실용과 합리의 산물이다. 선인들이 장구한 세월 동안 한 덩이 두 덩이 쌓아 길게 뻗은 근면의 견고한 축조물—제주의 자랑스러운 유산!

소매치기 천국

학생 때, 버스 간에서 소매치기를 당한 적이 있다. 누님이 시내에 사는 계주에게 전해 달라 한 곗돈을 봉투째 털린 것. 버스 맨 뒷좌석에 앉아 토막잠을 자다 검은 손에게 당했다. 차에서 내려 무심코 뒷주머니에 손을 얹었더니, 손끝이 허했다. 그 순간, 옆에 끼고 있던 자취생의 보리쌀 자루가 땅바닥에 나뒹굴었다. 얼마나 허탈했던지 그 일이 여태 지워지질 않는다.

그 후론 한 번도 소매치기를 당해 본 적이 없다. 대처에 나가면 주의하느라 긴장한다. 길 가면서도 손으로 안쪽 호주머니를 툭툭 쳐 본다. 트라우마가 경계심을 늦추지 않게 역할을 톡톡히 한다. 옛 기억이 잠재의식 속에 방어기제로 무장하는 모양새다.

유럽 여행 중이었다. 가이드가 몇 차례 주의를 환기시킨다. 런던 히드로공항에 내리면서 시작한 얘기가 프랑스를 거쳐 로마 시내를 돌 때까지 여드레째로 이어졌다. 지겹게 되감기했다. 우리나라 수준으로 알았다가는 큰 낭패를 산다며 하는 말, 엄포가 아니라 '코 베가

160

기'란다.

세계에서 가장 솜씨를 뽐내는 소매치기가 유럽 국가 중에서 영국 프랑스 이탈리아 등 잘 사는 나라에 다 몰려 있어 유감없이 실력을 뽐낸다지 않은가. 유로화를 사용하는 27개국 어디든 소매치기 천국으로 보면 된단다.

그들은 동양인, 그중에도 한국인을 노린다고 했다. 일본인만 해도 카드를 많이 쓰는데, 유독 한국인이 현금을 사용하는 걸 익히 알고 있어 그렇다는 것인데, 걔들이 노리는 게 우선 아이폰이라고. 반짝 내보였다가는 삽시에, 솔개 병아리 채가듯 한다며 특히 여권을 조심하란다. 그걸 잃는 날엔 오도 가도 못하는 신세가 된다고. 서울 사람, 삼수해 자격을 땄다는 40줄의 여 가이드는 학습의 반복·강화 원리를 꿰찼다. 예시例示해 가며 효과를 극대화하는 스토리텔링의 달인이었다.

프랑스 소매치기 남자와 이탈리아 소매치기 여자 사이에서 출생한 아이는 재간이 천부적이라는 것. 낚아채는 데 걸리는 시간이 불과 2,3초. 가방에 손을 넣었다 하는 순간, 빼내곤 가방을 제자리로 갖다 놓을 정도로 그 솜씨가 현란하다는 것이다.

한번은 못 사는 루마니아의 조직배가 7, 80명의 소매치기를 런던에 풀어 놓은 적이 있다 한다. 초등학교 5, 6학년 어린아이들, 손이 작아 쏙쏙 잘 들어갈 때라는 것. 정보를 입수한 경찰이 나섰지만 성과 별무였다나.

가방을 뒤로 지면 거저 주는 것이고, 옆으로 메면 반을 이미 내

준 거란 말이 과장 같지 않았다. '7, 8초'란 말이 있다 했다. 다름 아닌, '7월말과 8월초'로 이어지는 관광 성수기엔 더욱 긴장하라는 경보음이었다.

큰 사건·사고가 많은 세상이라 뒷전에 밀리는 걸까, 나라가 어수선해서 그런가. 요즘 신문 방송에서 소매치기에 관한 기사는 눈에 띄지 않는다. 깜도 아닌 모양이다. 하지만 러시아워 만원 버스에서, 인파로 들끓는 지하철에서 소매치기는 끊이지 않을 것이다.

우리나라가 IT 왕국인 건 세계가 아는 일이다. 너도나도 스마트폰에 눈 팔고 코 박고 있으니 문제다. 차 중에 앉아 책을 펼치고 있는 사람이 자취를 감춘 데다, 길 가면서까지 정신을 빼앗겨 교통사고의 원인이 되고 있다지 않은가.

언제 어디서든 검은 손이 번개처럼 노리고 있을지 모른다. 포획에 걸리는 시간이 2, 3초다. 정신 차려야지, 당하고 나서 가슴 치면 무엇 하나.

오염과 신뢰 사이

TV에서 흔히 본다. 갠지스강물에서 몸을 씻는 사람들. 몸만 씻는 게 아니다. 그 강가에서 머리를 감는 사람, 양치를 하는 사람, 심지어는 그러면서 들끓는 사람들 틈에서 그 강물을 마시는 사람도 있다. 눈 뜨고 못 볼 광경이다. 인도인들에게 갠지스강은 어떤 의미일까.

힌두교도들은 갠지스강이 비슈누신의 발꿈치에서 흘러나오는 물이라 생각하고 신성시한다. 그 물에 목욕하면 한평생 지은 죄가 한꺼번에 다 씻어 내려간다고 굳게 믿는다는 것이다.

실은, 인도 갠지스강의 원류는 히말라야의 빙하가 녹은 물에서 발원한다. 그 거대한 빙하가 녹아 남쪽으로 내려오다 동쪽으로 휘어 뱅골만으로 유입되면서, 강 길이가 엄청나게 길다. 무려 2,460km로 압록강의 세 배다.

그런데 이 강물이 힌두교 성지 바라나시에 이르러 심하게 오염된다는 것이다. 성지 근처의 큰 도로변에는 병든 노숙자들이 북적거리고 주변엔 화장터가 80여 개나 몰려 있기 때문이란다.

그 지역 경찰들은 아침마다 주변 노숙자들의 거적을 일일이 들

쳐본다. 밤새 숨을 거둔 사람은 시신을 거적과 동냥 그릇을 함께 싸서 강가 화장터로 옮겨 놓는다. 화장터는 천민 계급인 하리잔이 관리한다. 그들은 화장을 하는 데 금 긋듯 차별을 둔다. 동냥 그릇에 들어 있는 동전만큼만 화목을 땐다. 노숙자가 남겨 둔 돈이 많으면 완전한 화장을 하지만, 동전이 적으면 대충 화장해서 강물에 냅다 버린다는 것. 온갖 쓰레기로 오염될 대로 오염돼 강물은 그야말로 팍팍하게 된 콩죽이 다 돼 있다.

한데 성지순례를 온 힌두교 교도들은 해뜨기 전에 카트(계단)에 앉아서 그 물을 마시거나 목욕하고 또 마신다. 심지어는 그 물을 가족들에게 먹이기 위해 집으로 길고 가기도 한다.

희한한 것은 또 있다. 그럼에도 피부병이나 전염병에 걸렸다는 말은 일절 없다니 놀랍다. 나와 있는 통계도 없다. 이것은 과학적으로 규명이 안 되고 의학적으로도 설명이 안 된다. 힌두교 교도들은 썩어 오염된 그 강물을 조금도 의심하지 않는다. 갠지스강물에 몸을 씻음으로써 자신이 지은 죄업에서 벗어난다는 무한 신뢰, 오직 그 믿음 말고 다른 아무 생각도 끼어들 여지가 없을뿐더러, 오히려 위로를 받는다지 않는가. 강물에서 행복을 느끼니, 그게 곧 그들의 진정한 바람일지도 모른다.

종교가 절대한 초인간적 신을 숭배하는 영역이라 인간의 내적 생활에 큰 영향을 끼칠 것은 말할 것 없지만 놀랄 수밖에 없다. 사람의 생각으로는 도무지 상상조차 할 수 없는 일 아닌가, 갠지스강가에서 벌어지는 힌두교도들의 행위는 그 오묘함이 불가사의한 것인

가. 그들은 자신들에게 쏠리는 세계인의 시선을 의식하지 못할 것이고, 전혀 개의치도 않을 것이다.

소망한다. 보편적 삶을 설파하는 한 철인의 한마디 말이 혹은 만인의 가슴 울리는 작가의 글이, 그 향기가 세상 속으로 퍼져 힌두교인들의 종교적 신뢰만큼만 번질 수 있었으면, 그게 진정 따뜻한 위로가 돼 줄 수 있었으면 하고.

힌두교도들처럼 훌쩍 오염을 넘어 그렇게.

추석 차례 전후

두 아들에게 명절과 기일을 똑같이 나눠 대물림해 주었다. 큰아들에게는 증조부모 기일과 설 명절 차례를, 작은아들에게는 무후방친(종조부 형제로 소년 시절에 바다에 나가 조업 중 돌아가심, 후가 없음) 기일과 추석 명절 차례를 지내도록 한 것이다.

오늘 추석이라 작은아들 집에 가족이 모였다. 아들네와 손자 손녀 다해 봐야 열에 차지 않는다.

아침 열 시경에 차례를 지냈다. 작은아들 내외가 차례상을 깔끔하게 진설해 놓아 마음이 흐뭇하다. 제수를 올리는 방식이 지역에 따라 다르고, 또 지역에서도 집안마다 각각이라 혼란스럽지만, 우리는 지금까지 해 오던 격식 그대로 따르고 있다.

추석 명절날 차례는 조금 편하게 지내도 된다. 명절은 즐거운 날이므로 가족들이 한데 모여 화락한 분위기에서 제를 지내고 난 뒤 음식을 나눠 먹으며 이런저런 얘기들을 나누면 좋다.

요즘은 기일이나 명절에 정장 차림을 하는 젊은이들이 별로 눈에 띄지 않는다. 평소 입는 간소한 복장으로 조상님 앞에 서는 것이다. 합리적인 것 같기도 하지만, 정장하고 단정히 제사상 앞에 서던

옛날 생각을 하게 되는 것은 무슨 때문일까.

나도 해이되는지 넥타이를 풀게 돼 간다. 편의주의에 길들이면 떼기 힘들 것이라 멈칫거리다가도, 이번만 하는 타성이 들어서는지 모른다. 시대의 물결을 외면하지는 않더라도 합당하게 해나가야 하리라는 내 기준에는 변함이 없다.

명절 음식을 먹으며 주섬주섬 얘기를 나누다 보니 12시가 됐다. 밥시간이 '아점(아침과 점심 중간의 식사)'이 돼 버렸다고 웃으며, 작은아들네와 작별했다. 자리에서 일어나며 잊지 말아야 할 인사가 있다. 차례를 차리느라 고생하는 것은 집안의 안주인이다.

"지은 엄마(큰손녀 이름을 딴 호칭)야, 수고했다. 연휴 동안 푹 쉬거라."

"예, 아버님."

작은아들 내외와 두 손녀가 아파트 출입문까지 나와 배웅한다.

"갈게. 잘 있거라, 안녕."

코로나로 추석날이면 해마다 가던 영화관도 못 간다. 집콕할 수밖에.

청바지

청바지는 못지않게 '진'이란 이름으로 익숙하다. 파란색의 질기고 튼튼한 옷이면서 헐렁해 일하기에 편하다. 그래서 특히 미국인들은 작업복으로 입는다.

프로스트는 청바지를 즐겨 입었던 시인이다. 그는 청바지를 입고 일을 하다가 워커 밑창이나 사과 상자 널빤지에다 시를 썼다. 그것도 아주 평이한 일상의 말로. 미국인에게 큰 공감을 불러일으킨 것이 그의 시가 쉬운 서민의 언어에서 나왔다. 퓰리처상을 세 번씩이나 수상한 게 우연이 아니다. 그에게 청바지는 작업복이면서 평상복, 일과 휴식 그리고 일상과 비일상을 넘나들었을 법하다.

청바지는 텐트용 거친 실로 만든 옷이다. 그래서 질기다. 거기다 계절을 가리지 않는다. 또 남녀노소 할 것 없이 누구나 입을 수 있는 옷, 그것도 막 입을 수 있는 옷이라는 이미지가 강하다. 품위를 세우려 입지 않는, 닥치는 대로 걸쳐 좋은 편의성 옷이다. 예술인들도 즐겨 입어 예전 대중음악 쪽에서 청바지와 통기타로 인기를 누렸던 한

때의 분위기를 기억한다.

원로 수필가 윤재천 교수는 청바지로 유명하다. 그분은 큰 행사에도 거리낌 없이 청바지를 즐겨 입는다. 청바지를 입는다고 격식을 깨는 게 아니라는 확고한 신념을 갖고 있어 가능한 일이다. 더욱이 문화예술행사에 정장도 아닌 청바지 차림은 아무나 할 수 있는 선택이 아닌, 용기가 필요한 일이다. 청바지를 입은 윤 교수님의 문학 강의를 들은 적이 있다. 노타이에 청바지가 시선을 끌었다. 수필을 인간학이라 풀어 놓는 유창한 강의에 감동했다. 땀 흘리는 일의 현장에 입는 청바지를 입어 그의 언어가 더욱 싱그럽고 화통했는지도 모를 일이다.

나는 이 나이에 이르도록 청바지를 입어 보지 못했다. 웃통도 마찬가지다. 몇 년 전 아내가 상하 한 벌을 사고 와 입어 보라 했다. 다짜고짜 강권하는 바람에 걸쳐 보았다. 성에 안 맞는 걸 억지로 입었으니 마음에 들 리가 없다. 사 온 사람의 성의를 생각해 언제 입는다 하곤 밀려 놓았다. 몇 해 지나더니 안 보인다. 어떻게 처분했는지 모른다.

아내가 느닷없이 청바지를 사고 들었다. 하나도 아닌, 둘이다. 여름옷에 나머지 세 철에 입게 하겠단다. 이 사람이 청바지에 맺힌 게 있나. 내게 기어이 입힐 모양이다. "평생에 청바지도 입어 봐야지 원." 이쯤 되고 보니 제대로 얻어걸렸다. 사양한다고 넘어갈 것 같지 않다. 시무룩이 그냥 있을 수 없어 두 손 들고 말았다. "그래요. 이번에 입어 보지 뭐." 내친김에 입었더니 착복감이 편해 좋다. 아내와 대화로 착복식까지 치를 셈이니 못 베긴 척 입게 생겼다.

다림질할 때 물 뿌려 촉촉해진 옷처럼 요 몇 년 새 사람이 눅눅해진 걸까. 입자, 청바지를 입자, 마음 다잡는다. 여직 안 입던 이런 옷도 한번 입어 봐야지.

피다한 사람들

다니엘 에버렛의 <잠들면 안돼, 거기 뱀이 있어>에 나오는 말이다.

"굳이 깊은 아마존 정글이 아니더라도 우리의 삶에는 고난과 위협이 곳곳에 도사리고 있다. 피다한 사람들은 자신이 처한 환경에서 살아남기 위해 잠을 자지 않는 불편한 생활을 선택했다. 그럼에도 그들은 주어진 상황을 여유롭게, 유쾌하게 즐긴다. 이 점이 매우 중요하다. 우리의 삶은 어쨌든 계속될 뿐이다."

정글의 뱀 때문에 잠을 잘 수 없는 아마존의 피다한 족. 그래서 밤을 새워 춤추고 노래하며 보내는 사람들이다. 밤잠을 자지 않고 어떻게 살아갈 수 있을까 싶어도, 그들은 그 어떤 사람들보다 밝고 긍정적이며 행복한 삶을 누린다.

우리는 뱀 걱정 없이 잠 잘 수 있는 것만으로도 행복하다.

비단 피다한 족에 국한하지 않는다. 이 지구상에는 소수민족이 의외로 많다. 그들은 그들만의 오랜 전통과 풍속을 버리지 않고 그 안에서 살아간다. 또 고유의 언어로 의사를 전달하고 있고 독특한 문화도 갖고 있다.

　이 경우, 고유의 언어는 고립과 단절의 다른 의미다. 세상과의 소통을 꺼리거나 두려워하면서 문명과의 소통을 단호히 거부하는 것이다.

　몇 년 전, 중국에 갔다 그곳 소수민족의 삶을 눈앞에서 지켜본 적이 있다. 장가계, 천안문, 만리장성, 황산으로 이어지는 여정의 도처에서 손쉽게 그들과 만날 수 있었다. 커다란 땅덩이 여기저기 광범위하게 흩어져 사는 그들의 한쪽 귀퉁이를 지켜본 것에 불과했지만, 삶의 한 단면으로 들어왔다. 관광객이 들끓는 곳이면 어디든 우르르 무리 지어 몰려다니는, 거지 행색의 허름한 남루에 검은 낯빛의 그들.

　손으로 공들여 만든 것으로 보이는 투박한 민속공예품에서 크고 작은 과일에 이르기까지 갖가지 물건들을 손에 들거나 팔에 주렁주렁 매달아 관광객 뒤를 졸졸 따라다니며 호객을 하고 있었다. 사람에게 덤벼들기라도 할 듯 공격적이고 과감한 접근인 데 놀랐다.

한눈에 한국인인 걸 알아보는 그들의 입에서 나온 우리말, "몽땅 천원!" 까만 비닐봉지에 담은 귤도 몽땅 천원이란다. 자그만 감귤(우리 같으면 비상품 파치) 열 알이 더 들어 있는 것 같았다.

왜소한 키에 물꼴 본 지 오래된 까만 얼굴로 까마귀처럼 지저귀는, 그러나 발음 또렷한 "몽땅 천원"이 내 귀엔 실존의 절규로 왔다. 우리 돈 천원은 그들에게는 큰돈이다. 악착같이 달려드는 그들에게 선뜻 손을 내미는 사람은 그리 많지 않았다. 나 역시 예외가 아니었으니까.

그래도 그들은 매일 그 길목을 지킬 것이다. 생존을 위한 몸부림이다.

그들의 내면을 들여다보지는 못했으나, 표정은 그리 어두워 보이지 않았다. 주어진 삶을 꾸역꾸역 살아가는 모습이 절박하면서도 진지해 보였다.

그들이 한족들 틈에 끼어 살게 된 데는 역사적 배경이 있으리라. 구차한 삶, 그러나 그들의 현실은 자신들이 선택한 결과라는 엄연한 사실을 부인하지 못할 것이고, 그래서 순명順命의 삶을 살아가는지 모른다. 피다한 사람들처럼.

수작酬酌한다는 것

'적당하다'라는 말은 본디 '이치에 알맞고 마땅하다'는 뜻이다. 한데 슬며시 뜻이 흔들리면서 '대충 해 버린다.'로 쓰이기도 한다. '적당히 얼버무리라.' 하는 식이다. '적당하다'가 정말 '적당히' 쓰여 버리고 있다. 임시변통으로 넘어가는 요즘 세태가 고스란히 언어에 투영된 예다.

수작酬酌이란 말이 그렇다. '수작酬酌'은 원래 술잔을 주고받는다는 의미다. '갚을 수酬'에 '따를 작酌' 그대로다. 두 글자의 '유酉' 변은 술 주酒 자의 고속자로 애초 술을 뜻했다. 술 단지 모양인데, 뒤에 물 수 변水이 붙어 '술 주酒'가 됐다. 그러니 '수작'은 주인과 나그네가 혹은 친구끼리 술잔을 권커니 받거니 하는 것이다. 우애로우면서도 상대를 존중하고 대우하는 예도가 스며있다. 절제하는 것이다.

술로 정을 나눈다. 주고받노라면 주흥酒興이 일어 자리가 무르익는다. 때로는 넘쳐 깎듯이 하던 수작이 허튼수작으로 돌변하기도 한다. 갑자기 '개수작'이 돼 버릴 수도 있는 것이다. 일단 수작이 고삐가 풀리면 엉뚱하고 뻔뻔하고 추잡한 수작이 되고 마는 게 그것이다. 요즘 포토라인에 서서 표정 관리하는 부류들은, 수작을 부리거나 꾸민 그런 자들로 봐 틀림없다. 누가 상상이나 했을까. 차마, 이렇게 멋대로 수작을 벌이는 험악한 세상이 될 줄이야.

미투 운동이 세상을 강타하더니 묘한 흐름이 생겼다. 직장이나 조직에서 괜한 오해를 피하고 자신을 방어한다고 소위 펜스 룰이란 울타리를 치려는 것. 회식이나 업무협의 등 소통 채널에서 공공연히 여성을 배제하려 든다. 여성들이 참여할 기회를 원천적으로 차단하려고 남성들이 둘러치는 펜스 같은 묘한 장치다. 이는 또 다른 여성 차별로 이어져 불화의 불씨가 될지 모른다. 그래서야 되겠는가. 미투 뒤에 숨은 나쁜 수작의 손길을 이참에 끊어야 한다.

한 조직이 원활히 기능하려면 구성원 간의 수작은 선택 아닌 필수다. '작酌'은 매우 포용적인 글자다. '짐작斟酌'은 술을 따를 때 넘쳐도 모자라도 예의가 아니므로 그 양을 가늠하는 것이다. '짐斟'은 '머뭇거리는' 것 아닌가. '작정酌定'에 이르러 절로 고개가 끄덕여진다. 짐작을 한 연후, 따를 술의 양을 정함이다. 무작정無酌定으로 가면 큰 결례가 된다. 술이 약한 사람에겐 '참작參酌'하면 참 좋다. 상대의 주량을 헤아려 그에 맞춰 따라 주려는 배려다. '헤아릴 참參'이니까.

수작하면 먼저 감흥酣興이 인다. 술을 즐기는 단계다. 다음으로 가면 '탐耽'으로 술에 빠진다. 거기서 더 나아가면 '마칠 졸卒'이 들어가 '취할 취醉'가 된다. 이제 그만 마시라는 적신호다. 술잔을 더 잡고 있으면 사람이 '추醜'해진다. 귀신鬼이 붙는 것이다.

술을 마시되 수작을 잘하면 매우 즐겁고 유익하다. 수작이 정상 궤도를 이탈해 나오는 게 '괴물'이다. 미투니 펜스 이전, 절제와 예절 속에 아름답게 수작할 일이다.

옛 선비들은 자연에 침잠해 꽃과 새와 폭포와 수작하며 글을 쓰고 그림을 그렸다. 고매하면서 천연덕스러운 통섭이었다.

음식문화 파시스트

개고기에 갖은 양념을 해 끓인 게 개장국이다. 이름도 갖가지다. 개장·구장·지양탕·보신탕·멍멍탕·영양탕·사철탕….

개장국을 즐기는 것은 오행설로 보면, 개는 성질이 아주 더운 화火이고 삼복인 복伏은 금金이다. 화가 금을 누르므로火克金, 개장을 먹어 더위를 이겨낸다는 원리다. 이열치열인데다, 초복에 먹으면 더위를 이기는 데 그만이라 한다. 양기를 돋아 주고, 몸을 실하게 해 주고, 부스럼을 고치고…. 더욱이 출산부가 개의 발목을 삶아 먹으면 젖이 잘 난다고 한다.

구미에 소개되면서 야만적인 음식으로 이해되기도 했다. 프랑스 여배우요 동물애호가 브리지트 바르도가 대통령 앞으로 편지 한 통을 보냈다. 그 내용이란 게 별것도 아니었다. "제발 한국에서 개고기를 먹지 않게 해 주세요."

88서울올림픽을 앞두고 대외적 이미지 때문에 개장국을 집중 단속하기에 이른다. 도심에서 외곽으로 밀려났다 다시 들어오는 수난을 겪었다.

불교에서 불살생不殺生으로 금기시하나 다른 종교는 그렇지도 않다.

성당에서는 바자회 때 영양탕을 끓여 먹는데, 수녀님들도 드신다고 한다. 옛날 굶주리던 시절, 소신小神학교 아이들이 한창 성장기인데 영양실조로 부스럼을 앓게 되자, 단백질을 보충해 주기 위해 개고기를 먹였다는 유래가 있다는 것.

예수님은 "입으로 들어가는 게 죄가 아니고 입에서 나오는 게 죄가 된다." 하셨다. 사람의 마음에서 나오는 음탕한 속임이나 거짓이 죄가 된다는 말씀이다.

결국 시대와 사회에 따라서 어떤 걸 먹든 죄가 되지 않는다는 얘기인가.

이탈리아의 석학 움베르토 에코는 개고기 문화를 비판한 브리지트 바르도를 신랄하게 비난했다. 그는 "한국인들 역시 프랑스 사람들처럼 개고기를 절대로 먹어서는 안 된다고 주장하는 그녀는 파시스트로밖에 볼 수 없다."며 "어떤 동물을 잡아먹느냐의 문제는 인류학적 문제다. 그런 면에서 바르도는 한마디로 어리석기 짝이 없는 우둔함의 극치"라고 일침을 놓았다. 그는 또 "상이한 문화권에서 서로 다른 관습이 존재한다는 사실을 많은 사람이 이해하도록 노력해야 할 것"이라며, "감수할 수 있는 것과 감수할 수 없는 것과의 사이에 경계를 구분할 수 있는 잣대는 상식"이라고 강조하며 한국을 편들었다.

보신탕 먹는 걸 중단하지 않으면 유럽 차원에서 2018평창올림픽을 보이콧해야 한다고 얼마 전 이탈리아 한 정치인이 주장하고 나

섰다. 보신탕을 먹는 풍습과 열악한 개의 사육 환경 등을 다룬 '한국, 공포의 식사'라는 비디오를 상영하면서. 또 으름장인가.

프랑스인들은 '구기농'을 즐겨 먹는다. 달팽이 요리다. 먹기 위해 사육된 것이라 하나 달팽이는 달팽이다. 여행길에 점심으로 한번 먹고 달팽이집 다섯 개를 갖고 와 서가 귀퉁이에 놓았다. 브리지트 바르도의 혐한嫌韓 발언에 각을 세운 의식이 달팽이 껍데기를 짐속에 챙기게 했다.

음식은 그 사회의 풍속이고 문화로 오래된 전통이다. 문화상대주의를 인정해야 하는 이유다. '몬도가네'를 새삼 떠올릴 것도 없이, 지구상에는 진기한 풍습들이 민족이라는 울타리 안에 공존한다. 상식이다.

영양탕을 한동안 멀리해 왔는데, 몸 부실하니 이 염천炎天에 한 그릇 받아 앉아 땀깨나 쏟아야 할까 보다.

어떤 부고

사람의 죽음을 알리는 소식이 부고다.

제주 지역에는 여러 지방지 광고란에 부고를 실어 지역에 다퉈 가며 알린다. 첫머리에 상제의 이름을 내놓아 망인의 종명 사실을 알리고 나서 뒤에 후손들의 이름을 열거한다. 유족 이름과 후손들을 들여다보면 가문의 실상을 대충 살필 수 있다.

요즘엔 신문 광고보다 메일이나 문자나 단톡방으로 대신하는 쪽이 훨씬 많다. 변화의 물결이 여기까지 와 있어 급변하는 시대의 흐름에 놀라곤 한다.

나는 지금 칼럼을 연재하는 J일보에 실린 한 부고를 들여다보고 있다.

'허00(前 00학교 교사) 어머니 청주 정씨 00(향년 99세)께서 서기 2020년 88월 8일 23시 40분경 노환으로 별세하셨기에 삼가 알려 드립니다.'

잎포·발인 일시와 발인 장소 그리고 장지가 나와 있다.

놀라 눈을 떼지 못하는 것이 그 아래, 유족을 나열한 부분이다.

아들 둘에 며느리 둘, 딸이 여섯에 사위 여섯인데 친손자 둘, 친

손녀 셋 그리고 외손자 일곱에 외손녀 여덟, 친손 외손 합이 스물하나다.

큰딸이 '故'라 망인이 앞세워 참척慘慽한 것을 알겠다. 한데 큰사위도 '故'라 해 큰딸 내외가 먼저 세상을 떠났으니, 인생사란 알 수 없는 것이란 생각이 든다.

선뜻 눈길을 끄는 게 있다. 아들 둘에 딸 여섯을 두었으니 딸 부자가 아닌가. 딸을 계속 낳다가 '칠 공주'로 소문나기 직전에 겨우 아들 둘을 얻었을, 악전고투(?)의 이력이다. 득남의 기쁨으로 집안이 들썩였을 것 아닌가.

"아이고, 그 할머니 딸 많이 두어 오래 사셨네."

아내가 한마디 한다. 적어도 팔순부터 딸들이 차례로 순번을 정해 어머니를 돌아가며 모셨으리라는 것이다. 그러니까 딸 여섯이 그 어머니를 장수하도록 효도했다는 말이다.

부모가 감기로 몸져누워도 머리맡에 앉아 죽 몇 술 떠먹이는 건 딸이라고 한다. 아들이 아무리 효성이 지극하다 해도 딸을 따르지 못한다는 얘기다. 그래서 딸 없는 노인들이 나이 들면서 딸을 두지 못한 걸 한탄하며 가슴을 쓸어내린다지 않는가. 망인은 그런 귀한 딸을 무려 여섯이나 뒀으니 말년에 호강했으리라.

그나저나 망인 천수를 누리며 스물하나나 되는 손자 손녀들 얼굴 익히고 그 얼굴에 그 이름을 제대로 부르기나 했을지. 쉽지 않았을 터라, 설날 세배할 때면 헷갈려 웃음보를 터뜨렸을 것이지만, 오복 중 고종명考終命으로 말복을 누린 분임에 틀림없다.

자투리

오래된 일이지만 잊히지 않는다. 어릴 때 내 옷은 대부분 어머니가 손으로 떠 준 무명옷이었다. 거칠고 성긴 천인데 질기지 않아 쉬이 헐었다. 어머니는 엉덩이나 무릎이 해진 데를 무명 자투리를 덧대 바늘로 뜨곤 했다. 궁핍한 때 가난을 견뎌내는 법을 배웠다. 설명이 없었으니, 눈으로 보면서 자율학습을 한 셈이다.

재봉틀로 박은 옷을 입은 애는 반에 두셋 있을까 말까 했으니 크게 표나진 않았고, 내 옷을 바라보는 아이들의 야릇한 시선도 기억에 없다. 그러나 자투리에 대한 인상은 강렬해 머릿속에 각인돼 있다.

결혼해 아이 둘 낳고 시내에서 셋집을 얻어 살 때였다. 네 식구가 받아 앉는 식탁에 알록달록한 보가 덮여 있었다. 가만 보니 재봉틀로 박아 만든 아내의 솜씨였다. 무지갯빛 네모난 천들로 규칙 배열한 조합. 놀라운 것이 있었다. 천 하나하나가 일정한 크기와 정해진 색깔로 있으면서 식탁보라는 큰 구조의 반듯한 네모를 완성하는 데 몫을 하고 있는 게 아닌가.

전체에 기여하는 하나의 질서가 눈길을 끌었다. 작은 네모들은

모두 자투리 천이었다. 마름질하다 남은 걸 버리지 않고 간수했다 꺼낸 것들이다. 나는 네 식구가 앉아 밥을 먹으며 아내에게 흐뭇한 웃음을 보냈다. 그것도 모르고 아내는 오랜만에 '반찬이 입에 맞는 구나.' 했을 것이다.

어떻게 된 건지 아들 대엔 자투리가 눈에 띄지 않는다. 손수 만 들거나 기워 입는 옷도 없고 장식에 갖다 붙여 놓지도 않는다. 오히 려 청바지는 찢어 너덜너덜하게 입는다. 집에 재봉틀이 자취를 감춘 지 오래다. 돈만 있으면 해결된다. 손으로 공들일 게 뭔가. 고급스러 운 제품들이 산더미처럼 쌓여 있는 세상인데….

한데 어느 여류작가가 마당 한 모퉁이에 꽃밭을 만들어 들꽃을 심어 가꾼단다. 정성을 기울이는 것을 보면 그것들 이름을 부르며 정성껏 키울 것이다. 집에 자투리땅이 있었기에 가능한 일이다. 자 투리땅을 버려두지 않은 작가의 들꽃 사랑에 고개 수그러든다.

피륙을 재는 단위가 자尺다. 귀 넘어 들었다. 포목점에서 자 단 위로 팔다가 혹은 쓰다 남은 게 한 자가 채 못되는 것을 반자치라 했다. 제값 받고 팔기엔 적은 양이지만 그렇다고 버리기에는 아까운 걸 이르는 말, 자투리의 다른 말일 것이다. "반자치 남을 건 그냥 덤으로 드리겠습니다." 손님을 다시 오게 정으로 유인하는 것이다. 그게 장사다.

자투리를 혹여 잡동사니, 자질구레한 것들, 심지어 부스러기쯤으로 간주할 것은 아니다. 어쩌다 만남에 일찍 나가 시간을 기다릴 때, 그 기다리는 시간이야말로 자투리 시간이다. 20분이라면 금싸라기 아닌가. 이럴 때를 위해 수중에 수첩을 넣고 다닌다. 그곳 분위기라거나 창가에 피어 있는 꽃 위로 내려앉는 하오의 햇살…. 메모한다. 시상과 접합할 수 있으면 그건 행운이다.

무아지경

어릴 적 내겐 무엇에 몰두하는 버릇이 있었다. 풀잎에 맺힌 이슬이 영롱해 다가앉아 눈으로 어루만지느라 시간 가는 줄을 잊었다. 이슬방울에 아침 햇살이 스밀 때의 영롱한 빛살에 정신줄을 놓은 것이다.

한번은 한여름 집 어귀에 서 있는 팽나무 아래 거적을 깔고 앉은 뱅이책상을 받고 앉아 방학 숙제를 하고 있었다. 초등학교 2,3학년 때로 기억된다. 내겐 매우 중대한 임무가 주어져 있었다. 어머니가 밭에 가면서 마당에 병아리를 풀어놓고 잘 지키라는 것이었다. 간헐적으로 솔개가 날아와 낚아채 가기 때문이다.

해가 중천에 솟아오르자 슬슬 졸음이 몰려왔지만 긴장을 놓으면 안 됐다. 때마침 눈앞에서 수많은 개미들이 일을 하며 바지런히 오가는 게 눈에 들어왔다. 밤새 파놓았을까. 모랫바닥을 헤쳐 작은 굴 하나가 파였고, 그 속을 들고 나며 부지런히 무얼 나르고 있다. 한시도 쉬지 않는다. 가만 들여다보니 신통하다. 새카맣게 내왕하는 흐름 속에서 단 한 번도 서로 부딪치는 일이 없지 않은가. 그들 세상엔 자그만 교통사고도 없다. 완벽한 질서의 세계가 흥미로워졌다.

졸음기도 사라지고, 어머니가 물을 부으면 오이냉국이 되니 밥 말아 먹어라 한 점심 생각도 까마득히 잊어버렸다. 개미 떼에 정신 팔려있었다.

일이 벌어졌다. 한순간, 거대한 그림자가 마당가를 덮더니 휘익 하고 사라진 뒤로 불화살 같은 햇살이 기세를 돋워낸다. '아차. 병아리!' 어미 닭이 양 날개를 두드리며 마당을 돌고 혼비백산한 병아리 들이 삐약 삐약 소리를 질러대고 있다.

정신이 번쩍 들었다. 어머니에게 욕 한 사발 얻어먹게 생겼으니 가슴 덜컥 내려앉았다. 하지만 마당을 공격해 오는 솔개를 향해 긴 막대기로 후리치는 동작을 그럴싸하게 해냈던 것 같다. 다음날 또 그 훗날도 솔개는 마당 위를 낮게 돌다 사라지곤 했다. 내 모습에 겁 먹었을 것이다.

무아지경이 병아리 한 마리를 잃게 했지만, 왠지 나쁘지 않게 생 각됐다. 그때부터 철이 들었을지도 모른다.

임어당의 얘기가 떠오른다.

줄국의 장자가 조롱이라는 마을을 지나고 있었다. 그런데 날개 길이가 무려 일곱 척이나 되는 큰 새가 머리 위로 날아가는 것을 보았다. 장자는 그 새가 궁금해 가까이 다가갔다. 그래도 그 새는 꼼짝도 하지 않았다. 새를 잡을 요량으로 화살을 매겨 좀 더 가까이 접근했음에도 역시 꼼짝 않는다. 이유가 있었다. 큰 새의 눈앞에는 버마재비가 앉아 있다. 화살이 자기를 겨냥하고 있는 것도 모른 채 먹이에만 정신이 가 있다. 한데 그 버마재비 또한 꼼짝 않고 있는 것은 그 바로 코앞에 있는 매미를 노리고 있다. 장자가 활을 당기려는 일촉즉발의 순간, 숲의 주인이 장자를 잘못 알아보고 수상쩍은 행위에 그만 소리를 지르고 말았다. '도둑이야1' 화급히 내지른 그 소리에 놀라 서로의 먹이사슬은 깨져 무산되고 말았다.

그들은 먹이 앞에 무아지경이었다. 자신을 잊어버린 것이다. 숲의 주인이 잃어버렸던 자신을 되찾게 했다. 아잇적 병아리를 낚아챈 솔개는 내게 어떤 의미였을까. 일실一失이 있었지만 더는 잃지 않게 나를 일깨웠으니, 그것은 일득一得이었다. 일에 몰입하는 것이 나쁜 것은 아니다. 다만 과도하게 빠지면 나를 잊어버리는 우愚를 저지르게 된다. 그걸 터득했다.

버티다

　습관적·반사적이다. 아침에 일어나면 날씨부터 체크한다. 최고 기온과 최저기온, 풍속과 습도 그리고 초미세먼지와 자외선과 황사와 오존의 농도까지. 관성에는 근육이 있어 탄력으로 좀 더 나아간다. 오전 오후 날씨와 주간 날씨로 이어진다. 눈비 소식이 있으면 언제 어느 정도 내릴지, 그 확률은 몇 프로인지까지 간다. 그래야 우산도 챙긴다.

　언제부터인가 우리는 하루라는 주어진 시간을 일하며 지내기 위해 날씨에 관한 정보를 꼼꼼히 확인하는 데 익숙해 있다. 현명한 걸까, 현실에 적응하려는 계산된 점검일까. 이유는 마음 밑바닥에 자리매김해 있다. 잘 살아내려는 의식, 그래야 하루를 견뎌낸다. 말에도 중력이 있다. 버티다.

　일상에 치인다고 말한다. 시간에 쫓기고, 약속에 쫓기고, 돈에 쫓기고, 눈치에 쫓기고, 너와 나의 관계에 쫓긴다. 그런데도 심드렁한 표정에 간간이 입가에 미소를 지으며 여유를 보이기도 한다. 제법 오랜 경험의 누적에서 가능한 생활인의 삶의 모습이다. 그렇게 하루를 혹은 일주일을 살고 나서 무심코 새어 나오는 말, 버티다. 때로 힘겹다. 동료와의 교섭에서 기분이 꼬이거나, 지금 하는 일에서 즐거움을 찾지 못해 울적하거나, 다짜고짜 달려든 격한 감정이 폭포처럼 혹은 천둥소리로 낙하하며 덮쳐올 때가 왜 없을까. 그런 격렬한 감정이 맹렬한 속도로 지나칠 때, 그 아찔한 위기를 가까스로 넘길 수 있었다면 그 균형을 잡아 준 건 언제부터인가 몸에 밴 감정조절 능력이다. 가슴을 쓸어내릴 테다. 유비무환이란 이런 때 빛나는 어휘다. 무탈하게 위기를 넘기고 나서 허공을 향해 외친다. 버티다.

어떤 상황에 그만큼 대처할 수 있는 능력이면 내성耐性이 있다 해도 무방하다. 물리적으로 한구석에 몰려 있으면 감정으로 흐르기 십상인 게 우리들 장삼이사, 보통 사람들이다. 특별한 이유 없이 들이닥쳐 자신을 마구 흔들고 무너뜨리고 까부술 때, 바위 같은 침묵의 말과 남루로도, 강풍 앞에 선 나무로 느긋할 수 있다. 그 힘의 원천으로 솟아난 말이 있는 걸 뒤늦게 알아차린다. 버티다.

가을 통신

일상의 단조함에 대한 가벼운 저항인가. 언제부턴가 습관이 됐다. 아침에 일어나 베란다 창을 열면 그 너머 한라산 어깻죽지로 눈이 달려간다. 어떤 손이 밀어냈나. 간밤에 잔뜩 머물렀을 구름 한 조각 떠 있지 않다. 활짝 갠 아침 산은 세상을 비추는 장대한 명경 같다. 이 섬을 고스란히 투영하고 있다는 아득한 상상에 닿는다.

무서리 밟으며 산을 가파르게 내린 산의 서기가 몸을 친친 휘감는다. 거기 에워싸인 내 사유의 둘레로 한 줘기 소슬바람 지나간다. 머릿속엔 생각다 만 어제의 잡념 같은, 풀지 못한 채 침전된 앙금 같은 것들, 한 오라기도 남아 있지 않다. 하수종말처리 끝낸 삽상한 아침이다.

어디를 유랑하다 돌아온 사람처럼 딛고 선 자리가 허술했다. 코로나19가 침노해 삶을 제멋대로 마름질해 휩쓸고 패대기쳐 놓은 지 일 년이 눈앞이다. 그새, 딴 세상을 살았던 것 같다. 생전 들어보지 못한 말들이 난분분한 주변이 이제야 '엄마' 하며 입을 떼려는 아이에게 보다 낯설었다.

마스크, 손 씻기, 강화된 거리 두기, 방역, 음압병실, 확진자, 신

천지, 팬데믹, 집단감염, n차 감염, 깜깜이, 원격수업, 비대면, 집콕, 드라이브 판매, 언택트….

눈에 보이지도 않는 미세한 바이러스에 내몰려 우리는 남루로 너덜대고 있다. 일상이 일그러지면서 폭풍 같은 긴장이 밀려왔다. 불안했다. 누구와 만나기는커녕 한마디 안부를 묻기도 거북했다. 사회적 제한 속에 사람으로 살기를 체념해 문을 닫았다. 빗장을 걸어 방콕이 넓혀지더니 집콕이 됐다.

소상공인들의 아슬아슬하던 기반이 흔들리면서 그예 무너지고 있다. 하필 연거푸 치고 빠지듯 태풍 바비, 마이삭, 하이선이 엎친 데 덮쳐 넋을 놓게 했지 않나. 휩쓸려 떠내려간 농작물, 과수원에 떼 주검으로 나뒹군 낙과 앞에 차마 울지도 못해 가슴 쓸어내려야 했다. 평생 가난에도 착하디착한 농부들. 그들은 수마가 할퀴고 간 땅에 다시 씨앗을 뿌렸다. 도시 사람들은 배추 한 포기에 1만 천 원하고도 잔돈을 얹어야 하는 이유를 이제 알 것이다.

그나마 한국은 코로나19 선제 대응에 성공한 사례로 선진국 반열에 올라섰다. 질병과 사투로 맞섰던 노고의 축적으로 우리는 희망을 앞당겼다. 감염확진자도 두 자릿수에 머물러 있어 고비를 넘겼잖을까.

자연으로 귀환할 때다. 그 속으로 들어가면 잃어버렸던 자신과 만날 수 있다. 자연만한 신비주의, 계절만한 미학은 없다.

코로나19 사태 속에서도 찾던 곳이 산과 들이다. 이제 저 멀고 가까운 산야로 눈을 돌리면 어떨지. 가을 산은 온통 단풍의 제의에

몸살을 앓고 있다. 붉게 노랗게, 산을 와락 물들인 형형색색의 단풍. 이 순간, 누군가 산등성마루를 타고 오르며 거대한 붓으로 고운 채색을 올리고 있다. 저 현란한 스펙트럼, 그 속엔 눈에 나기 쉬운 다갈색도 들어 있으니 놓쳐선 안 되리. 감춰진 것에는 아름다움이 숨어 있다.

산을 내리거든 그리운 이에게 기별하는 것 잊지 말아야지. 한 줄의 단문을 띄우는 엽서에도 눈시울을 붉힐지 모른다. '가을 단풍 숲으로 겨울 오는 소리'. 춥고 음산하다 하지만 겨울은 어차피 나야 한다. 뒤로 숨차게 달려올 봄.

카톡이나 메시지 말고, 오랜만에 꾹꾹 눌러 쓴 손편지는 어떨까. 다음으로 갈 곳, 사람이 그리워 발소리에 귀 기울이는 빨간 우체통.

작품 해설을 했더니

30년 가까이 글을 쓰다 보니 남의 작품집 해설을 하게 된다. 수필이 대부분인데 시와 시조, 아동문학도 다소 들어 있다. 60권에 이른다. 남의 작품을 해설하면서 살짝 평을 곁들여야 하니 신경이 쓰인다.

내 기준과 잣대를 대다 보면 호평도 혹평도 될 것이나, 가급적호평 쪽으로 기운다. 창작에 몰두해 모처럼 작품집을 내는데 혹평을 해 버리면 혹 절망할지도 모른다. 쓰려는 에너지가 왕성해야 좋은글이 나온다. 사기를 진작시켜 글에 정진하게 유인하는 것도 해설의한 기능일 거라서 중도성에 무게를 두고 있다. 실은 나도 좋은 글에목마르니 가야 할 길이 멀고 먼 사람이다.

그러면서도 더 좋은 글을 쓰게 길을 열어 주는 나침반 구실을 할수 있는 진정 어린 길라잡이가 되려 애써 왔다. 내 취향이나 주관적접근으로 편향적 글을 써서 문학에의 꿈을 접게 한 경우가 있었다면그건 낭패다. 의도와는 다른 결과이니 썼던 글을 뒤적여보며 반성하고 통찰도 한다. 어쨌든 작품 해설은 쓰기가 지난할 뿐 아니라 본질적으로 가탈스러운 것이다.

동인脈 회원인 정복언 수필가의 두 번째 수필집『뜰에서 삶을 캐다』를 해설하게 됐다. 첫 번째 수필집과 시집에 이어 세 번째라 인연의 막중함을 생각게 한다. 내가 순환계 질환 진단을 받아 안정을 유지해야 한다는 의사의 소견 따라 입원했다 퇴원해 집에 주저앉아 있을 때다.

공교롭게도 내 사정이 쉽진 않았으나, 정 수필가는 지금 두 번째 작품집을 내려는 것 아닌가. 양자택일은 그 빈자리가 허망하다. 몸이 흔들리고 있지만 며칠만 견뎌 내면 되는 일이다. 그의 일이 내 일이란 생각에 원고를 보내도록 했다. 발문 형식으로 사무용지 두어 장 분량으로 함축해도 체제상 나쁘지 않을 것이라 그러리라 귀띔까지 해 놓았다. 하지만 쓰기 시작하자 그렇게 되지 않았다.

임시변통이던, 단출하게라도 하겠다던, 임시변통의 장치는 이내 벗겨져 버렸다. 글이 참 좋고 창작욕이 불꽃 같은 정 작가다. 이왕 쓰는 거 이전과 같은 수준을 유지하자 마음을 고쳐먹게 됐다. 전처럼 책상에 오래 앉지 못하지만 휴식을 넉넉히 하면서 걸음을 떼기 시작했다. '어렵게 내는 책인데 잘 써야지.' 하다 보니 사무용지 9장 분량에 이르렀다. 퇴고도 늘 하듯이 하고 나니 해설을 쓴 마음자리가 푸근하다. 공들이면 그 뒤가 흐뭇하니 이런 글을 쓴다.

정 작가에게 송고했더니 일독 후 답 메일이 왔다.

"평설을 공들여 써 주었음에 깊이 감사드립니다. 몸이 불편하신데도 온 힘을 기울이시는 모습이 떠올라 울컥했습니다.

아프지 말아야 할 텐데 저도 어제 왼쪽 무릎에 이상이 생겨 '脈'

194

모임에 겨우 다녀와 통증을 참으며 내일 병원에 갈 시간만 기다리고 있습니다.

선생님 삶의 뼈대는 글쓰기인 줄 익히 압니다. 그렇더라도 조금은 쉬시면서 오래도록 쓰셔야 합니다.…"

책으로 20쪽 넘는 분량을 닷새 동안에 몰아 쓰느라 지치기도 했을 것이고, '뇌경색'이라는 불청객을 머릿속에 들여 눈치 보느라 불안하기도 한데, 나도 그만 '울컥' 하고 말았다. 칠십 살 노작가의 메일이 그 주범(?)이었다.

"몸이 불편하신 데도 온 힘을 기울이시는 모습이 떠올라 울컥했습니다." 이 대목.

온 힘을 기울이길 잘했다.

'대한민국 어게인!'

 2020년 9월 30일, 가수 나훈아가 TV에 출연했다. 추석 전날, 무려 15년 만이다. 내건 타이틀이 '대한민국 어게인! 나훈아'.

눈매는 어느 때보다 인자했지만, 가황歌皇의 진면목을 보여주었다. 이른바 '무대를 씹어먹는 듯한' 카리스마와 폭발적인 가창력을 선보이며 국내외 시청자를 사로잡았다. 코로나로 힘들어 하는 국민을 위해 출연료 없이 무대에 섰다는 그는 수많은 히트곡 중 '홍시, 무시로, 잡초, 영영, 사내' 등을 무려 두 시간 동안 한 치의 흔들림 없이 열창했다.

"코로나19 방역의 영웅들, 의사·간호사들을 칭송하면서 감사의 인사를 전한다."고 했다. 그의 말에 숨죽이면서 나를 돌아보게 했다.

"우리는 지금 많이 힘듭니다. 지쳐 있습니다. 옛날 역사책을 보아도 왕이나 대통령이 국민 때문에 목숨을 걸었다는 사람은 한 사람도 본 적이 없습니다. 이 나라를 누가 지켰는가 하면 바로 오늘 여러분들이 지켰습니다. 생각해 보십시오. 류관순 누나, 진주의 논개, 윤

봉길 의사, 안중근 열사 이런 분들 모두가 다 보통 우리 국민이었습니다. IMF 때도 세계가 깜짝 놀라지 않았습니까. 집에 있는 금붙이 다 꺼내 팔고… 나라 위해 국민의 힘이 없으면 위정자들이 생길 수 없습니다. 대한민국 국민 여러분이 세계에서 제일 위대한 1등 국민입니다."

깜짝 MC로 등장한 김동건 아나운서가 "(나라가 주는) 훈장을 사양했다 하더라."는 질문에, "세월의 무게가 무겁고, 가수라는 직업의 무게도 무거운데 어떻게 훈장까지 달고 삽니까? 노랫말도 쓰고 노래하는 사람은 영혼이 자유로워야 합니다."라고 답했다. '영혼이 자유로워야' 한다는 그의 말이 창작의 본질을 설파하고 있었다. 그러고 보니 수많은 히트곡 노랫말 9할이 그가 직접 쓴 것이 아닌가.

우회적으로 혹은 직설로 언론에 대해 쏟아낸 쓴소리엔 많은 것을 생각하게 했다. "저를 신비주의라고 하는데 가당치 않습니다. 언론이 만들어낸 것이지요. 가수는 꿈을 파는 사람입니다. 꿈이 고갈된 것 같아 11년간 세계를 돌아다녔더니, 잠적했다고들 하대요. 뇌경색에 걸려서 혼자서는 못 걷는다고 하고요. 이렇게 바로 걸어 다니는 게 미안해 죽겠습니다. 하하."

노래는 언제까지 할 것인가 하는 질문에, "솔직하게 말씀드리면 내려올 자리나 시간을 찾고 있습니다."고 했다.

KBS는 공영방송으로 국민의 방송이다. 두고 보라, KBS는 앞으로 거듭날 것이라 한 그의 소신 발언이 시원시원한 멘트와 함께 지금도 귓가에 머문다.

개런티에 관심이 컸다. "나훈아, 5억 원 개런티 고사? 출연료 자체가 없었다." 추석 연휴를 맞이해 코로나19로 지친 국민들을 위해 노 개런티로 공연을 선봤을 뿐이다. 단지 그것뿐이다. 나훈아가 공연 중 "(소크라)테스 형에게 '세상이 왜 이러냐.' '세월은 왜 흐르냐.고 물어봤는데 모른다고 하더라.'"고 한 말이 관심을 모으면서 '테스 형'이 유행어로 번질 만큼, 그는 영향력을 과시했다.

나훈아가 직접 작사 작곡한 '테스 형'이 폭발적 인기다. '…아! 테스 형, 세상이 왜 이래, 왜 이렇게 힘들어?…' 혼란스러운 세상을 어찌 헤쳐나가야 되는지 소크라테스 형에게 물어본다는 의미라는데, 풍자성을 띤 것일지도 모른다. 아무튼 재미있다. 역사적 인물에도 이 곡을 붙여 '형'이라 붙이는 등 여러 패러디가 쏟아지고 있단다.

국내외 국민들이 환호하며 열광했다. 트롯의 국민적 공감대 위에 듬직하게 얹어진 그의 삶의 이야기와 국가 지도자들에게 쏟아 낸 직언엔 날 선 촌철살인의 의표意表가 번쩍였다.

추석 전날 밤, 아직 송편 하나 먹지 않았는데도 배가 부르다.

전에 없던 이 포만감!

책을 보냈더니

수필집『읍내 동산 집에 걸린 달력』과 시집『둥글다』를 같이 출판했다. 둘 다 여덟 번째 상재한 것들이다. 작품 평을 받지 않고 직접 쓴 발문으로 마무리했으므로 내 문학적 성과가 어느 수준에 이르렀는지는 여전히 안개 속이다. 앞으로도 뼈를 깎는 고통의 몇 고비가 기다리고 있을 것이라, 나중에 평가를 받아도 된다는 게 내 생각이다. 서두르지 않으려 한다. 순조롭거나 그게 뜻 같지 않으면 그냥 쓰기만 해도 되는 일이다.

중앙과 제주 지역 문단 작가들에게 내 작품집을 보냈다. 한 봉투에 시집과 수필집 두 권을 넣으며 참 흡족했다. 두 권의 책에 친필 사인하고 봉투를 쓰는 작업에 손과 팔이 품을 팔았지만 그런대로 견딜 만했다. 문우들에게 미흡한 대로, 어설픈 대로 내 작품을 보인다는 게 기쁘다. 같은 일이라도 즐겁게 하면 지친 줄을 모른다. 딴은 한두 번 해 오는 일인가. 작품집 여덟 번, 시집 여덟 번, 수필 작법, 수필선….

책을 보낸 뒤 축하 인사들이 잇따른다. 메일로, 문자로, 카톡으로, 전화로. 꾹꾹 눌러 쓴 손편지를 부쳐 오는 분도 몇 있었다. 몇 년

간 편지를 써 보지 못한 나로선 편지를 대하며 가슴 떨리게 감동한
다. 내용이야 격려의 뜻을 담은 것이나 그 성의는 어디인가. 나를 돌
아보게 한다.

편지 못잖게 정성을 기울인 수필 원로작가 '반숙자'님의 메일은
되풀이해 읽으며, 바다 건너 먼 곳 충북 음성으로 돌아앉아 눈을 감
았다. 등단 반세기 내공을 견고히 쌓아 온 분이다. 노 작가께서 이렇
게 겸손할 수 있을까.

"하루하루가 위험한 코로나 세상에 평안하신가요?

오로지 수필을 쓰고 시를 쓰며 사시는 선생님의 열정에 박수를
드립니다.

이번에 보내주신 수필집 『읍내 동산 집에 걸린 달력』과 시집 『둥
글다』를 감사하게 받아 읽고 있습니다. 축하합니다.

출간하실 때마다 보내주시는 귀한 책을 염치없이 받기만 했습니
다. 연륜과 함께 무르익은 편편에 옷깃을 여밉니다. 어쩌면 그리 쫀

쫀하고 사유가 깊은지요? 선생님의 시선이 닿는 곳이면 돌덩이라도 감응하는 놀라운 통찰을 봅니다.

표제의 글을 읽으며 좋은 문학적 환경을 가꾸신 것도, 거기서 다가오고 가는 사계를 모두 수필화하신 것도 놀랍고 경외롭습니다. 많이 공감하며 재미있게, 또 부러워하며 읽습니다.

감사합니다. 내외분 내내 건강하시어 내년에도 후년에도 좋은 글 읽게 해 주세요. 선생님 말씀대로 10년을 예약합니다."

충북 음성에서

반숙자 드립니다.

교단에 여러 해 몸담았던 것, 40년 전 『한국수필』로 등단했다 『현대문학』으로 재등단한 것, 조연현 문학상을 수상한 선생의 자취가 뚜렷이 다가온다. 선생이 아무쪼록 천수를 누리면서 좋은 작품을 남겨 주었으면 하고 소망한다. 간절하다.

'2020 트롯 어워즈'

트롯 100년을 결산하고 새로운 트롯 100년을 모색하는 '2020 트롯 어워즈'가 추석날 밤에 열렸다. 코로나19로 지쳐 있던 국민들, 추석 명절임에도 귀성하지 못한 채 주저앉은 가족들에게 뜻밖의 위로와 즐거움을 주었다.

'어워즈'란 말이 까칠했으나, 시상식쯤으로 추슬렀다. 트롯이 아닌, 학생들에게 장학금을 주는 의식도 어워즈일 거라 하니 편하다.

트롯은 서민의 알짜 노래로, 그들의 애환을 담은 대중음악이다. 노래방이 그냥 생겨난 게 아니다. 과거 우리 조상들이 열린 공간에서 민요를 타령으로 부르며 가슴속에 맺힌 한을 풀었다면, 오늘의 한국인은 닫힌 공간, 노래방을 즐겨 찾는다. 트롯 열풍엔 세대 차며 빈부와 도ㆍ농이 따로 없다. 그야말로 신명 나는 여흥의 공간, 한풀이의 장이다. 다들 노래방에 뻔질나게 간다. 그러다 보니, 한국엔 노래 못하는 사람이 없다. 국민 전체가 가수라 할 지경이다.

추석날 밤이라 많은 사람들이 TV 앞에 다가앉았을 것은 불문가지다.

한국 트롯 대부 '남 진'과 트롯의 천재 '정동원'의 듀엣. 61년이라는 세대를 통합 혼용한 초특급 무대는 누구의 연출이었나. 안방을 뒤흔들고 쥐어짜면서 폭발적인 감동을 안겨주었다. 울림이 컸다.

가수들의 무대 막간마다 이뤄진 시상식에서 예기치 못한 일이 벌어졌다. 미스터 트롯 '진' 임영웅이 신인 가수상을 받더니, 이름이 연이어 불린다. 'K트롯 테이너상(끼와 재능을 보인 가수에게 주어지는)', '디지털 스타상' 트로피까지 안으며 6관왕의 주인공이 됐다.

첫 MC로 무척 설렜다는 임영웅. 계속되는 호명에, 손에 쥐어지는 트로피, 상에 따라 색다른 멘트로 수상 소감을 말하랴 힘겨웠을 것이다. "트롯맨 동료들이 있었기에 오늘 이 자리에 설 수 있었다." 막판에 또 자기 이름이 불리자 "이거, 꿈은 아니죠?" 생시로 받아들여지지 않는 것 같았다.

세상 어떤 시상식에서도 상을 여섯이나 휩쓰는 예는 없다. 상을 싹쓸이하면서도 그의 웃음이나 눈빛엔 거드름 피는 기색이라곤 없었다. 교만하기는커녕 한껏 자신을 겸손하게 낮췄다. 그는 그새 상당히 성숙해 있었고 무게 있어 보였다.

'2020 트롯 어워즈'는 시청률 22.4%. 지상파 종편 종합 1위를 거머쥐며 막을 내렸다. 못지않게 나이와 세대를 초월한 국민 대화합의 장으로 성과를 거뒀다. 8시부터 자정 넘어 4시간여, 이렇게 오래 TV 앞에 앉아 있었던 건 처음이다.

대상을 받은 이미자의 '동백 아가씨', 여운이 베개맡으로 흐른다. 자야겠다.

방탄소년단과 법고창신法古創新

세계가 바글바글 들끓는다. 방탄소년단(BTS)의 인기몰이는 가히 경악 수준이다. 빌보드 발표 최신 차트에 따르면 그들의 '맵 오브 더 소울 : 페르소나(MAP OF THE SOUL : PERSONA)'가 '빌보드 200' 7위에 올랐다. 이 앨범은 4월 27일 자 차트에서 1위 첫 진입 후 3주 연속 톱을 기록했다. 미국 빌보드 메일 앨범 차트 톱 10에 3주 연속 진입하는 대기록을 세운 셈이다.

그들은 단일 앨범 최다 판매량 기록도 자체 경신했다 한다. 대히트곡 '작은 것을 위한 시'가 '핫 100'에서 전 세계적 인기를 이어 가고 있는가 하면, '아티스트 100' 2위, '월드 앨범' 1위, '인디펜던스' 2위, '월드 앨범' 1위, '톱 앨범 세일즈' 5위, '독일 앨범' 6위, '빌보드 캐나디안 앨범' 7위…. K팝에 날개를 달아 안방처럼 세계의 하늘로 훨훨 날아올라 날갯짓하고 있다. 요즘 트롯 열풍으로 나라가 들썩이지만, 세계가 놀라는 경이로운 일이다. 우리 보이그룹의 눈부신 활동에 환호와 박수를 보내게 된다.

방탄소년단防彈少年團, 이름이 왜 전투적인가. 처음엔 강한 거부감을 느꼈던 게 사실이다. 하지만 알고 보니 유의미했다. 총알을 막아낸다는 일차적 뜻이 있고, 젊은 세대들이 살아가면서 겪는 고난과 사회적 편견과 억압을 막아내 당당히 자신들의 음악과 젊음의 가치를 지켜내겠다는 의지를 담은 것이다.

그들이 SNS를 통한 팬들과의 소통이 활발한 건 잘 알려진 일, 지난 2년 동안 전 세계에서 가장 많은 리트윗을 기록한 연예인이자 트위터 최다 활동 음악 그룹으로 기네스북에도 올랐다.

몇 년 전 유엔총회 연설 장면이 눈앞으로 떠오른다. 그게 계기가 돼 '차세대 리더'란 타이틀로 타임지 표지를 장식하지 않았는가. 이를 지켜보며, 미국 시장의 높은 벽을 넘어 'K팝의 대첩'이라고까지 했다. 그들이 K팝의 위상을 한 층위 끌어올리고 있음은 말할 게 없다.

방탄소년단이 법고창신 하고 있다. 옛것이 새로운 것으로 거듭나고 있기 때문이다. 옛것을 기반으로 하되 그것을 변화시킬 줄 알고, 새것을 만들어 가되 근본을 잃지 않으니 법고창신이다.

방탄소년단은 21세에서 26세의 청소년들이다. 맹렬히 사회적 편견과 억압에 맞서 자신들의 음악과 젊음의 가치를 발현하는 모습이 대견스럽다. 청소년의 꿈에 대한 메시지가 분명하잖은가. 그들에겐, 세대별로 공감하는 가사를 전달하려는 목표가 있다. 이를 위해 활용하는 한국적 리듬과 춤, 한국어 가사 등은 전통을 중시하는 '법고'이고, 서양 음악에 한국 음악과 무용, 영어와 한국어를 함께 접목 융합한 것은 '창신'의 구체적 실현이다.

전통은 창조하는 것. 계승한다고 그 자리에 머물러 답보하면 인

습因襲이다. 방탄소년단처럼 문화예술도 고전의 가치를 바탕으로 새로움을 찾는 창조적 작업으로 이뤄져야 한다. 시대의 신선한 공기를 호흡하면서 창의에 불을 붙여야 한다는 의미다.

　방탄소년단의 폭발적 인기에 K팝 팬들 사이에 한영어韓英語가 대유행이란다. daebak(대박), mukbang(먹방), aegyo(애교), oppa(오빠), jinjja(진짜)…. 방탄소년단이 한국어를 유행시킨다니 놀랍잖은가.

　법고창신의 열매는 영글 대로 영글어 탐스럽다.

일곱 살이 본 4·3

한밤중이었다. 누가 깨운 것도 아 닌데 눈을 동그래 뜨고 있었다. 밖이 대낮처럼 환하다. 이상하다. 밖이 떠 들썩한데 방에 어른들이 한 사람도 없다. 바짝 겁이 났다. 나는 어느새 밖으로 뛰어나갔다.

밖이 아수라장이었다. 어른들 말소리가 들렸다. 밤에 폭도가 마 을에 내려왔다는 것이다. 그들이 우리 골목집 한 군데와 동산 집에 불을 놓았다. 봄이면 삘기 뽑던 뒤뜰 넘어 조그만 동산 집이 불타고, 바로 우리 옆집에 불이 붙어 날름대는 화염으로 새빨갛다. 초가을 소슬바람을 등에 업고 활활 기세 좋게 타오른다. 불길을 잡을 방법 이 없어 보인다. 초가라 삽시간에 집 한 채를 삼킬 것이다.

우리 집 지붕 위에 동네 노인 한 분이 올라가 멍석을 펴려 하 고 있다. 배 타고 나다니던 선친도 마침 집에 있을 때였다. 그때 한 창 젊은 장정이던 선친이 멍석을 서너 장 지붕 위로 올리면 노인이 받아서 폈다. 손놀림이 재다. 나지막한 초가였지만 명색이 지붕이 라 멍석을 올리기가 쉽지 않은 것 같다. 올리면 미끄러져 내리고 내려오면 다시 올리고. 밑에서 선친이 낑낑거리며 올리는데 지붕 위의 노인이 놓치기도 했다. 가까스로 명석이 올라가고 노인이 지붕 위에 다 명석을 덮는다. 불타는 옆집에서 바람에 날려 오는 불씨를 막기 위해 명석을 까는 것을 나도 알 것 같았다.

"이놈들아, 왜 사람 사는 집에다 불을 놓는 거냐. 짐승만도 못한 놈들아, 네 놈들에게는 부모도 자식도 없느냐. 이 못된 놈들하고는. 차라리 이 늙은이를 죽여라."

폭도들 서넛이 노인을 빤히 노려보다 순식간에 마당을 가로질러 텃밭 담을 넘어 사라진다. 어찌 된 것인지 노인이 외치며 욕지거리를 하는데도 한마디 대꾸가 없었다. 어둠 속 타오르는 불빛에도 그들의 얼굴은 새까맣게 보였다. 무서웠다.

우리 집은 방화에서 벗어났다. 그것은 순전히 불씨가 범접하기 못하게 지붕 위에 명석을 덮은 이웃집 노인 덕이었다.

어른이 된 후, 간간이 이 방화 장면을 떠올리게 된다. 그럴 때마다 한 가지 의문점이 남는다. 선량한 사람들을 창으로 찔러 죽이고 사람을 산으로 잡아가고 소를 몰아가고 부녀자에게 몹쓸 짓을 자행했다는 폭도들이 그 노인을 가만두었느냐 하는 것, 폭도들에게도 부모가 있고 처자식이 있었으니 악다구니하는 노인을 차마 어떻게 하지 못했을까.

나는 그 뒷날 신이 났다. 누군가 어른 한 분이 네 집 텃밭에 가면 군고구마가 있으니 먹으라지 않는가.

무슨 조화인가. 텃밭 모롱이 깊은 구덩이에 갈무리했던 고구마가 까맣게 돼 있지 않은가. 간밤에 불탄 동산 집에서 화염 덩이가 텃밭을 덮치는 바람에 그 열로 고구마가 구워진 것이었다. 내 짧은 팔로도 구덩이 속의 물씬거리는 군고구마를 끄집어낼 수 있었다. 엉뚱하게 생겨난 군고구마, 그야말로 꿀맛이었다.

제주의 역사적 비극 4·3이 일어난 것은 내가 일곱 살이던 1948년 4월 3일이었다. 72년 전 일이다. 내 머릿속에 남아 있는 기억 중 지금까지도 생생한 게 바로 이 장면이다.

영웅이 '영웅' 되다 · 1

누가 돌이키며 한 얘기다.

'편의점에 들어갔는데 도대체 이상하다. 손님 온 것도 눈치채지 못하고 흥얼흥얼 눈을 반쯤 감은 채로 노래에 빠져 있었다. 무아지경이다. '무슨 일인가?' 손님이 졸지에 관객이 됐다. "아저씨, 지금 뭐하는 거지요?" 한데 나와야 할 말이 나오질 않았다. 흥얼거리듯 스미는 노래가 보통 노래가 아니었기 때문이다. 속삭이듯 노래가 흘러들었다.' '잠깐 내 얘기 좀 할게./ 잠깐 내 얼굴 좀 봐 줄래?'(임세준, '오늘은 가지 마' 중). 그날, 그 노래에 사로잡힌 손님은 편의점 구석에 살짝 숨어 숨죽이며 끝까지 청년의 노래에 귀를 기울여야 했다. 그러곤 야단 대신 박수를 보냈다. 박수받은 청년은 그리 오래지 않아 '영웅'이 됐다.

얘기 속 주인공은 눈 감고 졸고 있는 게 아니라 미래를 준비하고 있었을 것이다. 편의점 알바를 할망정 그에게 미래가 없으란 법이 없다. 미래가 너무 휘황찬란해 보이지 않았을지 모른다. 5살에 아버지를 여의고 홀어머니 밑에서 자랐다는 그는 형편이 무척 어려웠다고 한다. 방세를 내기 위해 군고구마 장사를 한 적도 있다는 그.

　군대 생활을 제대로 한 게 더한층 미덥다. 최전방 GOP를 지키는 철책 사단 천하무적 백골부대 출신이다. 허약한 듯 그러나 그에게 그런 강한 면모가 있었다니. 궁핍이 오히려 그를 쇳덩이처럼 단단하게 만들었을 것이다.

　가수 임영웅 얘기다. 수백 명의 치열한 경합 속에 1위, 그가 우뚝 미스터트롯 '진'으로 서면서 트롯 대세의 중심에서 존재감을 빛낸다. 요즘, 그를 이름값 제대로 하는 가수라 한다. 팬카페 이름도 '영웅시대'다. 가는 곳마다 그야말로 문전성시다. 출연하는 프로마다 대박으로 그가 머무는 곳에 사람이 들끓는다.

　미스터트롯 탄생으로 나라가 온통 트롯 열풍에 휩싸였다. 나이도 성별, 계층, 도농이 따로 없다. 시간 · 공간 · 경계를 넘어 퍼지면서 넘치는 게 트롯이다. 대한민국 국민이 다 가수라 할 만큼 트롯 열기가 한껏 달아오르더니, 급기야 열풍으로 불어닥쳤다. 방송사의 기획이 트롯의 상승기류에 불을 붙인 것이다.

트롯은 'trot'으로 '빠르게 걷다, 바쁜 걸음으로 뛰다'란 뜻이다. 4분의 4박자를 기본으로 하는 한국 대중가요의 한 장르다. 강약의 박자를 넣고 독특한 꺾기 창법을 구사하는 독자적 가요 형식으로 완성된 것이다. 대중가요라거나 유행가라고도 하지만, 대중가요라고 다 유행가가 되는 건 아니다. 대중의 인기를 얻어 시대를 풍미해야 비로소 유행가 반열에 오를 수 있다. '쨍하고 해 뜰 날 돌아온단다.'라거나, '꽃 피는 동백섬에 봄이 왔건만'…. 서민들과 애환을 함께했던 유행가들이 수없이 많다. 그 속에 많은 가수들이 그 시대의 한 표상으로 있었던 걸 우리는 기억한다.

서른 살 임영웅도 무명이었다. 그러나 그는 편의점에서도 노래를 흥얼거리며 준비했고, 자신에게 다가온 기회를 놓치지 않았다. 시상식에서 어머니를 부르며 울먹이던 모습이 떠오른다. '가진 게 없던 내게/ 무작정 내 손을 잡아 날 이끈 사람'(임영웅, '이제 나만 믿어요' 중)라 노래한다. 상금 1억을 어머니에게 드린다고 했다.

그는 듣는 이에게 행복을 주는 감성 장인이다. 알파고와의 대결에서 이세돌은 졌지만 감동에서 이겼다. 서민의 아들, 흙수저는 노래 이전 삶 자체가 감동이다. 임영웅!

영웅이 '영웅' 되다 · 2

해 저물면 칠흑의 밤, 하지만 기어이 아침은 온다. 음습한 터널을 뚫고 지나면 탁 트인 광장이다. 낙엽수는 발가벗고 혹한을 견뎌 겨울을 난다. 외롭고 고단한 사람들을 다독이는 게 있다. 꿈이다. 꿈은 기다림이다.

가난을 겪은 사람은 진성의 '보릿고개'에 감동한다. 풍요의 시대에도 컵라면으로 곯은 배를 속이는 소시민들이 있다. 가난하려 해서 가난이 아니고, 나락으로 떨어지려 해 불행이 아니다.

이 대목이 중요하다. 우리 주위엔 운명에 맞서는 용기 있는 이들이 적잖다. 그런 사람들을 대하면 가슴이 뛴다. 큰 박수에 이어 아침 햇살처럼 찬연한 웃음을 보낸다. 어둠을 몰아내고 맞이한 눈부신 아침 아닌가.

우린 얼마 전 미스터트롯 탄생 순간, 그 용기 있는 한 사람을 목도했다. 매체는 촘촘했다. 그가 살아온 삶의 뒤안을 놓치지 않고 비췄다. 그는 울먹였고, 그의 어머니 눈에도 눈물이 그렁그렁했다. 어깨 들추며, 모자는 흐느꼈다. 오열이었다. 홀몸으로 아들을 키우느라 세파에 얼마나 혹독히 시달렸을 것인가. 환희의 절정에서 눈물은

보석처럼 빛났다. 그들 모자의 아름다운 눈물이 나라 곳곳으로 택배되던 밤, 많은 이들이 가슴 쓸어내렸으리라.

"저것 봐요. 울먹이는 거." 가까이 떨리는 목소리에 TV 앞이었고, 단박 눈이 흐려 왔다. 미스터트롯 '진'이 발표되는 순간, 주인공과 그 어머니의 공간 접목은 극적인 것으로 감동의 극치였다. 나도 임영웅의 왕팬이 되고 말았다.

그는 자신의 소릴 가졌다. 그 목소리가 독보적이라 타의 추종을 불허한다. 흐물흐물 트롯 속으로 녹아 흐르는 질료質料다. 그게 자그마치 그를 천부적인 가수로 만들었을 것이다. 한때 반짝하다 사라질 가수가 절대 아니라 단단히 신뢰하게 한다. 진정성 있는 감정을 그 소리에 담아 듣는 이들의 심금을 울려 놓고야 만다. 그의 트롯은 그렇게 자신의 목소리에 서린 따스함과 배려 그리고 위로와 안식을 준다. 임영웅만이 갖는 소리의 힘이다.

부산 한 예식장에 깜짝 등장해 절친인 신랑을 놀라게 했다. 축가로 〈이제 나만 믿어요〉를 부르며 눈물을 흘렸다. "얘(친구)가 자꾸 우는 바람에…"라며 신나는 곡 하나 더 부른다고 몸을 흔들며 분위기를 띄워 결혼식장이 터져 나오는 환호에 미니 콘서트를 방불케 했다잖은가. 파란 재킷에 청바지 차림으로 흔들어대자 신랑 신부는 물론 하객들이 입을 다물지 못했다고. 그에겐 이런 인간적 따스함과 정겨움이 있다.

그는 갓 서른, 30대는 기회라 한다. 그의 노래가 나이에 녹아들며 날개를 다는가. 5월의 가요종합평판에서 BTS에 이어 2위로 인기 절정을 찍는다. "서른 문턱에서 엄마의 고생이 느껴지더라고요." 시상식에서 받은 상금 1억을 어머니께 드린다 한 데 이어, 광고로 어머니께 효도하겠다고 한 그. 지극한 효성에 애틋함이 어려 있다.

그는 한창 생의 변곡점을 찍는 중이다. 일, 현실, 관계, 결혼, 꿈이라는 카테고리에 싸여 고민할 것이다. 하지만 그에겐 궁핍을 견뎌낸 내성耐性이 있다. 그래서 미덥다. 지금처럼 노래로 인생의 정도正道를 저벅저벅 걸어가리라.

'궂은비가 오면/ 세상 가장 큰 그대 우산이 될게/ 그대 편히 걸어가요/ 견디다 지치면 내가 그대를 안고 어디든 갈게/ 이제 나만 믿어요.'

감미롭다. 노래처럼 걸어가길, 그렇게.

시나브로

　말은 약속이고 책임이라는 게 문화인류학적 개념이다. 약속을 매개하는 게 말이고 말로 했기 때문에 지켜야 하고, 그럼으로써 책임이 따르는 건 당연하다.

　말이 어떻게 만들어졌는지 궁금할 때가 있다. 예전 교단에서 학생으로부터 질문을 받고, '사람을 왜 사람이라 했을까, 람사라 하지 않고.'라며 웃었던 적이 있다. 몇 십 만에 이르는 우리말 어휘 앞에 놀란다. 그 많은 어휘가 우리 정신문화의 소산이면서, 한편 그것들이 문화와 우리의 의식 속에 녹아 있다는 사실 앞에 숙연해진다.

　이런 쪽에서 한글을 창제한 세종대왕의 자주·애민·실용의 3대 정신은 참으로 숭고하다. 어떻게 봉건 왕정시대에 그런 화통한 생각을 다 했을까. 더욱이 사대주의에 물들었던 시절 '나랏말이 중국과 달라 한자로는 서로 통하지 않으므로'라며 글자를 만들 필요성을 말한 '자주정신'엔 전율할 지경이다. 신판 사대주의에 기웃거리는 우리를 통렬하게 꾸짖는다. 글을 쓰면서 그 뜻을 기리지 않을 수 없다.

　국어 선생이었고, 지금도 글을 쓰고 있으니, 한글의 그 둘레에서 벗어나지 못한 채 살고 있다. 글을 쓰면서 자연 우리말에 대한 샘솟

는 사랑을 안다미로 받고 싶다. 우리말에 한없이 기우는 사랑의 마음을 어찌하랴. 한때 자기도취에서 한자어를 선호했던 게 현학衒學 취향인 걸 뒤늦게 알고 얼마나 가슴 쓸어내렸는지 모른다. 자책했다. 한자어도 국어이니 무조건 배제해야 한다는 게 아니다. 순우리말이 그로 말미암아 뒷전으로 밀려나선 결코 안 된다는 내 본연의 목소리다.

　순우리말로 글쓰기를 시험해 보곤 하지만 간에 차지 않음을 안타까워한다. 당장 월과 요일 따위를 어떻게 할 것인가, 이도 저도 다 제쳐 놓고 한글맞춤법의 맨 끝에 나오는 '법'을 어떻게 할 것이며, 사각형을 네모꼴로 학교를 배움터로 한다 하고 심리학을 달리 바꿔 놓을 방도가 없다. 막다른 데 이르러 한발 물러선 게 가급적으로 할 수 있는 데까지만 순우리말을 쓰자 하고 있다.

　'시나브로'라는 순우리말을 무척 아낀다. 예전 고등국어 기행문에 들어 있던 구절이 떠오른다. '시나브로 날은 저물어 가고….' 낯설던 이 말이 그 후 몇 년 새 신나게 쓰이더니, 이젠 낯익은 말로 자리 매김했다. '시나브로', 몇 번 되풀이해 읽어도 막힘없고 부드러운 유성음의 조합이다. 뜻도 '모르는 사이에 조금씩', 그러니까 '점차 · 천천히 · 사이사이 · 살금살금'이라, 어떤 일이나 정황이 '아주 느리게 진행됨'을 나타낸다.

'도저히 가망 없어 보이던 방죽 쌓는 일이 시나브로 시나브로 이어져 나가더니 마침내 완성의 날이 온 것이다.'(조정래, 태백산맥). 반복해 쓸 정도다. 작가가 '시나브로'를 어지간히 즐겨 쓰는가 보다. 다만 이 말을 '야금야금'으로 풀이하기도 하지만 어감이 별로 어울리지 않아 보인다. '물려받은 재산을 시나브로 다 없애 버렸다.'라 하면 상당히 부정적이지 않은가. '바람이 불지 않았으나 낙엽이 시나브로 날려 발밑에 쌓이고 있었다.'처럼 서정적으로 정겹게 써서 좋다.

나는 지금 책상 앞에 전 오현고 교장 고영천 선생이 엮은 《순우리말 사전》의 '시나브로'를 펼쳐 놓았다. 순우리말을 한데 모아 엮은 회심의 역작이다 '권하는 글' 끝 문장의 여운이 쉬이 가시질 않는다. "우리말에 대한 사랑도 쑥쑥 자라길 소망한다." 가슴 뭉클하다. 고 교장, 그는 영원한 국어 선생이다.

저 볼을 누가 막으랴

토트넘 소식을 전문적으로 다루는 스피스웹은 사우샘프턴 전에서 손흥민 선수가 보여준 눈부신 활약상을 평가했다.

"우리는 손 샤인(손흥민+선 샤인, 샤인은 햇실) 위를 걷고 있다."

손흥민은 20일(2020.9.) 영국 샘프런 세인트 메리스타디움에서 벌어진 2020~2021 시즌 잉글랜드 프리미어리그(EPL) 그라운드 방문 경기에서 자신의 한 경기 최다 골 네 골을 몰아넣었다. 잇달아 골망을 가르며 소속팀의 5대2 승리를 견인했다.

오른발 왼발을 번갈아 가며 4개의 슈팅을 전부 골로 연결시킨 손흥민은 2경기 만에 에버턴과 함께 EPL 득점 공동 1위에 이름을 올렸다. 유럽 5대 리그에서 아시아 출신 선수가 한 경기에서 4골을 기록한 것은 처음이다.

1992년에 출범한 EPL에서 한 경기에 4골을 넣은 것은 손흥민을 포함해 28명에 불과하다. 스퍼스엡은 "후반전 토트넘은 완전히 달라졌다. 패리 케인이 전방을 파고드는 손흥민을 발견하면서, 암울했던

전반전이 순식간에 사라졌다."면서 손흥민의 포트 트릭(4골+헤트트릭)에 찬사를 보냈다.

다른 매체들도 앞다퉈 가면서 손흥민의 활약을 전했다. 영국 공영방송 BBC는 "손흥민과 케인이 텔리퍼시를 주고받은 완벽한 플레이로 경기를 압도했다."고 평했다. 기브미스포츠는 "손흥민이 최고일 때는 지구에 있는 어떤 수비수도 막을 수 없다."고까지 했다.

인디펜던트는 손흥민에게 평점 10점을 주면서 "골키퍼와 1대1 찬스에서 이렇게 차분한 선수가 있을 수가."라며 놀라우라만치 침착하고 일관적"이라고 입에 침이 마르도록 칭찬을 아끼지 않았다.

EPL 홈페이지에서 실시한 킹 오브 더 매치 투표에서 손흥민은 71%의 압도적인 지지를 받으며, 19.6%의 케인을 제치고 주인공의 자리에 등극했다.

실시간 중계를 놓친 나는 아침이 오자 스포츠 앱을 열어 놓고 주요 장면을 편집한 방송을 보며 환호했다. 도무지 앉아 있지 못해 일어서서 손흥민을 향해 두 주먹 불끈 쥐고 응원했다.

손흥민은 공을 끝까지 지키는, 그래서 도착점까지 갖고 가 골을 만들고야 마는 끈질기고 영리한 선수다. 그리고 비호처럼 달리는 그의 속력은 추종 불허다. 네 골은 물론 케인의 희생이 따라준 것이었으나. 손흥민은 꼭 있어야 할 위치에서 공의 가치를 극대화하는 데 성공하고 있었다.

경기가 끝나고 손흥민이 포효한 뒤, 곧바로 떠오른 사람은 손흥민의 아버지 손웅정 씨였다. 아들에게, "축구를 하는 동안은 축구만 해야지 가정을 가져선 안 된다. 결혼은 그 다음의 일이다."고 훈육했다. 아버지와의 약속을 굳게 지키는 손 선수. 기적 같은 4골은 결코 우연이 아니다. 손흥민은 선수 이전에 효자다. 이번 기록적인 4골은 그가 아버지에게 바친 효성의 산물이었는지 모른다.

대한민국 국민들, 코로나19로 지친 피로감을 단숨에 날렸지 않을까. "대~한민국!"

지식 냉장고

냉장고에 식재료를 턱없이 오래 넣어 두면 안 된다. 음식이 상한다. 유통기한은 신선도를 유지할 수 있는 한계다. 넘기면 탈난다는 적신호다.

머릿속의 지식 정보도 쌓아 둔 채 해묵으면 낡아 무용지물이 된다. 그런 지식 정보는 폐기 처분해야 한다. 많은 지식인의 지식 냉장고에는 진부한 것들로 그득하다. 속엣 걸 치우고 정리할 일이다. 머리라는 지식 냉장고도 신선도가 생명이다.

한국에서 1년 동안 나오는 책은 무려 8만이 넘는다. 공공도서관은 1,050군데, 작은 도서관이 6,400군데로 해마다 50군데 이상이 늘어나고 있다. 여기에다 학교 도서관이 1만 1000군데가 넘는다. 좋은 독서 환경이다. 놀랍다. 하지만 한국인 셋 가운데 한 사람은 1년에 단 한 권의 책도 읽지 않는다는 통계가 있다. 두 번 놀란다. 이는 무엇을 말함인가. 책을 읽지 않아도 되는 사회의 분위기를 뜻한다.

사실, 많은 이들이 자신의 지식 냉장고가 신선한 것으로 차고 넘치는 듯이 행세한다. 많이 읽은 것처럼 말하고 잘 아는 것처럼 요란을 떤다. 신간을 읽지 않고서도 읽은 것처럼, 요약된 것들만 일별하

고 다 아는 척하는 수도 있다. 이건 허세다. 그들 마음속 황량한 풍경이 들여다보인다.

고사성어를 꺼내 들거나 낯선 외래어를 사용해야 자신의 지적 층위를 높일 수 있다고 착각하는 경우도 적잖다. 일종의 현학衒學 취미다. 현학玄學 아닌, 현학衒學 취향은 무책임하고 경망스러운 일이다. 결코 제멋에 사는 세상이란 말로 어물쩍 넘어갈 게 아니다. 냉장고라는 이기利器를 제대로 사용할 줄 모르는 무지몽매가 따로 없다.

남에게 우둔하게 보이고 싶지 않다고 가면을 쓰고 나서서 춤출 일인가. 자중자애로 가만있으면 뭐라 하나. 유통기한이 지난 묵은 것들로 꽉 찬 채 지식 냉장고가 전혀 순환되고 있지 않음을 만인 앞에 드러내는 것임을 자신만 모르고 있다면, 그런 슬픈 일이 없다.

쓸쓸한 일이지만 어쩔 수 없다. 달도 차면 기운다. 한때 이목을 끌었던 당당한 지위도 기한이 있는 게 이치다. 때가 되면 빛바래 쇠

락한다. 한순간에 빛을 잃는 일몰의 시간이 온다. 지식 또한 의외로 휘발성이 강해 이내 증발해 버린다. 새것으로 갈아 넣지 않으면 안 되는 이유다. 한 번 들어가면 평생 보장되는 자리라면 민망하다. 철가방은 이를테면 경종이다.

부끄러운 것은 나이가 아니다. 운동하는 것은 성장하고 있다는 증거다. 성장하고 있는 한 늙지 않는다는 믿음이 있어야 한다. 과거에 연연하지 않을 때 늙음엔 유보되는 상당한 탄력이 붙는 법이다. 무엇을 다시 시작해야 한다는 게 아니다. 확대하려는 꿈을 접은 지 오래됐다 해도 하던 일을 더욱 올차게 하려는 의지는 지니고 있어야 한다는 의미다. 단순해졌다고 그 단조함을 거리낄 이유는 없다. 삶이란 어차피 점차 간소해 가는 속에서 새로운 가치를 축적하는 과정일 테니까.

나는 몇 줄의 글을 쓰며 나이를 채워 가는 삶에 자족하고 있다. 쓰는 것은 멈추지 않고 성장하고 있음이다. 아직도 언어의 허기에서 탈출하지 못한 채 전전긍긍하고 있다. 새로운 어휘 하나와 만나면 기뻐 환호한다. 그 말 하나가 글 속으로 스며들 때, 그 성취의 기쁨을 무엇에 견주랴. 내 지식 냉장고는 아직 순환 중이다.

죽간풍竹間風

정건영 소설가의 옛 스승 회고담 일부다. 스승은 청록파 3인 중 한 분인 혜산兮山 박두진 시인.

혜산 시인은 정 작가의 연세대 은사. 정 작가는 대학신문 '연세춘추' 편집국장으로 혜산 시인 댁을 유난히 드나들었다니, 예사로운 인연이 아니다. 정 작가는 졸업하면서 해병대 사관후보생으로 군에 입대했다. 나중에 청룡부대 전투요원으로 월남에 파병돼 트이호아, 추라이 전투에 참전한다.

전쟁은 참상이었고, 인간이 숭고한 정신적·영적 존재임이 허구란 사실도 밝혀졌다. 짜빈동 전투로 가치관이 완전히 뒤집혔다고 한다. 방어진지 안팎에 240여 구의 월맹군 시체가 내장을 드러낸 채 흩어져 있고, 교통호에는 인간의 피가 개울을 이뤘다는 것이다. 그러면서 정 작가가 쏜 포탄도 살생에 아주 유효했을 거라 했다.

육신은 멀쩡히 귀국했으나 내면은 허물어져 있었다. 이때, 화두 하나에 허무했다 한다. '총구 앞에서 문학은 무엇을 할 수 있는가.' 결국 소설에서 돌아앉았다는 것이다. 5년 군 복무 뒤, 소설의 빈자리를 등산과 수석으로 메워나가고 있었다. 그러다 단편 「임진강」으로 등단했고, 등단 잡지를 들고 선생을 찾아뵌 자리에서 소설을 쓰겠다는 말씀을 드렸다는 것. 선생께서 아주 낮은 목소리로 하신 당부의 말씀.

"정 군, 시는 써 봐야 돈이 되는 것이 아니야. 그래서 시인들은 문학을 물질의 도구로 삼아 글이 타락하는 일은 드물지. 그렇지만 소설은 잘못된 길로 빠져 붓이 흐려지는 경우도 있어. 한번 빠진 통속通俗에서 되돌아오겠다는 생각은 있을 수 없어. 일단 오염된 붓은 돌이킬 수 없으니까." 조곤조곤 낮고 느리게 하신 그 말씀이 천근의 무게로 다가오더라는 것이다. 그날 선생께서 특유의 '혜산체'로 쓴 글씨 한 점을 주셨다. 말씀이 낙관이 된 셈이다.

'竹間風', 대숲의 바람처럼 항상 맑은 생각을 지니라 함이었다. 그 글씨, 집필 테이블 위에 걸려 항시 자신을 감시하고 있다 한다.

정건영, 그는 이제 문단 생활 근 40년인 한국문단의 원로다. 짧지 않은 시간 속에 갖은 풍상에 부대끼면서도 스승의 당부에 어긋난 붓놀림은 일절 없었다고 술회한다. 스승의 뜻과 달리 소설을 쓰면서도 세사에 오염된 적이 없다는 단호한 그의 육성으로 들린다. 문단에 흔치 않은 사제간의 따뜻하고 정겨운 미담이 아닌가. 그 스승에 그 제자란 생각이 든다.

나는 정 작가와 혜산 시인, 사제의 연에 대해 몇 번을 되새긴다. 인연은 필연이다. 정 작가가 문학사에 청록파 3인으로 한 시대를 풍미하며 커다란 자취를 남긴 혜산 시인을 은사로 만난 것. 혜산 시 「묘지송」, 「도봉」, 「해」는 교과서에 실려 국민 정서를 한껏 고양高揚

시켰음을 우리는 익히 안다. 일제강점기 암울한 시대에 현실 초극의 의지를 시혼으로 승화함으로 길 잃고 방황하던 이들에게 정신의 등불을 밝혀 들었던 시인.

"박두진 선생님, 저는 남에게 드러나지 않은, 선생님과의 평범한 일상, 그렇지만 '정 군'인 저에게는 그런 선생님의 일상의 모습을 통해 심상에 드리운 그림자가 세월 따라 자라나 거목으로 자리 잡고 있음을 고백합니다. 씨앗을 심던 선생님과의 일상이 저에게 얼마나 소중한 순간이었는지를 거듭 깨닫습니다. 선생님은 시공을 초월해 스승으로 제 인생에 자리하고 계십니다. 선생님, 고맙습니다."

정 작가의 간절한 목소리가 행간으로 내린다.

PART 4

이성과 감성으로

삼보일배三步一拜

삼보일배는 본디 불가의 말로 불보佛寶 · 법보法寶 · 승보僧寶에 귀의한다는 뜻이다.

1보에 부처님께, 2보엔 법(가르침 · 진리)에, 3보엔 스님들께 귀의한다는 의미를 담고 있다. 또 1보는 이기심과 탐욕을, 2보는 속세에 더럽혀진 진심塵心을, 3보는 치심癡心을 멸한다는 뜻으로 풀이하기도 한다. 결국 탐 · 진 · 치貪瞋痴 삼독三毒을 멀리한다는 뜻을 지녔다.

세 걸음 걷고 한 번 절하면서 자신이 지은 나쁜 업보業報를 뉘우치고, 깨달음을 얻어 모든 생명을 돕겠다고 서원하는 게 삼보일배의 수행법이다.

그만큼 깊은 뜻을 지닌 말이다. 단순히 걸음을 걷고 절하고, 그런 행위를 반복한다고 삼보일배라고 말할 수 없다. 불교에서는 마음으로 일으키는 게 행동과 일치할 때를 비로소 참된 깨달음으로 본다. 거기에서 조금이라도 벗어나거나 어긋나면 모두가 헛된 깨달음에 지나지 않다는 것이다.

이 수행법이 세간에 널리 알려지게 된 것은 2002년 북한산 관통도로 건설 반대, 금정산·천정산 고속철도 터널 굴착 반대 시위에서 환경론자들이 처음으로 삼보일배 행진을 하면서부터다.

그 이듬해인 2003년 3월에도 새만금 간척사업으로 인한 환경 훼손과 생명 파괴를 막기 위해 대대적으로 이뤄졌다. 불교·천주교·원불교 등 종교계가 가세해 합동으로 진행했던 것을 우리는 생생하게 기억한다.

행진은 경건하고 엄숙했다. 그리고 비장했다. 전북 부안의 해창 갯벌을 출발해 서울까지 장장 65일간의 대장정이었다. 겉보기와는 아주 다르다. 비 오듯 땀이 흘러내리고, 갈증에 목이 타고, 무릎이 닳아 째져 피를 흘리는 이 수행법은 이만저만 고통스러운 게 아니다.

세 걸음 걷고 한 번 절하고 또 세 걸음 딛고 한 번 절하고…. 수도 없이 되풀이한다. 절할 때마다 미망迷妄이라는 흐리고 헛된 망상에서 벗어나려 함이다. 절의 무게가 무겁고도 크다. 최근에는 종교를 초월해 평화적 비폭력시위의 모델이 되고 있다.

티베트 사람들이 보편적으로 행하는 수행법이다. 그들은 혹독하다. 시위의 수단 이전에 수행을 위해 수백 킬로를 삼보일배 오체투지로 험준한 설산雪山을 오른다. 앞을 가로막는 진창이나 물웅덩이, 산등성이나 거친 돌부리에도 자세를 흐트러뜨리지 않고 오로지 험산을 향해 일념으로 오른다는 것이다.

수행자만이 아니다. 그들은 기도하며 살아서인지 언제나 평상심을 잃지 않아 여유롭다. 무엇을 위해 기도하느냐고 물으면, 미소 지으며 말한다고 한다.

"세상에 존재하는 모든 것들을 위해서."라고.

간절히 기도하는 두 손끝이 자신뿐 아니라 온 우주에 산재散在해 있는 만물을 향하고 있다는 의미인가.

기도는 여유가 있어 하는 게 아니다. 여유가 없으므로 하는 것이고, 기도로써 여유가 생기는 것이다. 티베트는 자연환경이 척박해 사람들 삶이 고달프다. 그래서 기도가 더욱 깊어지고, 기도가 깊어지므로 영혼의 우물도 깊어지는 것이다.

영혼의 우물이 깊어지면 삶도 더욱 오묘해진다.

감동 어린 기부

빌 게이츠는 마이크로소프트사 창업자다. 그가 세계 최고의 부자란 사실을 모르는 이는 아마 없을 것이다. 한데 그가 세계 최고의 기부왕이라는 걸 알고 나면 눈이 동그래질 것이다. 부자와 기부는 뭔가 이가 잘 맞지 않는 것으로 인식돼 온 통념 탓이다. 돈은 가질수록 집착하게 된다. 수전노란 말이 그래서 나온 것이고, 그 돈을 죽을 때 갖고 가려고 하느냐는 주위의 비난도 그래서 나온다.

우리와 다른 문화의 풍토와 토양이라 치부하기엔 뭔가 께름칙한 구석이 있다.

빌 게이츠, 놀랍게도 컴퓨터프로그램을 만들어 운영체제부터 인터넷까지 사람들을 편리하게 해 준 장본인이다. 그는 달랐다. 그렇게 해 번 돈을 가난한 사람들을 위해 기부해 왔다. 혼자 행복한 것보다 모두가 함께 행복한 세상을 꿈꾼다. 그냥 기부가 아니다. 통 크게 사회에 환원한다. 아프리카 말라리아 백신에 100억 달러를 기부했는데, 5세 이하 어린이 800만명 이상의 목숨을 구할 수 있는 돈이라 한다.

또 흥미로운 기부가 있다. 그가 개발하라고 강력히 요구한 기술

이 개발됐다지 않은가. 30m 밖에서 1초당 모기 100마리 이상을 죽일 수 있는 장치다. 그것을 이용해 말라리아모기를 박멸할 수 있다는 얘기다. 돈을 제대로 쓴 것이다. 그는 죽어 가는 아프리카의 수많은 생명을 살리고 있는 구호 천사다.

그에게 자녀 셋이 있는데, 남겨 줄 유산으로 1,000만 달러 이하를 정해 뒀다고 한다. 그래야 자녀들 스스로 자립할 수 있을 것이라 흔쾌히 말한다.

말이 철학적 함의含意로 다가온다. "성공이란, 얼마나 많은 돈을 벌었나보다는 평생 얼마나 많은 사람을 감동시켰느냐, 그것으로 측정되는 것이다."

우리 가까이에도 기부 천사는 있다. 빌 게이츠처럼 엄청난 기부는 아니지만, 그에 다르거나 조금도 덜하지 않다.

얼마 전, 나눔의 삶을 실천하는 행복한 김병록 씨(서울 마포구 상암동)의 기부는 작지 않은 감동이었다. 코로나19로 아픔을 겪는 이웃을 위해 써 달라며 7억여 원의 땅(경기도 파주시 소재 임야 1만 평)을 내놓은 뜻밖의 구두 수선공 얘기는 가슴에 큰 울림으로 왔다. 몇 십 억 대기업의 기부가 무색하다.

그의 불운은 아버지를 여의고 어머니가 개가하면서 시작됐다 한다. 계부의 폭력에 못 견뎌 초등 2학년 때부터 거리를 헤매다 구두 닦는 일을 선택해 굴곡진 삶을 살아왔다는 그. 구두를 수선해 나눠 주고 헌 우산을 수리해 버스 정류장에 놓아 누구든 사용할 수 있게 배려하는가 하면, 이발 기술을 배워 요양원·장애인 시설을 방문해 봉사하는 등 다양한 방법으로 이웃사랑을 실천해 왔다 한다.

"봉사는 내가 행복해지기 때문에 한다. 할수록 행복하다. 그 순간이 바로 행복이다." 이발해 드리고 나올 때는 사우나를 끝내고 나올 때처럼 마음이 상쾌하다. 봉사하는 전날은 설레기도 한다는 것이다. 그는 지금 20평밖에 안 되는 작은 집에 살고 있다. 큰 집을 원치 않는다며, 지금에 만족한다는 것. "사람의 욕심이란 끝이 없다. 수백 평, 수천 평을 가진 사람은 또 더 가지려 한다."

큰딸이 취업 시험 면접에서 "구두 닦는 일을 하는 아빠가 자랑스럽다고 말해 박수를 받았다는 얘길 듣고 기뻤다."며 "나라가 위기일 때 조금이나마 도움이 된다면 행복하겠다."고 말했단다. 감동 어린 기부란 이런 것이다.

태풍 피해에도

바비, 마이삭, 하이선. 8월 말부터 9월 초에 걸쳐 태풍 셋이 나라를 휩쓸었다. 폭우를 동반한 포악한 바람이 마구 휘저어 가옥이 침수되고 토사가 무너져 내리고 도로가 유실됐다.

농작물이 떠내려가 농사를 망치고 과수원이 엉망이 된 건 말할 것도 없다. 마침 한창 성숙기 과일들이 무더기로 낙과해 TV를 통해 보기조차 끔찍했다. 태풍 피해를 당한 농가들이야 얼마나 참혹했으랴. 밥이 목으로 넘어가지 않았을 것이다. 추석을 달포 앞두고 들이닥친 재난에 명절 쇠기가 어느 해보다 힘들겠다 싶었다. 당장 사과, 배 같은 과일 생산량이 딸려 부르는 게 금일 것 아닌가.

한데 추석 대목이 목전에 닥치면서 깜짝 놀랐다. 그렇게 낙과했는데 마트며 시장 가게엔 과일들이 풍성하게 쌓여 있지 않은가. 평년에 비해 값이 비싸긴 해도 이건 도무지 상상하지도 못한 일이다. 어떤 농가는 태풍을 예견해 사전에 가능한 모든 대비를 했을 것이다. 쌓을 것은 더 견고히 쌓고, 싸고 묶고, 막고 씌우며 하나씩 점검해 태풍에 대응했으리라.

어느 친한 문인이 뭍에서 배 농사하는 사돈이 보내온 것이라며 배 다섯 개를 나눔이라고 건네왔다. 사돈가에서 온 것이니 상품일 것이긴 하지만, 눈앞에 놓고 눈이 휘둥그레졌다. 과장이 지나친지 몰라도 핸드볼 공만했다. 이렇게 큰 배는 난생처음 보았다. 그뿐 아니다. 배 고유의 누르스레한 색이 전체를 곱상하게 씌웠는데 작고 가느다란 생채기 하나, 긁힌 자국 하나 나 있지 않다. 무결점으로 완숙한 과일이다.

태풍 앞에 어떻게 이런 과일이 나올까. 재해에 견뎌낼 만한 입지 조건의 좋고 나쁨도 있을 것이고, 기후 변화에 탁월한 대처 능력에서 작지 않은 차등을 만들어내긴 할 것이다.

햅쌀로 제수를 빚어 조상과 근본에 보은한다는 오랜 풍습이 추석 명절이다. 가만 보니 태풍이 지났지만 돈 들고 장 보면 다 해결되게 잘 돌아간다. 이게 순리, 편하고 좋은 세상이다.

추석 연휴에 관광객이 30만이라는데

추석 며칠 앞두고 마트에 다녀온 아내가 혀를 찬다. 입 안이 말랐던지 혀 차는 소리가 소슬바람 맞은 길섶의 풀잎 바삭거리는 소리로 들린다. 물을 찾아 머그잔으로 단숨에 들이켠다.

"배춧값이 금값이에요. 한 묶음에 2천원 하던 게 5천원입디다, 5천원."

9월 초에 태풍이 세 번이나 할퀴고 지났으니 밭에 푸성귀가 남아났겠는가. 배추는 고등어국에 찰떡궁합인데, 식탁이 궁상맞게 생겼다. 내게 불청객으로 들어온 뇌경색에 좋다 하므로 토마토를 사려다 내려놓았단다. 턱없이 비싸 같이 갔던 친구와 눈을 맞춰 가며 다음에 사자 했다잖은가.

태풍으로 농작물들이 귀해진 데다 추석 대목이라 부르는 게 값이라고 투덜댄다. 여런 번, 동어반복형이다. 수요가 많은데 공급이 달리니 시장가가 치솟을 수밖에. 이래저래 올 추석엔 집마다 한숨깨나 새어 나오고 서민들 주름살이 깊어지겠다.

하지만 잘 사는 사람들은 한숨 쉴 일도, 주름살이 깊어질 이유도 없다. 돈만 가지면 못할 것도 없고 안 될 것도 없는 세상이다. 추석 차례상에 올릴 제수는 인터넷으로 '다 합해서 얼마' 하고 주문하면 끝인데, 종일 오금 저리게 앉아 반죽하고 쪄내고, 지지고 볶고 구울 것은 뭔가.

그나마 차례를 지내는 사람은 제대로 유교적 풍습대로 섭렵해 온 모범 국민들, 황금연휴에 여행을 떠나는 사람이 얼마나 많은가. 코로나19로 귀향길도 아득해졌고 해외 여행길도 막혔으니, 제주도에 가 푹 쉬면서 즐기다 와야지 하는 사람들이 얼마나 많은가. 이번 연휴에 제주도에 30만명이 내려와 북새통을 이룰 것이라 하니, 섬이 몸살을 앓게 생겼다.

코로나19 때문에 벌써 제주도가 초비상이다. 행여 확진자가 나온다면 집단감염으로 번질 것 아닌가. 제주도민들 걱정이 이만저만 아니다. 팬데믹 이래 또 한 번의 고비다. 제발 이 연휴 기간이 탈 없이 지나갔으면 좋으련만. 추석이 코로나19의 변곡점이 될 것인데, 여차하다간 바닥 좁은 이 섬이 쑥대밭이 될세라 걱정, 또 걱정이다.

어찌하면 좋은가. 삼승할망한테 두 손 모아 싹싹 빌면 될까. 마스크 쓴 돌하르방하고 두 분이 동맹해 나서야 하는 건 아닌가. 제발!

집콕

　코로나19로 서로 간의 접촉을 최대한 삼가는 걸 수칙으로 하고 있다. 차에 탄 채 사고 싶은 물건을 사거나 인터넷으로 주문하면 비대면으로 배달한다. 학생들이 격주제로 등교수업과 원격수업을 번갈아 가며 진행하고 있다.

　사회적 거리 두기가 시행되면서 친숙한 사람과도 만남이 뜸해진 것 같다. 어쩌다 만나도 전 같지 않아 거북하다. 사람 사이의 거리를 제한하는 것에다 안면을 덮어 버린 마스크가 거부감으로 온다. 원래 마스크는 특수 목적에 사용하던 복면 아닌가. 마음의 거리는 '0'이라 하나 실제 그렇게는 되지 않는다. 질병 때문이지만 참 궁색해졌다. 인간의 체면이 추락한 지 오래다. 자로 재듯이 거리를 두며 만나는 것은 사람의 만남이 아니다. 그런 만남을 포기하고 집에서 견딜 수 있을 때까지 가보자 하는 사람도 적지 않을 것이다. 복불복 아니냐고.

　누구 입에서 나왔는지, 그래서 '집콕'이란 말이 일찌감치 유행어가 됐다. 며칠 동안 해 보니 나쁘지 않다. 책을 읽다 쓰고 싶은 것을 쓸 수 있고, 가족하고 맹하게 지내다 대화하는 시간을 가질 수 있었다. 시간을 이렇게 유익하게 이용한 적이 흔치 않았다. 집콕해 읽은 책에서 얻은 지식과 쓴 글, 다문다문 나눈 대화는 광맥에서 얻어 낸 보석처럼 빛날 것 같다.

추석날에도 변통 없는 집콕이다. 집에서 차례를 지내 가족들과 음식을 나눠 먹고 나니 시간이 비었다. 코로나19가 아니었다면 만사에 우선해 성묘할 텐데, 마음이 무겁다. 실제 성묘까지도 되도록 삼가라 방역 당국에서 권고하고 있다. 언제 누구에게 감염됐는지 모르는 이른바 '깜깜이'가 어디서 불쑥 나타날지 알 수 없으니, 스스로 근신하는 게 상책일 것 아닌가.

코로나 시국이 오기 전, 몇 해 동안 선산을 참배하지 못했다. 부모님 묘소는 오름 아래 기슭인데 산중이라 비가 의외로 잦다. 비가 오면 땅이 질어 등산화까지 푹푹 빠지는 엉망진창 길이 되니 주저앉게 된다. 올해는 코로나19가 성묫길을 막아 나선다.

한라산이 동산처럼 가까이 다가앉았다. 몇 걸음 내달리면 꼭대기에 닿을 것 같다. 그 아래 선묘가 있건만 가 뵙지 못한다. 집콕해 책 읽고 글 몇 줄 쓰고 가족과 대화한다고 다 되지 않는 게 사람의 삶임을 새삼 일깨워 준 하루다.

성가시다. 우울한 하루가 무겁게 저물고 있다.

층간소음

시내 아파트로 이사하면서 떠올린 불편한 어휘가 하나 있다. 층간소음이라는 말. 30년 전, 학원 강사 시절 강남 반포 삼호가든아파트에 3년을 산 적이 있다. 그때만 해도 층간소음이란 말이 없었다. 30년은 한 세대를 가르는 세월인 게 맞다. 그새 사회가 많이 변했다. 사람들 사이도 각박해지면서 소박한 인정을 만나기가 쉽지 않다. 전엔 사람들이 얼마나 소박했나, 자기중심적인 사고, 이기적인 행태가 만연해 사람과 진정한 관계를 맺기가 어려운 세상이다.

층간소음, 서울서 귀향해 서른 해를 읍내에 살다 주거를 아파트로 옮기면서 신경이 쓰인다. 30년 전 서울 아파트살이는 호랑이 담배 먹던 시절 얘기가 아닌가. 하기야 주어진 공간에 들어가 자신의 삶을 사는 게 아파트의 방식이지만 까딱 잘못하면 벽 하나, 바닥 하나를 두르고 깔아놓은 이웃에게 피해를 줄 소지가 있다. 나이 먹은 사람이 대접받으려면 제 주변을 깔끔하게 해야 할 것이라 원칙을 세워 어긋나게 하지 않으려 하고 있다.

그 가운데 빼놓을 수 없는 것 하나가 층간소음 문제일 것이다.

이사 오며 며칠간 이런저런 설치와 배열을 한다고 망치 소리를 내게 돼 조심스러웠지만 아래층에서 아무런 군말이 없었다. 이웃에 용한 이들이 사는가 싶어 마음이 놓였다. 하지만 이건 내 지레짐작일 뿐 언제 악다구니로 돌변할지 모르는 일이다.

가만 보니, 의자가 거실 바닥을 긁는 소리가 문제가 될 법하다. 삼시세끼 받아 앉는 식탁 의자를 당기고 밀며 내는 소리가 거칠고 요란스럽다. 드르륵 득득 드르륵 득득. 둔탁한 소리가 자극적이다. 베란다에 나앉은 내 책상 의자엔 발 넷에 고무 받침을 끝에 끼우고 있어 소리가 나지 않는다. 옳거니 했다. 함께 걱정하던 아내가 마트에 갔다 의자 다리 끝에 끼울 커버 열여섯 개를 사고 왔다. 탄력이 있어 손으로 오는 촉감이 좋고, 의자 다리 끝을 단단히 감싼다. 끼워 놓았더니 덧신을 신긴 것 같아 웃음이 나온다. 팔자 좋은 의자들 아닌가. 덧신을 다 신었으니.

묵중한 의자라 소리가 요란하더니, 밀고 당겨도 미끄러져 소리가 나지 않는다. 날 섰던 신경줄 하나 느슨해졌다. 층간소음, 염려 안 해도 되겠다.

내외가 마주 쳐다보다 웃는다. 재미있다. 웃음이 나온다.

아파트는 이상한 집이다

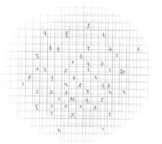

암만 봐도 아파트는 이상한 집이다. 중요한 재산권 문제, 등기권리증은 있어도 자기 명의의 땅(부지)가 없다. 올라간 것만큼의 허공이 땅이다. 당연히 있어야 할 게 없다. 집 앞에 대문과 문패. 대한민국 천지에 아파트 주인의 이름 석 자, 문패를 단 곳은 아마 한 군데도 없을 것이다.

식물을 좋아하는 사람에겐 효용가치를 인정할 수 없다. 일 층 입구 쪽에 한 뼘 땅을 빌려 꽃을 가꾸기도 하는 모양이나, 나처럼 단독주택에만 살다 늘그막에야 입주한 사람에게는 속된 말로 간에 기별도 안 간다. 베란다 옆에 난분 몇 개를 들여 허전함을 달래는 중이다.

개성이라고는 게딱지만한 것도 없다. 똑같은 설계는 디자인만 아니라 구조도 획일적이다. 그래서 어느 하나가 뒤틀리면 전체를 훼손할 수 있다. 파격이 용인될 수 없다. 애초 그렇게 그려진 그림이다. 임의로 할 수 있어야 주인의 인격이나 취향, 기호, 성정 등을 담을 수 있을 텐데, 아파트는 처음부터 몰개성적인 구조물이다. 그렇게 고안되고 그렇게 쌓아 올렸다.

집을 두른 울타리가 없다. 단지를 둘러싼 커다란 울타리 하나다.

수지타산에 매몰돼 주판알을 굴렸을 뿐, 눈을 씻고 보아도 호별 울타리는 없다. 구조적으로 있을 수가 없다. 아파트의 이상한 흠을 들추는 것이지만, 가호마다 경계를 두른다면 애초 탄생할 수조차 없는 건물이다.

실내는 9할 이상이 판박이다. 구조, 빛깔, 위치, 용도, 동선 등의 흐름. 거의 같은 것들이 하나의 거대한 구조 속에서 시간을 먹으며 낡아 간다.

아파트엔 이웃이 없다. 이웃이 있다 해도 이웃사촌이 아니다. 읍내에 살다 아파트로 옮겨 왔는데, 벽 하나를 사이에 두고 공간 분리로 꾸며진 방에 자고 주방에서 밥을 먹고 있다. 이 세상에서 제일 가까운 곳에 살면서도, 이웃이 이웃을 모른다. 모르는 이웃은 가깝고도 먼 이웃, 이웃이 아니다.

이곳에 와 딱 넉 달 만에 옆 호 아주머니를 문간에서 만났다. 그분은 나가려던 참이고 나는 들어오는 걸음이었다. 순간적으로 주춤했는데, 그 아주머니가 먼저 인사를 해 왔다. 진짜 센스는 이런 거구나 했다. 아파트에 오래 살아온 분 같았다. 바로 옆에 산다는 것만 확인하고는 엷게 웃고 피차의 방향으로 움직였다. 다음 만나면 활짝 웃을 수 있을 것이다. 소통의 단초는 시나브로 서로 말을 하게 할 것이다. 그렇게 가는 게 답일 것이다. 이웃사촌으로 가는 먼 길.

아파트는 이상한 집인 게 맞다. 이상한 것을 정상으로 바꿔놓을 수는 없을 것이다. 그러나 이웃 간의 벽은 허물 수 있지 않을까. 아내가 밝은 성격이라 조금씩 발을 넓혀 갈 것이다. 첫걸음이 소중하다.

아파트 경비원

　내가 사는 아파트는 제주시 연동에 있는 대림 1차 e편한세상이다. 울타리 너머에 2차가 들어섰다. 대림 1차만 6동 300호로 작지 않아 건축주 기준으로 2차까지 합하면 꽤 큰 단지를 형성하고 있는 셈이다.

　내가 입주한 105동은 엘리베이터 둘을 하나씩 끼고 15층짜리 두 줄 60호. 한 호에 4인만 잡아도 240명, 아파트 전체 1200명에 이른다. 웬만한 시골 마을 하나와 맞먹는다. 인구는 행정 규모의 기준이니, 시골로 치면 이 사무소 하나 짓고 이장도 뽑아 앉혀야 할 것이다. 아파트는 작은 터에 여러 세대를 수직으로 올려 수용한 주거 형태의 혁신적 구조물이 아닐 수 없다. 특히 대도시 주민들은 아파트에 목맬 수밖에 없다. 서울 강남의 몇 십 억짜리 아파트들이 들어서서 이 나라의 부동산 시장을 쥐어 짜고 있지 않은가.

　읍내에 살다 이곳으로 이사 와 몇 달밖에 안 돼, 이제 아파트 문화에 조금씩 적응해 가는 처지다. 아파트를 드나들 때마다 경비실에 눈이 간다. 지나면서 얼른 훔쳐봤더니, 경비원 한 사람이 앉을 수 있는 작은 사무용 탁자와 달랑 의자 하나가 놓여 있는 것 같다. 지난해

던가. 폭염 속에 에어컨이 없는 경비실 좁은 공간에서 땀 흘리는 경비원 얘기가 보도를 탔던 기억이 되살아나 씁쓸히 웃는다. 몇 달 전엔 아파트 젊은 주민이 칠순의 경비원에게 폭력을 휘둘렀던 일도 있었다.

주민들이 조금만 마음을 열면 되는 일일 텐데, 그것마저 어려운 세상이 돼 가고 있으니 우울한 일이다. 입주 넉 달째로 아파트에 익숙지 못하지만 관심을 갖게 되는 대목이다.

이곳엔 정문 후문에 한 분씩, 네 분이 교대 근무하는 것 같다. 출입하는 차량마다 차단기를 여닫아야 하니 무심히 앉아 졸음이나 쫓는 자리가 아니겠다. 한 집에 차 한 대 말고도 외부 방문자들은 오죽 많을 것인가. 쉬운 일이 아니다. 13층에 앉으면 반사적으로 눈이 아래로 가 있다. 아침 이른 시간엔 청소 아주머니들이 부지런히 움직이는 모습에 덜 깼던 잠에서 눈이 번쩍 뜨이곤 한다.

어느 날, 건너편 동 건물 사이 공터에 쌓인 쓰레기 더미들을 경비원 두 분이 운반 차량에 올리고 있었다. 제복을 보니 그분들이 맞다. 경비실에서 많은 업무를 수행하고 있어 보이진 않는다. 하지만 쓰레기 수거 일까지 하고 있는 건 의외였다. 저렇게까지 해야 자리를 지키는 게 경비원이라면 힘들겠다는 생각이 든다. 상관없는 일이긴 하지만 나도 저 연배라 그리로 생각이 미치는 모양이다.

이곳이 내 생애 마지막 거처가 될 것이라 주위도 잘 살펴야 하리라. 끝까지 체신을세우고 품위를 지켜야 한다. 웃음 띤 얼굴은 물론이고, 행여 한 번의 무성의한 언행이 누구를 기분 상하게 하는 일이 있어서야 되겠는가.

드나들며 경비실에 머리 숙이는 것부터 당장 실천해야겠다.

블루 클럽

　시내 아파트로 이사 오면서 수소문한 곳이다. 블루 클럽. 간판이 이태원 무슨 클럽을 연상케 해 웃음이 난다. 코로나19로 회자됐다고 다 유흥업소 그 클럽으로 눈 흘기면 분명 억울할 일이다. 나라 안에 '무슨 클럽'이란 이름이 쌓였을 텐데.

　처음이라 간판에 눈이 갔다. 대한민국 '최초·최대의 남성전용 이용원'이란다. 언제부턴가 머리를 커트한다며 여자 전용 미용실을 슬금슬금 기어들더니, 버젓이 이발관을 놔두고 미용원을 드나드는 세상이다. 하물며 남성 전용 미용원이라니. 시류가 하도 가파르게 변해 좇아가려면 숨 가쁘다. 더 놀라는 것이 가속 페달을 밟으며 달라지는 변화의 폭과 깊이에도 있다.

　미장원에서 미용원으로, 금남의 집을 넘어 금녀의 공간으로의 변화가 놀랍다. 더욱이 머리 자르는 곳에 유흥업소 같은 외래어를 붙인 것도 상식을 넘어 예사로운 발상이 아니다. 번화가인 이곳엔 이발관 간판이 안 보인다.

　너른 공간에 인테리어가 간결해 단아하다. 한눈에 도시 감각적 인상을 풍긴다. 의자 둘에 여 미용사 둘이 손님을 받고 있다. 가만

보니, 손놀림이 여간 현란하지 않다. 가위가 번쩍일 때마다 잘린 머리털이 살랑살랑 지고 있다. 날래고 잽싸 프로답다.

시골의 단골 이발관에서 30년 동안 머리를 맡겨 온 푼수론 눈앞의 광경에 어지럼 탈 지경이다. 그래도 사시장철 알아서 내 머리를 다스려 온 그곳 이발사의 솜씨는 내게 제격이라 한 번도 눈을 딴 데로 돌려본 적이 없었다. 밖에 며칠간 출장 갔다가도 이발은 돌아와서 했을 정도다.

짐작하건대, 조발의 정도 따라 미세한 다른 기능들을 하는지 이발기 서넛을 번갈아 사용하는 것도 흥미롭다. 가만 보니 머리둘레를 면도 구실을 하는 이발기가 지나며 선을 긋고 있다. 기구의 기능과 사람의 손의 완벽한 협동이다. 나는 여 미용사의 손을 지켜보며 자유자재한 질서에 홀려 흐뭇한 미소를 지어 보였다. 질서의 중심에 기술이 있었다. 어느 분야든 오랜 내공을 대하면 미덥다.

"이리 앉으세요."

어, 벌써 끝났나. 20분이 채 안 됐는데 내 차례다.

"처음인데 아까 그분처럼 해줘요. 아주 짧게 시작해 위로 조금씩 덜….."

"흐흣, 알았습니다." 대엿 사람이 대기석을 채웠다. 손놀림이 재야 하는 이유이기도 하다. 재깍재깍, 은빛 가위가 내 머리를 돌며 신나게 재주를 부린다. 처음이라 내 눈이 거울에 정지돼 있다. '잘하네.'를 몇 번 감탄하는 사이, "끝났습니다."

번갯불에 콩 구워 먹기다. 내 머리는 여기까지다. 머리는 자기 손으로 감는다. 요금 9천원. 옛 단골 읍내 이발관보다 천 원이 저렴하다. '이발비가 만원 밑돌다니. 살 만한 세상이네.'

나오는데 미용사의 목소리가 따라 나온다. "열 번 오시면 서비스가 있습니다." 뒤돌아 힐끔 쳐다보며 웃음을 보낸다. 서비스란 게 무엇인지는 묻지는 않았다. 한 번은 공짜라는 거겠지. 머리를 자르니 시원해 걸음이 가볍다.

이 시국에

코로나19로 나라가 난리를 겪고 있다. 질병의 위협 속에 삶이 휘청거린다. 마스크 쓴 얼굴들뿐이니 딴 세상에 온 것 같다. 접촉을 꺼리면서 비대면이 오래면서 서로의 관계가 소원해 간다. 마침내 소상공인들이 흔들리다 쓰러지고, 등교와 원격수업이 들쑥날쑥 학생들마저 흔들린 지 오래다. 집콕해 살아가는 서민들이 세상으로 나갈 때는 언제쯤 올지 참고 기다림의 시간이 너무 길다. 암담한 현실이다.

아침에 눈을 뜨면, 어제 코로나19 확진자가 몇 명인가가 궁금하다. 다음으로 이어지는 전날과의 숫자 대비, 두 자리인가, 세 자리인가. 위중자는 얼마이고 사망자는 몇 명으로 늘었나. 집단감염인가, 감염원은 어디인가, 감염원을 모르는 깜깜이는 좀 어떤가, 그대로인가 좀 줄었나. 코로나19에 얽매여 사는 세상이다.

인터넷을 뒤지다 타이틀을 보고 자지러지게 놀랐다.
"코로나19 시국에…강경화 남편 요트 사러 美 여행"
강경화 외무부 장관 남편 연세대 명예교수 이일병 씨가 이 와중에 미국으로 여행을 떠났다는 것이다.

취재진이 여행 목적을 묻자, "자유 여행"이라 답했다고 한다. 코로나19가 우려되지 않느냐 하자, "걱정된다. 그래서 마스크 많이 갖고 간다."고 태연히 대답하더란다.

코로나19 확산에 따라 전 세계적으로 특별 여행주의보를 내렸다. 미국도 마찬가지다. 이 교수는, "하루 이틀 내로 코로나19가 없어질 게 아니잖느냐. 매일 집에서 그냥 지키고만 있을 수는 없으니까, 조심하면서 정상 생활을 어느 정도 해야 하는 것 아니냐."고 했다는 것이다.

부인이 공직자인데 부담되지 않느냐고 잇달아 묻자, "나쁜 짓을 한다면 몰라도 내가 내 삶을 사는 건데, 모든 걸 다른 사람 신경 쓰면서 살 수는 없지 않느냐."고 오히려 반문하더라 한다. 추석에 귀성도, 성묘도 못하고 있는 게 믿어지지 않는 현실이다. 그런데도 결국 이 교수는 부인인 강 장관이 있는 외교부의 '주의보'를 어기고 미국 여행을 택했다. 부인이 외무부 장관이다. 국민 앞에 고개를 들 수 있는 일인가. 고통과 희생을 견뎌내고 있는 국민들이 얼마나 허탈해

할까.

공직자의 배우자는 준공직자로서 공직자에 적용되는 윤리적 기준을 동일하게 지키는 게 국민 눈높이에 맞다. 그런 지각도 없는가.

며칠 뒤, 강 장관이 국정감사에서 사과했다. "송구스럽게 생각한다. 내가 말린다 해도 내 말을 들을 사람이 아니다." 이 말에 웃음보가 터졌다는 것. 그 후로 '한국의 외무부 장관 남편이 코로나19 사태에도…,' 얘기는 흐지부지 물 밑으로 잠적해 버렸다.

국민들이 느꼈을 모욕감을 무엇으로 씻을 것인가.

나마스테

산악인 엄홍길의 말이다.

"내가 다시 도전하고 싶은 대상은 어떤 것인가? 나는 지금, 대자연에서 나와 사람 속으로 걸어 들어가는 중이다. 히말라야 8,000미터를 38번이나 오르고도 그곳을 향하는 나는 산에서 사람과 희망을 보았기 때문이다."

38번의 히말라야 등정, 아무나 할 수 있는 일이 아니다. 생사의 경계를 넘어 매 순간 목숨 내놓고 그곳에 오른 것은, 히말라야를 38번 올랐기에 만난 사람들이 있어서였다.

목숨 걸지 않았더라면 못 만났을 소중한 사람들이다. 희망도 그와 같은 것, 그것은 목숨을 건 역경의 계곡에서, 죽음과 같은 절망의 골짝에서만 만난다. 엄홍길에게 히말라야는 사람과 희망을 만나는 성소聖所다.

히말라야 16좌 완등이라는 신화를 쓴 그. 생사의 기로에서 동료들을 먼저 떠나보내야 했다. 히말라야의 모든 신神에게 간절히 빌었다고 한다. "살려 내려보내 주신다면, 이 산과 이곳 사람들에게 보답하겠습니다."

엄홍길휴먼재단 설립엔 이런 뒤곁이 있었다. 네팔, 히말라야 기슭에 위치한 1인당 국민소득 763달러밖에 안 되는 빈국貧國이다. 한데도 정신적 만족도는 세계에서 가장 높다는 사람들, 환경이 열악한데도 겸손과 초연함을 잃지 않는 그들이다.

인간의 힘이 미치지 못하는 곳엔 풀 수 없는 초자연적인 난제가 있다. 거기엔 그것을 풀고자 하는 염원이 있어 신이 존재한다. 우리는 산악인 앞에 동산만한 등짐을 지고 산을 오르는 셰르파에게서 그들 특유의 강인함과 준열함을 만난다.

산악인 엄홍길은 약속을 지키는 일에 발을 벗었다. 학교를 짓기로 결심한 것. 휴먼재단 설립에 자신의 이름 석 자를 걸었다. 여덟 번의 학교 건립에 이어 이번이 아홉 번째. 해발 8,468미터, 네팔의 마칼루 오지마을 세두와.

학교 건물 준공식에, 아홉 번째로 학교에 다닐 아이들을 위해 특별한 선물을 준비했다. '서울 나눔클라리넷앙상블단원'과 함께하는 '천상의 음악회'.

단원들이 굽이굽이, 험한 돌길을 오르고 올라 그곳 아이들에게 하모니카를 나눠 주며 노래를 가르친다. '도도 솔솔 라라 솔'. 자연 속에 갇혀 살던 아이들의 깨어나는 영혼, 그들이 음악을 알아 갔다. 닷새 만에 히말라야 산중에 처음으로 울려 퍼진 노래, '떴다, 떴다 비행기' 또 '고향의 봄'.

네팔 아이들이 하모니카를 불며 열창했다. '나의 살던 고향은 꽃 피는 산골, 복숭아꽃 살구꽃 아기진달래….' 그 장면을 KBS가 '인간극장'으로 이어 놓아 가슴 뛰더니, 숨까지 차오른다. 그것도 네팔어가 아닌 우리말로 부른다. 발음도 틀림없이 또박또박하다. 흥이 무르익는데 이어지는 단원들의 연주 '아 목동아', '롱롱 어고우'의 선율.

그곳 주민들이 어깨를 들썩였고, 엄 대장도 한 아이와 손잡고 어우러져 더덩실 춤을 춘다. 감동적인 장면이었다. 한국에서 그곳에 가 음악의 아름다움을 전해 준 사람들과 아름다운 리듬에 눈 뜬 그곳 사람들이 함께, 꿈을 노래했다. 말 그대로 천상의 음악회였다.

우리 단원들이 뒷날 떠난다는 걸 알아 글썽이며 눈 발개진 아이들. 이 작은 음악회가 어둠 속에 빛을 불러 네팔 아이들의 몽매를 흔들어 깨웠을 것이다.

엄홍길은 그곳 사람들에게 우상이었다. 산과의 약속을 지키는 데 대한 신뢰 말고 또 있었다. 그가 사람들을 만날 때마다 고개 숙여 합장하며 하는 말, '나마스테, 나마스테'. '이 순간, 당신을 존중하고 사랑합니다.' 서로의 가슴이 따뜻해지는, 아름다운 인사말이다.

따라 말하고 싶다. 나마스테!

한 시간은 잡니다

지난 1월부터 여태 코로나19 재앙 속에서 헤어나지 못하고 있다. 눈에 보이지도 않는 질병 바이러스 앞에 꼼짝없이 갇혀 있는 형국이다. 그게 유행처럼 번져 팬데믹을 치더니, 이젠 장기화하면서 세상 사람들 모두 누적된 피로에 무기력해졌다. 일상이 일그러지고 하던 일이 뒤틀리고 가던 길이 어긋나고 꾸던 꿈이 사라져 가고 있다.

하루 수만 명의 확진자가 발생하는 나라도 있다. 우리나라는 처음부터 선제 대응으로 세계에서 코로나19 방역 선진국이 됐다. 국민의 생명을 지키는 일이라 자부심을 갖게 하는 뿌듯한 일이 아닐 수 없다.

그런 명성을 얻은 데는 방역 현장에 몸을 던진 수많은 의료진과 구급 인력의 개인적 헌신이 있었던 것을 우리는 익히 안다. 소리 없는 영웅들, 그들의 거룩한 희생은 끝나지 않은 채 지금도 숨 가삐 지속되고 있다.

그중, 우리 뇌리 깊숙이 질병관리본부 정은경 본부장의 얼굴이 각인돼 있다. 지난 1월부터 매일 브리핑을 통해 코로나19의 현황을 국민들에게 브리핑해 온 둥그스름하고 넉넉한 얼굴. 그의 목소리는

진지하고 간절했고 내용은 소상하고 치밀했다. 단지 질병의 감염 현황에 그치지 않고 의학적 근거에 의해 분석하고 전망했다. 그를 우리 국민들이 신뢰한 이유다.

질병이 퍼지는 사태 속에 이뤄진 그와의 공감대는 마침내 국민들이 그의 건강을 염려하기에 이르렀다. "저 머리카락 좀 봐, 그새 허옇게 세었잖아." "머리 감을 시간도 없나 봐." 어느 언론이 1월에서 4월까지 정 본부장의 '세어 가는 머리카락' 세 컷을 비교해 놓은 영상이 한때 시선을 빼앗았다. 갈수록 수척해지는 얼굴과 세어 가는 머리에서 그의 노고가 느껴졌다.

브리핑 뒤 기자와의 문답 내용이 가슴에 울림으로 왔다.

"하루에 몇 시간이나 자시죠?"

"한 시간은 자고 있습니다." 여운이 있었다. '한 시간은'의 어감을 생각게 하는 대답이다. 잠잘 시간이 없을 만큼 쫓기면서도 그나마 '한 시간은 자고 있다는 것', 말의 행간을 생각게 했다.

코로나19 감염이 높낮이를 거듭하면서, 확진자 200명 이하의 엇

비슷한 추세가 여러 날 이어지고 있다. 코로나19에게 물어봐야겠지만 확진자가 턱없이 늘어나지는 않을 것 아닌가 하는 믿음이 있다. 정은경 본부장 같은 방역 현장을 사수하는 소리 없는 영웅들이 이 나라에 적잖다.

대통령이 청주에 있는 질병관리본부를 직접 찾아가 질병관리청으로 승격되면서 초대 청장으로 정은경 청장에게 임명장을 수여했다. 차관급 청장에게 청와대 밖에서 임명장을 준 건 이례적인 일이다. 비상시국을 고려한 배려였을 것이다. 컨트럴 타워 역할을 더욱 충실히 하겠다는 정 청장의 말이 미덥게 들렸다.

대통령이 건넨 축하패엔 '건강한 국민, 안전한 사회'라 새겨 있었고, 정 청장에게 안겨 준 꽃다발은 새로운 만남을 뜻하는 '알스트로메리아', 감사를 상징하는 '카네이션', 보호의 의미를 담은 '산부추꽃'이 다발로 묶였다.

대통령에게 임명장을 받는 현장, 정은경 청장의 표정은 본부장 시절과 조금도 다름이 없었다.

추월

거의 매일 걷는다. 전엔 윗마을 쪽 호젓한 길로 잡거나 일주도로를 오가다 요즘엔 다시 원래로 돌아왔다. 집에서 마을을 지나 기미3·1독립만세운동의 성역화 공원까지. 그곳서 늘 하던 대로 동선 따라 네 바퀴를 돌고 돌아온다. 걸음의 완급이 시간에 별 차이를 내지 않는다. 70분 안팎을 오간다.

이따금 공원에서 해안도로로 빠져 완만하게 반원을 그리며 거리를 늘리다 근간에 삼가고 있다. 운동도 욕심을 내면 무리가 온다. 몸이 버겁다고 신호를 보내온다. 그게 몇 번 먹히지 않으면 발끈해 지시가 발령된다. '어떻게 감당하려는 것이냐.' 단호한 어조다. 끽 소리 못하고 고개를 몇 번이고 끄덕여 진정을 보인다. 몸은 스스로 자신에게 성실한 감시자다.

내게 걷기는 운동이다. 전념해 하자 한다. 걸으면서 무슨 상념에 잠기는 사람도 많으나, 나는 다르다. 생각에 몰두하는 일을 될 수 있으면 배제하려 한다. 글의 소재를 떠올리면 좋을 것 같지만 나는 그런 방편을 버리고 있다. 활발히 팔 흔들고 발을 내딛는 판에 웬 딴전인가. 생각은 무슨 일을 할 때, 소재는 글을 쓸 때 찾는 것이다. 걸을 때는 걷는 데만 집중하려는 것으로 버릇이 돼 있다.

한데 오늘은 별난 날이다. 한창 걷는데 퍼뜩 손자 지용이가 생각나는 게 아닌가. 한창 하루 다르게 우쭉우쭉 크는 중3 고 녀석. 만난 지 2주일이 더 됐나. 보고 싶다. 간절하다. '토요일이니 전화해 볼까.' 하다 주춤한다. 안 된다. 아들이 집에 들러 얼마 없어 1학기 기말고사가 다가온다며 덧붙인 말이 있다. "아버지, 걔가 시험을 앞두면 아주 예민합니다."

반에서 1등이니, 성적 관리를 한다는 얘기로 들렸다. '그래, 전화하지 말자. 시험이 끝나거든 맛있는 것도 사 주고 그래야지.' 걸으면서 누굴 떠올리는데 손자 녀석이 맨 앞줄 첫 번째라니….

가만 생각하니 웃음이 난다. 녀석과 나는 조손간이니 2촌, 외려 아들과 부자간으로 1촌이다. 아들이 먼저, 다음이 손자다. 지금 나는 아들과 며느리를 추월하고 있다. 손자 앞에 엄연히 아들이 있는 걸. 내가 손자를 좋아한다고 아들이 시샘하랴만 사랑에도 순서가 있는 법, 그게 원질서다.

하지만 질서란 논리일 뿐 실제완 다르다. 내 사랑이 아들을 넘어 손자에게 기울어 있는 걸 어째. '두 벌 자손이 아깝다'는 속언이 바로 이 이치인가 보다.

손자 사랑, 추월해도 사고가 안 난다는 보장이 돼 있다.

퇴장

일에서 손을 떼는 게 퇴장이다. 현역에서 물러나는 것, 무대에서 내려오는 것이다.

힘들거나 더할 능력이 없어 그만두기도 하고, 후배에게 자리를 내주기 위해 물러나기도 하고, 더는 보여줄 게 없으니 내려오기도 한다. 능력 여하에 대한 판단은 자기 기준으로 결정될 것이고, 자리를 내주려면 전후 흐름이나 현재의 상황에 대한 진단이 있어야 한다. 무대를 내려오는 것은, 이를테면 극에서 맡은 배역을 다해 더 보여줄 게 없으니, 관객에게 마지막 무대 인사를 하는 일종의 의식이다.

스스로 할 수도 있거니와 규정이나 관행을 따르는 경우도 있다. 규정이나 관행을 따르는 것은 강제되는 것이니 복종하는 방식이라 하릴없이 받아들여야 한다. 하지만, 스스로 하는 퇴장은 만만찮다. 여러 이유로 자리에 연연할 수 있다. '아직 젊다, 힘이 남았다, 더해야 목표를 이룬다. 내공이 아깝다, 경쟁력에서 앞선다.' 근거를 내세운 타당성 있는 주장 같지만 들여다보면 그렇지도 않다.

과욕과 아집으로 꽉 차 있으면 명분도 기준도 다 흔들린다. 자기

중심적인 게 에고(ego)다. 사람들은 대체로 이기적이라 소아적小我的 사고에 갇혀 있다. 그런 성향이 남을 배려해 선택할 여지는 거의 없다. 종을 향해 손을 벗어도 변죽을 울리는 시늉에 그칠 뿐 소리를 내지 못한다. 자신이 안 보이는데 퇴장의 길이 보일 리 없다. 보이지 않으면 가지 못하는 게 길이다.

내 얘기를 하게 되는데, 나는 교직에서 정년 퇴임한 만년 선생이다. 44년간 몸담았다. 오랜 세월을 재직했으면서도 퇴임 날에 울컥했다. '왜 나를 내려오라 하느냐. 하던 일이 남아 있는데, 그리고 나는 더할 수 있는데, 남은 힘이 이렇게 있는데…' 주먹을 불끈 쥐니 팔뚝이 불뚝거렸다. 파르르 근육이 분노했다.

자연인으로 돌아온 나는 흐르는 시간 속에 일을 찾게 됐다. 그 무렵, 하던 것을 더 치열하게 하자 한 게 글쓰기다. 그새 좀 쓴 편이다. 퇴임할 때 파르르 떨던 근육의 분노를 삭일 유일한 방책으로 글을 쓰게 된 것이다. 사유가 깊을수록 안에 잠재한 격했던 감정이 눈슬 듯 녹아내리는 것을 몸의 구체적 반응으로 감지할 수 있었다. 문학적 성과 이전에, 그래서 이만큼 무탈한 삶을 누리고 있는 건지도 모른다.

퇴장은 어려운 것. 더욱이 중도 퇴장은 쉽지 않다. 선택지로서 퇴장이란 말을 좋아할 사람은 없을 것이다. 더하고 싶기도 하려니와 이제까지 자신의 둘레를 비춰 온 현란한 빛과의 결별이 죽기보다 싫은 것이다. 그래서 더욱 덜미 잡히는 게 현재라는 무대로부터의 내려옴이다.

정가의 우스갯소리 하나다. "원숭이는 나무에서 떨어져도 원숭이지만, 정치인은 선거에서 떨어지면 사람도 아니다." 그럴싸한 풍자다. 정치인이 국회의원직을 얼마나 선호하는지를 극명하게 보여주는 빗댐이다. 그들은 공천을 못 받으면 낙천, 선거에서 표를 못 얻어 떨어지면 낙선의 고배를 마시게 된다. 낙천과 낙선은 퇴장이다. 퇴장당하는 것이다.

"당리당략에 치우치지 않고 정의만을 말하고 행동하겠다는 초심을 잃었다." 잘 나가던 여당 국회의원이 몇 달 뒤 총선에 불출마를 선언했다. 50 중반에 미치지 않은 젊은 나이인데 쉽지 않은 선택이다. 불출마의 변이 기억에 남을 것 같다. 이런 퇴장은 아름답다.

책을 읽다가 문득

파적 삼아 책을 폈다. 서울에 있는 출판사가 보내준 책이다. 『인생을 어떻게 살면 좋겠냐고 묻는 딸에게, 한창욱, 다연』. 표제가 긴 데 눈이 끌렸다. 저자는 문예창작과를 나왔고, 첫 작품 『나를 변화시키는 좋은 습관』으로 베스트셀러가 돼 많은 화제를 불러일으킨 바 있는 작가였다.

딸에게 이르는 아빠의 목소리가 하도 진지하고 간곡한 것 같아, 구미가 당긴다. 몇 장 넘기다 '결핍을 성장 발판으로 삼아라'(24쪽)라는 글에서 숨을 가눌 겸 눈을 감게 했다.

"세상에 완전한 인간은 누구도 없어. 살다 보면 너 또한 경제적 결핍이나 지적 결핍을 느끼게 될 거다. 결핍이 심할 때는 좌절감 혹은 허탈감을 느끼기도 하지.

청춘의 결핍은 부끄러운 일이 아니야. 다만, 결핍을 알고도 채우려 하지 않는다면 그건 부끄러워해야겠지.

결핍이란 어떻게 받아들이느냐에 따라서 헤어나올 수 없는 늪이 되기도 하고, 발판이 되기도 한단다.

딸아, 결핍을 성장 발판으로 삼아 힘차게 도약하렴. 계기가 없으면 시작도 없고, 시작하지 않으면 아무것도 이룰 수 없단다."

속삭이듯 딸에게 다가서는 저자의 목소리가 어찌나 훈훈한지, 또 어떻게 감미로운지, 이런 살가운 훈육 속에 자라는 딸은 얼마나 행복할까. 그 딸, 결핍 앞에 주저앉지 않고 파도처럼 일어나리라. 그리하여 인생의 발판에 발을 딛고 힘차게 나아가리라. 무심결, 미지의 저자와 그의 딸에게 손뼉을 치고 있다.

책 속의 '딸'을 아들로 치환해도 상관없을 것이지만, 내겐 딸이 없고 두 아들은 이미 50줄이라 귀에 대고 이런 풋풋한 말을 일러 줄 기회를 놓치고 만 것만 같아 가슴 쓸어내린다. 인생길에도 다 때가 있으니까.

당장 내가 결핍 앞에 있다. 결핍이 글을 쓰게 한다. 채워도 채워도 채워지지 않는 정신의 허기.

가난한 사람의 냄새

코로 맡을 수 있는 것, 후각을 자극하는 기운이 냄새다. 향기도 냄새지만 향기를 굳이 냄새라 않는다. 꽃에서 나는 좋은 냄새가 향기이고, 제단에 분향하며 사르는 것은 또 향이라 한다. 냄새란 말엔 감각에 누적된 독특한 분위기가 깃들어 있다.

못 살던 시절, 물까지 귀해 제대로 빨아 입지도 못하고 옷 한 벌로 며칠씩 입고 다닌 어렸을 적 그때를 떠올린다. 몸에서 풍기는 땀에 전 냄새를 어떻게 견뎠을까. 집에서건 교실에서건 힘들었을 것이다. 한데 이상하게도 그 냄새가 지겨웠던 기억이 전혀 없는 건 웬일인가. 그런 속에 살아 코가 마비됐었는지도 모른다. 그래도 몇 날 며칠 한여름 밭에서 김매며 몸에 뱄던 어머니의 땀내는 지금도 코언저리에 얼얼하다. 어머니 냄새다. 비 오는 날만 빼고 밭에 살았던 어른이라 그랬을 것을 지금에야 안다.

초저녁 골목을 지나다 이웃집에서 고기 굽는 냄새가 나면, 오늘이 집에 제사로구나 했다. 못 먹던 때라 고기 굽는 냄새는 골목 안에 진동했다. 목으로 군침이 넘어갔다. 뒷날 새벽 울담 넘어온 제사 퇴물은 그야말로 일미逸味였다. 고기 굽는 냄새로 이미 자극을 받은 거라 맛깔이 더했을 것이다.

산업화 이후, 갑자기 풍요로운 삶 속 편리에 길들면서 날로 인정이 메말라 간다. 물신주의의 팽배로 나타난 게 부조리와 인간 상실이다. 갑자기 사람이 그리워 나온 말이 있다. '사람 냄새'. "모름지기 사람 냄새가 나야지." "그래도 그에게선 사람 냄새가 난다." 말끝에 달아 가며 사람 냄새를 간구懇求했다. 사람에게서 샘솟듯 우러나오는 정에 목을 축이고 싶었던 것이다. 사람 사이에 주고받는 스스럼없는 말과 우애로운 웃음과 손잡으면 번지는 따스운 훈기….

지난번 오랜 전통과 관록의 칸영화제에서 최고상인 황금종려상을 받은 우리 영화 〈기생충〉을 보면서 놀랐다. '냄새'를 말하는 장면이 여러 번 나오는데, 그 말이 몹시 별나게 다가왔기 때문이다.

언덕 위 부자 집 박 사장은 자신의 운전기사가 된 반지하의 가난한 가장 김 씨에게서 "무슨 냄새인지 잘 설명할 순 없지만, 지하철 타는 사람들한테서 나는 그 이상한 냄새"를 맡는다. 박 사장의 아들은 이 집을 드나들게 된 김 씨 가족에게서 다 똑같은 냄새가 난다며 코를 킁킁거린다. 이를 전해 들은 김 씨의 딸은 그 냄새의 정체를 '반지하 냄새'라고 규정한다. 경력을 꾸며 내서 박 사장 집 과외 선생과 운전기사와 가정부가 될 만큼 거짓말에 능통한 김 씨 가족도 몸에 밴 냄새는 어쩔 수 없었다.

냄새는 영화에서 상징성을 지니면서 사회 계층 간의 벽을 풍자했다. 고기 굽는 냄새와 반지하 냄새는 곧 넘어설 수 없는 계층의 높은 벽의 함의含意다. 고기 굽는 냄새가 고소한 만큼 반지하에서 나는

가난한 사람의 냄새는 얼마나 퀴퀴하고 고약하고 눅진할 것인가. 오늘의 우리 사회는 부자와 가난한 자로 극명하게 양극화돼 있음을 현실로 받아들이지 않을 수 없다.

또 영화에 많이 등장하는 단어가 '계획'이었다. 가족들은 가장인 김 씨에게 계획을 묻는다. 가장은 그때마다 무계획이 계획이라 말한다. 인생은 어차피 계획대로 돌아가는 게 아니므로 무계획이 최선의 계획이라는 것이다. 종당에 영화는 해피엔딩이 아니었다.

물난리에 가난한 사람의 냄새가 김 씨 반지하에 넘실댔다.

행복이라는 것

남으로 창을 내겠소./ 밭이 한참 갈이/ 괭이로 파고 호미론 매지요./ 구름이 꼬인다 갈 리 있소./ 새 노래는 공으로 들으랴오./ 강냉이가 익거든 와서 자셔도 좋소./ 왜 사냐 건 웃지요.

김상용의 시 〈 남으로 창을 내겠소 〉, 애송시다. 난해한 실험시 수백 편과 바꾸지 않는다.

시인은 그가 지향하는 절대공간을 설계해 놓았다. 농촌, 한마디로 그곳에 돌아가 농사짓겠다는 것이다. 누군가 화려한 도시로 되돌아오라 꼬드겨도 안 돌아간다, 새의 노래를 들으며 살겠다는 결곡한 의지를 내비치고 있다. 혹여 사람들이 찾아와 왜 이런 불편한 데서 사느냐 묻기라도 하면, 대답 대신 씩~ 웃겠다는 것.

'웃음에 한 방 얻어맞은 느낌이다. 그것은 삶에 대한 명확한 답을 에둘러 한 것인데, 함의含意가 단순치 않다. 현실에 나서지 않고 살겠다, 전원으로 회귀하겠다는 것이지만, 답하지 않고 그냥 웃어 보였다. 독자의 몫으로 제공된 정서적 여백으로, '웃지요'는 단연 이 시의 하이라이트, 압권壓卷이다.

　이 백의 〈 산중문답 〉에 나오는 '소이부답笑而不答', '무슨 까닭에 푸른 산에 사느냐 묻는다면, 웃기만 할 뿐 대꾸하지 않으니 마음이 스스로 한가롭네.' 한 것과 같은 맥락이다. 결국 전원회귀의 친자연적인 삶을 의미할 것인데, 마지막 연은 기어이 우리를 철학적 사유의 경지로 끌고 간다. 관점이야 조금씩 다를 수 있겠으나, 속내는 이미 들춰졌다. '도시의 인위적인 생활과 허명을 내려놓고 전원으로 돌아가 평화롭고 소박하게 살겠다는 소망'을 함축해 '웃지요'라 한 것이니….

　현대라는 복잡한 사회 속에서 일상에 치이며 사는 도시인들에게 이 시가 동경의 세계를 향해 떠나는 낭만으로 다가오는 이유는 무엇일까. 읽다 보면 당장이라도 산속으로 들어가 새소리 물소리를 들으며 살고 싶은 충동을 불러일으킨다. 그만큼 현대인들은 부조리에 찌들어 진저리나 있다는 얘기다. 삶이 고달프다고 말한다. 그게 단지 가난 때문만은 아닐 듯하다. 옛날 보릿고개 시절도 허리띠 졸라매며 근기로 버텨 온 민족 아닌가. 오늘의 우리는 천당이나 극락에 사는 셈이다. 그런데도 불만으로 가득하다. 상대적 빈곤감 때문일 것이다.

많이 가지고도 만족하지 못하면 가난한 사람이고, 적게 가져도 만족하면 부자다. 돈 많아 산해진미로 잘 먹고 명품 옷을 두르고 다녀도 그런 호사엔 한계가 있는법. 행복은 물질적인 풍요에 비례하지 않는다.

대처에 살다 제주로 이주하는 이른바 다운 시프트 족들, 이건 분명 역류이고 역주행이고 반작용이란 생각이 든다. '사람은 서울로'라던 시선이, '말[馬]은 제주'로 라던 섬으로 쏠리는 놀라운 눈앞의 변화. 그래서 '남으로 창을 내겠소'다.

사는 게 뭐 별건가. 하지만 별 볼 일 없다는 말과는 전혀 다르다. 별 볼 일 있게 살려는 것은 탐구와 모색 속에 진화하는 삶의 한 모습이다. 내려놓자고, 더 가지려 몸 달아하지 말자고 생각하면, 시인의 말마따나 '웃지요'에 이를 테다.

행복이라는 것, '웃지요'가 그것의 다른 이름, 다른 표정이다. 시인은 '남으로 창을 내겠소'라 했다. 요즘 아파트에 남창南窓을 고집할 수 있으랴. 반드시 그래야 하는 게 아니다. 마음속에 남으로 '창' 하나쯤 내고 살면 되는 일이지.

목계木鷄

굳게 다문 입, 동요하지 않는 눈빛은 간사한 세상인심에 대처할
수 있는 비장의 승부수다. 절제된 표정은 평정심에서 나온다. 평정
은 무심이요 무욕이요 무정이다.

장자는 눈앞의 어떤 상황 변화에도 흔들림 없는 무심에서 남과
다투는 승부를 넘어선 경지를 목계木鷄에 빗댔다. 목계란 나무로 조
각한 닭이다. 이런 정신세계를 달마선사는 '심여목석心如木石, 마음이
마치 목석과 같다.' 했고, 혜능선사는 '무정부동無情不動, 감정이 없는
것같이 동요되지 않는다.' 했다. 무정은 무심이다.

목계는 《장자》의 〈달생편達生篇〉에 나오는 싸움닭에 관한 우화
에서 유래했다. 닭싸움을 좋아하는 중국 기紀나라 왕이 투계 사육사
기성자란 이에게 최고의 투계를 만들어 달라 명했다.

훈련을 시작한 후 열흘쯤 지나서 왕이 "이제 됐는가?"고 묻자,
기성자가 대답했다. "아직 멀었습니다. 닭이 강하기는 하나 교만해
자신이 최고인 줄 알고 있습니다." 그 후 다시 열흘이 지나자 왕이
도로 묻자, 기성자가 대답했다. "아직 멀었습니다. 교만함은 버렸지
만 상대방의 소리나 그림자 하나에도 너무 쉽게 반응합니다. 태산같

이 움직이지 않는 무게가 있어야 최고라 할 수 있습니다." 다시 열흘이 지나 왕이 되묻자, 그가 대답했다. "아직 멀었습니다. 조급함은 버렸으나 상대방을 노려보는 눈초리가 너무 공격적이라 최고의 투계는 아닙니다." 마흔 날에 이르러 또 물으니, 그가 답하기를 "이제 된 것 같습니다. 상대방 닭이 아무리 소리치며 도전해도 움직이지 않아 마치 나무로 조각한 목계처럼 됐습니다. 이젠 완전히 마음의 평정平定을 찾았습니다. 그런즉 어떤 닭도 모습만 보면 한걸음에 도망칠 것입니다."

극도로 잘 훈련된 정신세계와 그 위엄이, 마치 목계처럼 흠 없는 천하무적의 싸움닭이 됐음을 빗댔다. 우화를 화소로, 어떤 상황에도 흔들리지 않는 요지부동의 정신과, 함부로 범접하지 못할 태산 같은 위의威儀를 갖춘 인물을 목계에 비유한 것이다. 이 얘기 속에서 목계는 평정과 무외無畏와 자유를 상징한다. 외부의 자극에 동요되지 않고, 어떤 위협에도 두려움이 없으며, 어떤 속박에도 매이지 않는다 함이다.

동네 어귀로 들어서면 가까이에서 누렁이가 짖어댄다. 요란스럽다. 발소리가 가까워질수록 소리가 커 간다. 겁나니 짖는 것이다. 덩치 큰 맹견이면 절대 요란 떨지 않는다. 결정적인 순간에 짖으며 공격할 게 아닌가.

생태계에서도 맹수들은 표정이 험상궂은 데다 조용해 무섭다. 원숭이는 쉴 새 없이 들락거리며 소란을 피운다. 하지만 백수의 제왕 호랑이는 태연하고 위풍스러움을 잃지 않는다. 위세만으로도 숨

을 멎게 하는 공포의 대상이다. 주책없이 나달대는 새는 힘없는 것들이다. 맹금류인 매나 독수리는 앉아 있을 때 미동도 않는다. 지배자의 위용으로 목계의 다른 얼굴이다. 정글과 하늘을 거머쥔 포식자는 자체로 평정이요 무외요 자유다.

소소한 일에 쉬이 반응하는 이는 강자가 아니다. 자극에 민감한 약자다. 강한 자는 태연함을 잃지 않는다. 그것은 평정을 얻어 평상을 유지할 수 있어 가능한 것이다.

평정과 평상은 낮은 자세로, 작은 보폭으로 사는 자의 덕목이다. 요즘 사회가 셀 수 없는 많은 자극 속에 그때마다 기준 없이 무너지는 게 안타깝다. 평정심이 없어 그런다. 목계가 돼야 한다.

수화 통역

알아듣지 못하고 말하지도 못하는 사람을 농아聾啞라 한다. 말소리 명료도 80데시벨 이상인데, 이보다 더 심한 90데시벨 고도의 난청은 농聾이라 부른다. 두 살 아이도 듣고 하는 말을 듣지도 하지도 못한다니, 그 무슨 천형天刑인가. 보통 사람으로서는 상상할 수 없는 일이다.

피나는 노력으로 구화口話를 익혀 극복하는 사례도 있다 한다. 어머니가 배에 쌀가마니를 얹어 훈련 시킨 얘기도 전한다. 중증일 때는 입 모양을 보고 호흡법·발성법을 촉각을 통해 인지시키는 언어치료과정으로 의사소통을 가능케 하는 경우도 있다고 한다. 하지만 농아와의 소통은 힘들고 풀어내는 데 개인차가 클 수밖에 없다.

살고 있는 세상과 소통하는 농인들의 일차언어가 수화手話 또는 수어手語다. 농아에게 이쪽의 정보를 전해 주는 다리 구실을 하는 또 하나의 언어다. 그러니까 손의 움직임과 비수지非手指 신호인 얼굴 표정이나 몸짓을 통해 표현하는 시각언어다. 농인과 그의 가족, 수화 통역사가 사용한다. 수화는 손가락이나 팔로 그리는 모양, 그 위치나 이동, 표정과 입술의 움직임을 종합해 구사되는 언어체계를 가

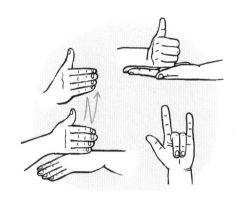

진다. 일반 언어와 전혀 다른 딴 세상의 언어가 아니다. 사용자에 따라 다르긴 하겠으나 음성언어와 한가지로 '자연언어'다.

수화의 가장 작은 단위에는 언어의 음운과 같은 수화소手話素가 있다. 손의 모양ㆍ손의 위치ㆍ손의 움직임ㆍ손바닥의 방향 그리고 덧붙는 게 손의 신호가 아닌 얼굴 표정이다. 결국 비언어 의사소통인 몸짓언어(Body language)다. 그렇다고 야구에서 코치가 그라운드의 선수들에게 보내거나, 군대에서 어떤 상황을 알리는 수신호인 사인과는 아주 다르다. 농아와 소통하기 위해 사용되는 것이라 대상부터 틀리다.

'소리'는 언어를 정의하는 필요조건이 아니다. 매개체가 무엇인지는 상관없으며, 수화는 정보를 시각적으로 매개하는 소통 수단으로서의 위상을 갖는다.

언제부터인가 TV 뉴스에 수화 통역사가 화면 한쪽 귀퉁이에 등장한다. 농인들을 위한 배려다. 시청하면서 눈이 자주 가 있다. 통역사가 그려 보이는 손과 팔의 움직임과 순간순간 바뀌는 표정 변화가 눈길을 끌면서 흥미롭게 다가온다. 다양한 뉴스 내용을 저렇게 몸짓으로 표현해 제대로 전달이 될까, 양방향 소통 수단으로 그럴 수 있다면 얼마나 절묘한 것인가. 뉴스엔 어려운 한자어와 외국어며 추상어도 뒤섞이는 터라 궁금증이 커진다. 그보다 뉴스를 구성하는 문장 내용을 진행자의 말에 맞춰 수화로 표출해 내고 있으니, 놀랍다. 내공 없이 되지 않을 것이다.

코로나19 관련 뉴스에 나이 지긋한 여자 통역사가 수화에 열중하고 있다. 많은 통역사를 보아 왔지만 그분은 유달랐다. 가만 서서 하지 않고 온몸으로 하는 수화다. 손과 팔이 굵게 움직이고 입이 미묘하게 열리고 닫힌다. 감염자의 동선 운운할 때는 두 손을 맞붙여 꺾어 세우더니, 단 2초, 왼쪽에서 오른쪽으로 '흐르고' 있다. 쉴 새 없이 말하면서 동선을 그렇게 표현했다. 수화 구사가 역동적이고 현란하다. '아, 수화엔 말하듯 입이 움직이는구나. 마스크를 못 쓰겠구나. 입 모양도 함께 해야 완벽한 전달이 가능하겠구나.' 브리핑하는 사람이 쓴 마스크를 통역사는 벗은 채 수화를 할 수밖에 없었던 이유를 알겠다.

코로나19 난국도 저런 희생이 있어 기어이 헤치게 될 것이다.

깡깡이 아지매

세상 풍정을 담아내는 KBS1 TV 일요프로 '다큐 공감'을 즐겨본다. 서민적 삶은 대체로 감동적이다. 공명共鳴하며 오는 게 감동이다. TV 보며 글감을 얻으면, 도랑 치고 가재 잡는 격이다.

얼마 전, 프로가 그랬다. '깡깡이 아지매를 아시나요?' '깡깡이'란 말이 익은 듯 낯섦에 단박 끌렸다. '세상엔 여인들의 저런 삶도 있구나.' 시종 가슴 울렁거리다 끝나자, 먹먹했다. '남자도 힘든 일을 여인들이….' 어둠이 내려 있었다.

철강선의 노화를 방지하기 위해 2년에 한 번 배 밑창과 뱃전에 눌어붙은 조가비나 녹을 떨어내는 잡역부 일을 하는 아낙이 '깡깡이 아지매'였다. 깡깡이는 아낙이 손에 드는 3.6kg짜리 망치.

무대는 부산 영도구 대평동 수리 조선소 1번지. 1960년대에 제3공화국에 조선造船 장려정책으로 철강선이 늘면서 깡깡이 아지매들이 직업군을 형성했단다. 영도는 조선 강국을 견인한 한국 조선업의 발흥지인데, 그 중심에 깡깡이 아지매들이 있었다.

대부분 피난민의 후예들, 도시 빈민이나 농·어촌을 떠나온 실향민들, 낡은 배의 녹을 떨어내는 단순노동밖에 할 수 없는 여인들이다. 한 달이면 열흘 정도. 출근하면 회사에서 작업복·안전화·화이버·마스크와 안경을 제공하는데, 각자 준비한 비닐로 얼굴을 감싸고 다시 그 위를 수건으로 덮고 마스크를 겹으로 써 일을 한다. 여름엔 무더위에 얼굴에서 불이 나고 짓물러 터지고…. 저녁에 마스크를 벗으면 얼굴이 온통 빨개져 있다는 것. 딴 세상 얘기로 들린다.

　　"일당 1000원 안팎을 받으면 쌀 사지, 연탄 들이지… . 남는 게 없었다." 하지 않는가. 40여 년 경력의 70대 할머니 회고다. 급료가 박해도 도리 없다며 한숨을 내쉰다. 먹고 살아야 하고 자식을 키워야 했으니까.

　　삼 간 배를 이어놓은 듯한 360톤 철선이 뭍에 오르면, 거기에 10~40명 아지매들이 달라붙는데, 두꺼운 녹을 망치로 치고 그라인더로 밀고 깎아 내야 한다. 작업 중 위험이 따를 수밖에 없다. 5m나 되는 높은 작업대에서 떨어져 치명상을 입는가 하면, 하루 여덟 시간 망치로 치다 보면 손, 허리, 다리 성한 데가 없다는 것. 또 깡깡 소리가 거머리처럼 붙어 다녀 환청에 잠도 잘 안 와 시달린다는 것.

　　하지만 아지매들의 존재감은 대단하다. 딴 건 몰라도 선박 수리에 있어선 한국 최고라는 그곳, 깡깡이 아지매들이 있어 대평동이다. 녹을 말끔히 떼고 나서 칠을 올려야 배가 바다에 나가 오랫동안 버티게 되니 철선들이 이곳으로 모여들 수밖에 없다는 것이다. 조선소 수리 중 배의 녹 제거가 가장 고난도의 일이라는 것. 그 일을 해

내는 사람들이 여인들이라니 놀랍다. 선주들이 먼 길 마다않고 찾아오는 것은 부품도 구해야지만, 아지매들의 손을 빌리기 위해서다. 1980년대 국교 수립 전, 소련 배들도 인도적 차원에서 입항 허가를 받고 들어와 수리를 받았을 정도다.

현역에 89세 할머니도 있다. 40대 신참이 하나 들어왔다. 70줄 노모가 말로는 안 들으니 함께 일하며 그만두게 하기 위해서였는데, 해 보니 할 만하단다. 대물림하는 건 아닌가. 빠지면 나오기 어려운 게 이 일이다. 아지매들, 노쇠해 자신을 '고철'이라 하면서도, 자존심이 세다. 망치를 두드리며 무언가를 만들어 냈다는 그 자존심.

억척스러운 여인들, 깡깡이 아지매들에게 대평동은 삶의 터전이며 기억의 공간이다. 그들은 전설이 됐다.

모성은 질겼다

멀지 않은 해안에 수십 마리가 떼지어 다녔다. 아이에게도 한눈에 들어왔다. 한여름 바닷가 여기저기서 환호성이 터져 나올밖에. 꼬리에 꼬리를 물었다. 저녁놀이 바다로 자맥질할 무렵엔 장관을 이룬다. 서커스가 따로 없었다. 바닷물 속으로 뛰어드는 놀빛 속에 유영하는 거대한 실루엣. 돈 주고도 보지 못할 구경거리였다.

고향 사람들은 그걸 'ㄱ메기 떼'라 했다. 몸집 엄청난 것들이 무리 지어도 물질하는 해녀를 해치지 않는다 했다. 저렇게 무시무시한 것들이 해녀를 해치지 않는단 말이 선뜻 믿어지지 않았다. 하지만 시골 어른들에게도 보고 들은풍월이 있을 법했다. 무턱대고 하는 말이 아닐 거라 그것들에 더욱 친근감이 갔다.

어른이 되면서 그들을 덮었던 안개가 걷혔다. 'ㄱ메기'라 부른 건 제주방언이고 표준어는 제주남방돌고래. 몸길이 2.6m, 몸무게가 220~230kg. 덩치가 성인 네다섯을 합친 것 만하다. 과연 고래다. 고래는 물고기가 아닌 포유동물이다. 바다에 사는 젖먹이짐승. 2천여 마리가 제주 연안에 서식하면서 앞바다를 순회한단다. 청정바다를 지키는 파수꾼들인가.

　제주남방돌고래가 화제에 올랐다. 죽은 새끼를 등에 업고 다니는 모습이 생태 탐사팀 수중 카메라에 포착된 것이다.

　이미 죽어 부패된 새끼를 등과 배로 물 위에 올리려 안간힘쓰는 참절한 장면을 보며 몹시 안타까웠다 한다. 시체가 몸에서 떨어지면 주둥이 위에 얹거나 등에 업고, 다시 그렇게 반복하며 새끼 곁을 좀체 떠나지 않았다잖은가. 새끼는 꼬리지느러미와 꼬리자루를 빼고 형체를 알아보지 못하게 썩은 상태. 전문가들은 새끼가 태어난 직후 죽은 것으로 추정된다고 입을 모은다. 그런데도 포기하지 않고 계속 버둥대었으니….

　모성애!

　남방돌고래는 그냥 고래가 아니었다. 새끼에게 어미였다. 제 새끼였으므로 그냥 놓아두려 하지 않았던 것이다. 그들에게도 모성애가 있다. 사람에 조금도 덜하지 않은 어미의 새끼 사랑. 죽은 새끼를 등에 태우고 물속을 헤치다 떨어지면 올려놓고 또 떨어지면 올려놓고. 그렇게 이어지는 어미 고래의 반복 동작에 가슴 뭉클했다는 것. 모성은 질겼다.

끝내 새끼 잔해는 떨어져 나갔을 것이고, 새끼를 잃은 슬픔 속에도 그의 유영은 이어졌을 것이다. 그리고 제주의 따뜻한 바닷속에서 새 생명을 회잉懷孕할 것이고, 열두 달 뱃속에 품은 뒤, 한 마리 새끼가 태어나리라.

여름이면 제주 바다에 떼지어 나타나는 제주남방돌고래들의 역동적인 행렬. 그들은 신이 나 물속에서 펄쩍펄쩍 뛴다. 앞에서 뒤에서 잇따라 쉴 새 없이 뛴다. 이따금 공중을 박차 높이 솟아오른다.

인간 세상을 구경하려는가. 뭍이 그리울지도 모른다,

호감 · 사랑

　　서로의 속정을 드러내 친밀감을 내보일 때 우리는 이런 감정을 우정이라 한다. 좋게 여기는 감정에서 움트는 것으로 그 기반은 호감이다. 호감으로 긍정적인 마음이 고양高揚된다.

　　호감은 먼 데 있거나 막연한 게 아니다. 그가 나를 혹은 내가 그를 바라보는 관심의 눈길을 알아차리고 그것을 상대에게 돌려주는 것, 그러니까 눈을 맞추고 서로의 얘기를 들어주는 것, 그게 호감이다.

　　사랑은 호감에서, 호감이라는 잘 숙성된 좋은 감정에서 발원한다. 호감이 전제되지 않은 사랑은 실체로서 존재하지 않거나, 있어도 허술할 수밖에 없다. 이운 잎은 꽃으로 말하려던 자신과의 약속을 저버릴 수 있다.

　　하지만 호감이 사랑은 아니다. 비슷하면서도 다르다. 근본적으로 말해 호감은 허울을 벗듯 그럴싸해 보여도 실은 상상과 높이에 불과하다. 사랑과 호감은 결국엔 서로 다른 메커니즘으로 움직이게 된다.

사랑은 받는 것이 아니라 주는 것이다. 아낌없이 주련다 하잖는가. 일부를 내가 그에게 던지고, 그에게 맡기는 것, 그렇게 그의 뜻도 받아들이는 것, 같이 아파하고 같이 슬퍼하는 것이란 의미다.

경우가 다르지만, 요즘 내 몸에서 비호감을 발견해 자신에 대한 호감에 너울이 치면서 나를 밖과 차단한다. 갑자기 내가 일그러지고 있다. 그러나 나에 대한 호감을 버리지 못하는 게 범인凡人의 처사다. 어떻게든 나를 열렬히 사랑해 온 그 순일한 감정을 회복하려 애쓰고 있다. 몸도 어느 지점에서 응답하며 다가오리라.

혼자서 중얼거리는 말은 독백이 되고 홀로 하는 것은 고적하다. 너무 엉성하고 헐겁긴 하지만, 무엇엔가 빠져드는 방법을 찾기로 했다. 나는 호·오好惡를 떠나 식물에 상당히 호감을 갖는다. 그것은 한 곳에 뿌리내리는 생애의 일관성과 타자를 해치지 않는 초본의 순진한 성정에 연유한다.

읍내 정원에서 작은 숲과 함께하다 시내 아파트로 옮아왔다. 당장의 결핍은 '식물 없음'이다. 조경수와 꽃은 있어도 내 나무 내 꽃이 아니다. 섬이 된 것 같다. 그것은 외로움을 뿌리치지 못해 채 설렘으로 남는다.

옆에 꽃나무를 끼고 있었다. 심록의 잎에 둘러싸여 감빛으로 우려낸 강렬한 색 불염포, 거기 뾰족히 노란 여섯 송이 꽃, 안시리움. 넉 달 전 제자에게 내 책을 보냈더니 답례로 보낸 축 화분이다. 단조한 거실이 생명의 숨결로 왕성하다. 저 꽃과 잎이 무궁무진 조화로운데 꽃말이 웬 '번뇌'인가. 또 '붙타는 사랑'이라 한 것엔 수긍하며 물뿌리개를 든다. 사랑으로 활활 불타고 있으니 내가 조금 축축이 축여 줘야지.

안시리움에 의탁해 무거운 일상을 견뎌 내야겠다. 물주며 볕 쐬며 살랑이는 바람에 다가서며…. 바짝 끼고 앉아 아침을 열고 하루를 설계하고 빛 속을 만끽하다 어둠과도 친해지리라. 안시리움은 이제 내게 사랑의 반려다. 몸이 저렇게 리듬을 타면 비호감은 슬쩍 자리를 뜰지도 모른다. 목말라 하고 있다. 공중분무 해 줘야지.

사랑하는 까닭

2007년 프랑스의 저명한 언론인·철학자 앙드레 고르가 죽음을 앞둔 아내와 동반 자살했다. 고르는 84세, 아내는 83세. 침대 밑에 놓인 편지에 이렇게 적혀 있었다. '화장한 재를 함께 가꾼 집 마당에 뿌려 주시오.'

노부부의 자살 소식은 온 세계로 퍼졌고, 수많은 이들의 가슴을 울렸다. 20년도 더, 불치인 근육수축병에 걸린 아내를 위해 살아오던 고르가, 아내의 죽음이 다가오자 극약을 주사해 함께 숨을 거뒀다.

아내가 병을 앓자 신문사를 그만두고 시골로 내려가 간병에 매달렸다는 고르. 아내의 죽음이 목전인 걸 알아, 병석의 아내에게 들려주려 그들 '사랑 이야기'를 글로 썼다 한다. "우리가 함께한 역사를 돌이켜보며 나는 많이 울었습니다. 우리 두 사람의 삶에서 가장 중요한 부분이 우리의 관계였기 때문입니다. 나는 이 글을 대중을 위해 쓰지 않았습니다. 오로지 아내만을 위해 썼습니다."

하지만 그의 편지가 아내에게만 들려줄 수가 없어 책으로 출판

되자 프랑스와 독일에서 베스트셀러가 됐다.

"당신은 곧 여든두 살이 됩니다. 키는 예전보다 6cm나 줄었고, 몸무게는 겨우 45kg입니다. 그래도 당신은 여전히 탐스럽고 우아하고 아름답습니다. 함께 살아온 지 쉰여덟 해가 됐지만, 그 어느 때보다도 더욱 나는 당신을 사랑합니다."

편지의 마지막엔 그가 아내와 함께 죽을 것을 결심한 듯한 구절이 들어 있어 더욱 가슴 엔다.

"밤이 되면, 가끔 텅 빈 길에서, 황량한 풍경 속에서, 관을 따라 걷고 있는 한 남자의 실루엣을 봅니다. 내가 그 남자입니다. 관 속에 누워 떠나는 것은 당신입니다. 당신을 화장하는 곳에 나는 가고 싶지 않습니다. 당신의 재가 든 납골함을 받아들지 않을 겁니다. 캐슬린 페리어의 노랫소리가 들려옵니다. '세상은 텅 비었고 나는 더 살지 않으려네…'"

문득 '검은 머리가 파 뿌리가 되도록'이라던 옛 주례사가 떠오른다. 표현이 진부함을 넘어 그 말의 진정성에서, 서양 철학자 내외의 아름다운 사랑에 상당히 계합하리라. 머리 허옇게 함께 살았다면, 그보다 아름다운 사랑이 없지 않을까.

'내가 당신을 사랑하는 것은/ 까닭이 없는 것이 아닙니다/ 다른 사람들은 나의 홍안만을 사랑하지마는/ 당신은 나의 백발도 사랑하는 까닭입니다' 만해 한용운의 〈사랑하는 까닭〉을 읊게 된다. 시는 그에 그치지 않고, '나의 미소만 아니라 눈물도, 나의 건강만 아니라 주검도 사랑하는 까닭'으로 흐른다.

남들은 좋은 것만 사랑하는데, 좋지 않은 내 백발과 눈물과 주검을 사랑하는 까닭에 나는 당신을 사랑한다는 고백이다. 사랑, 지고지순한 사랑이야말로 더할 수 없는 고귀한 가치다. 소아小我의 이기적 애착에서부터 세계 전체를 동일시해 아끼고 보살피는 영성적·무아적 사랑에 이르러 사랑의 진폭은 무한히 크고 넓다.

만해의 사랑은 색다르다. 진정한 사랑은 홍안은 물론 백발도 사랑하는 것이며, 한 인간의 미소도 눈물도 주검도 사랑하는 것이라 한다. 존재의 모든 걸 사랑할 때라야 비로소 참다운 사랑이라 할 수 있을 것이다. 그런 사랑은 빛과 그림자가 하나임을 깨닫는, 존재에 대한 절대적 긍정에서 나온다.

고르 부부 같은, 만해 시에서처럼 그런 순일한 사랑을 하는 사람들이 늘어날 때, 세상은 더한층 본래의 순수로 회귀할 것이다.

사랑의 방식

'둘하 노피곰 도ᄃ샤/ 어긔야 머리곰 비취오시라/ 어긔야 어강 됴리/ 아으 다롱디리/ 져재 녀러신고요/ 어긔야 즌 데를 드대욜세라.'

현전하는 유일한 백제 가요, <정읍사井邑詞>의 도입부다.

돌아오지 않는 남편을 기다리다 높은 언덕마루에 올라 먼 데를 바라보며, 밤길에 오는 남편이 행여 화라도 입을세라 마음 졸이는 애틋한 심정을 토로한 노래다. 남편을 기다리던 행상의 아내는 기다리다 지쳐 그 자리에 망부석이 됐다 한다. 여인의 애절한 속정이 행간에 고이면서, 화자의 목소리가 되살아나는 듯하다.

'묏버들 곱게 꺾어 보내노라 님의 손에/ 자시는 창밖에 심거두고 보소서/ 밤비에 새잎 곳 나거든 날인가도 반기소서.'

조선시대의 기녀 홍 랑의 시조다. 님에 대한 곡진한 사모의 정념을 '묏버들'에 이입해 은근히 담아내고 있다.

「예경」에 나왔듯 '남좌여우男左女右'라 해, 길 갈 때도 여자는 오른쪽을 골라 디뎠다. 하물며 남녀 사이의 사랑의 말인들 속으로 타오르면 타올랐지 한마디인들 대놓고 했겠는가.

조선시대 농서農書「사시찬요四時纂要」에 따르면, 당시 사랑을 고백하는 날은 만물이 겨울잠에서 깨어난다는 조춘早春 경칩(양력 3월 5일 전후)이었다. 남녀가 은행 열매를 나눠 먹으며 남녀가 서로의 마음을 확인했다 한다.

2월 14일 밸런타인데이에 연인들이 주고받는 초콜릿이 우리 선조 때는 없었다. 사랑의 방식이 사뭇 달랐다.

한데 초콜릿처럼 달달한 것도 아닌데, 왜 하필이면 냄새 고약한 은행이었을까.

"완전히 틀린 말도 아닙니다. 은행나무의 수정은 수나무에서 종자가 날아와 암꽃 위에 앉아 이뤄지니까요. 암나무와 수나무가 가까울수록 열매 맺기가 쉬운 겁니다."

어느 교수의 얘기가 마음에 닿는다.

그런데 은행나무 열매가 맺히는 시기가 가을인데, 사랑을 고백하는 날이 3월 초면 어떻게 은행 열매를 선물할 수 있었을까. 그야 사랑을 고백하기 위해 미리 열매는 주워 고이 품었을 것이다. 사랑의 표현이 은근하면 심중에 그만한 요량인들 왜 없었을까.

그렇게 정성스레 준비한 은행을 서로 선물한 연인들은 암은행나무와 수은행나무 주위를 돌면서 사랑을 언약했다 한다. 은행나무처럼 천년 사랑을 이어 가자고. 냄새는 심하나 은행 열매엔 이렇게 남

녀 간 돈으로도 살 수 없는 지고지순한 사랑의 마음이 담겨 있었다.

　더 소중한 건, 은행을 주워 모으며 애태우던 기다림 속의 그 가슴 두근거림.

공감

갓난이가 옹알이한다. 세상으로 내보내는 단순 표현에 무슨 기교라곤 들어 있지 않다. 성스러운 감정 덩어리다. 숨 고르다 무심코 입 열고 뱉어내는 거기 티 하나 내려도 흠이 될 완미한 그 순수, 짜장 기분 좋아 새어 나온 생명 원초의 음성기호. 감싸 안은 어미 체온에 싸여, 그 어미의 목소리를 감지하고 있다는 첫인사, 첫 인증이다. 강보에 싸인 어린것이 어미 음색에 귀 세울 줄 알다니 놀랍고도 신기하다.

얼마 지나면 초롱초롱 고운 눈망울에 빛이 고인다. 눈이 별처럼 빛난다. 풀잎 끝 이슬보다 해맑다. 반짝인다. 다이아몬드를 빻아 가루를 부어 넣는다고 저리 빛나랴 싶게 반짝인다. 아기를 깊이 품은 어미 얼굴에 살포시 퍼지는 아침 햇살 같은 미소. 방안에 남실대는 배냇냄새. 어미와 아기는 떼려야 뗄 수 없게 한 몸으로 부둥켜안는다. 공감이다. 공감은 벅차고 따스하고 포근하다.

공감은 대상 속으로 스미는 것, 때로는 소름으로 돋아난다. 끝내 마음자리로 스며들어 함께 뜨고 가라앉는다. 감정이입이다. 종국엔 뜨겁게 다가가는 길을 연다.

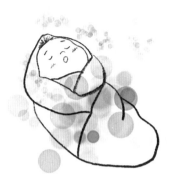

직감만으론 되지 않는다. 거기다 상상을 얹을 때 돌기처럼 싱싱하게 일어나는 울림이 공감이다. 자아를 넘어 조장되는 맹렬한 감정의 충돌 현상이다. 여러 번의 시도 끝에 강렬해지는 그것은 마치 고사리손이 사금파리 두 쪽을 쳐 내는 빛과 흡사하다. 어둠 속의 선명한 존재감, 그 빛은 오밤중이라 작아도 날빛이다.

눈이 눈을 맞추고 가슴이 가슴에 닿을 때 요동치는 감동의 너울은 때로 주체하기 힘들다. 가슴을 팔딱이게 한다. 좀 더 끌어올려 놓고선 감정의 극한에서 울컥울컥 쾌감에 내몰리기도 한다. 포식하지 않았는데 포만하다. 작은 어선 몇 척 출랑대고 있을 만조의 고향 포구, 그 한적한 정경이 떠오른다. 긴장에서 달아난 이완은 행복감을 안긴다. 공감의 효과다. 그것엔 분명 현실을 신명 나게 하는 힘이 있다.

겨울엔 안 보이던 게 보인다. 잔디마당을 거닐다 문득 멈춰 섰다. 모퉁이 작은 소국 숲에 가 있는 눈길이 떨어질 줄을 모른다. 한때 무덕무덕 피었던 샛노란 꽃들이 하늬에 이울었고, 구겨져 잎은 추레하고, 까맣게 말라비틀어진 줄기. 밤낮 바람에 저항했던 흔적만으로 작은 생명의 마지막은 비장했다.

검불이 된 소국을 낫으로 베어 내려 다가앉다 소스라쳤다. 개체가 뿌리박은 곳곳에서 새싹이 새파랗게 솟아나고 있잖은가. 소국은 죽지 않았다. 죽은 것에서 싹이 돋아나고 있었다. 생과 사가 과거와 현재로 극명히 선을 그으면서 진행 중인 세대교체의 현장. 그만 말이 막혔다. 생명처럼 숭고한 것은 없다. "국화야, 너는 어이 삼월춘풍 다 보내고 낙목한천에 네 홀로 피었느냐, 아마도 오상고절은 네 뿐인가 하노라"고 찬탄한 옛시조를 떠올리는 순간, 찬바람에 코끝이 시리다.

소국은 시종 침묵 모드로 있다. 흔한 말 한마디 않고 실행으로 보여 주고 있다. 연기가 아니다. 혹한에도 생존에 대한 갈망으로 잎을 피워 올려 파랗다. 시들어 나달대는 마른 잎과 새잎의 교감을 보며 가슴 뭉클했다. 쏴아, 이미 숨을 놓은 묵은 것과 명을 잇는 새것 사이에 출렁이는 공감의 물결이 와락 내 안으로 밀려든다.

크게 공감했다. 소국 싹 위로 무엇이 어른거리더니 금세 맑은소리 들린다. 갓난이 옹알이.

실루엣 같은 연인들

불더위에 펄펄 끓는 하오의 거리를 운동 삼아 걷고 있었다. 땀이 줄줄 흘러내린다. 머리를 적시고 내린 땀이 눈에 들어가 짭쪼름하다. 손수건으로 눈두덩을 닦는데 멀지 않은 길가에 전에 못 보던 풍경이 떴다. 땀 닦는 눈에 흐릿하다. 위아래 새까만 옷을 입은 두 사람이 마주 서 있다. 서너 걸음 내디디며 실눈을 하고 봤더니 두 사람은 젊은 남녀였다.

20미터, 15미터… 시나브로 그들과의 거리가 좁혀진다. 도심에서 한 블록 벗어난 한적한 거리라 인기척 따위엔 신경을 안 쓰는가. 지척까지 다가서고 있다. 먼발치에서 가까이 다가왔는데도 그들은 꺼리는 별 낌새가 안 보인다. 지나는 사람을 의식하지 않는 것 같다. 그런다고 그 둘이 끌어안거나 그런 건 아니다. 길가라 거기까진 가서 안 된다고 선을 그었을지도 모른다.

지켜보며 걸어왔으면서 그냥 무심했다면 외려 솔직하지 못하다. 지나치며 살짝 훔쳐보게 됐다. 1초를 둘로 쪼갠 순식간. 그들은 서로를 강렬히 사랑하는 연인 게 분명하게 꿈틀거렸다. 입속말로 중얼거리면서 서로에게 보내는 눈빛이 내리쬐는 첫여름 햇살만큼이나 뜨거워 보였다. 남자 옆에 레미콘이 달달거리며 돌아가고 있다. 남자가 레미콘 운전기사인 것도 명백해졌다.

그들은 왜 한여름 불볕으로 후끈거리는 길가에서 만나는가. 남자 쪽에 시간이 안 됐을까. 그래서 일과 중에 만나는 것일까. 가던 길을 열댓 걸음 나아가다 반사적으로 뒤 돌아다봤다. 점잖지 못한 것임을 잘 알면서도 관심이 간 건 왜일까. 그들이 자식 연배여서일까.

놀라운 장면이 눈에 들어왔다. 남자가 두 손으로 여자의 얼굴을 감싸더니 이마에다 가볍게 입맞춤을 하는 게 아닌가. 백주 노상이다. 한데 전혀 추해 보이지 않고 오히려 드라마의 한 컷처럼 아름다워 보였다.

이내 남자는 높직한 차에 올라 핸들을 잡았고, 두어 걸음 바짝 다가가 손을 흔드는 여자. 저녁? 내일? 다음 만남을 약속했을까. 차가 속도를 냈고, 여자는 차가 방향을 바꿔 사라질 때까지 손을 흔들며 서 있었다.

위아래를 까맣게 입어 불타는 한여름 길가에 실루엣으로 보이던 두 연인. 무더운 하오의 길가에 마주 섰던 두 사람이 삽시에 지워지고 없다.

그들의 사정은 알 수 없다. 다만 그들이 카페라든지 흔한 만남의 장소가 아닌 길가에서 만났다는 것, 그게 일하는 중의, 그것도 짧은 만남이었다는 것. 그런 상상에서 애틋해 보였을까. 어느새 나는 그들의 만남이 일하는 틈새 시간이었고 단정하고 있었다.

집으로 가는 길, 거기까지만 생각하고 접기로 했다.

내 리스크

요즘 들어 심심찮게 리스크(risk)란 말을 떠올린다. 불확실성의 노출을 뜻하는 말로 위험(danger)의 부정적 의미와 겹치긴 해도 다르다. 단정적으로 재단할 수 없는, 미래의 상황이나 결과에 따라 달라질 수 있는 개연성이 안에 포장돼 있다. 앞으로 좋아질 수도, 나빠질 수도 있다는 것, 희미하나마 긍정의 불씨가 더러 남았다.

50줄 두 아들 형제간의 '차이'가 마음에 걸린다. 서울서 세계적인 외국회사에 다니던 큰아들이 실직해 고향으로 내려왔다. 의사인 작은아들은 상당 수준 풍요해 유족하다. 둘이 다 열심히 사는 데도 그 차이가 우심하다. 걔들 턱없는 불균형이 내 리스크로 구체화하는 것 같다.

내가 간여한다고 달라질 게 아님을 번연히 알면서도 눈 떼고 돌아앉지 못한다. 동기간에 우애롭지 않다면 앉혀 일장 훈시라도 하련만, 물질적인 것은 능력 밖이라 빼지도 박지도 못한다. 키울 때 '한 가족'으로 너나없이 정겹던 그때의 회상에 가슴 아리다.

거기 덧대 중고생이 된 손자 손녀 넷, 그 어린 것들에게 다가올 미래도 그렇다. 철모르고 한 가족으로 커 오던 시절에 느끼던 걔들

넷의 형제 개념이 이젠 명확해 버렸다. '아, 아버지는 형제지만 우리는 4촌'이라 알아 버린 친족 계보 속 인식의 변화 추이. 그도 내겐 부담이다. 갖고 갖지 못한, 빈부의 차이가 여지없이 드러난 데서 느낄, 큰아들 아이들의 갈등 구조에 차마 위로의 한마디 못하니 가슴 쓸어내린다.

그 아이들 4촌이지만 내겐 손자들, 똑같이 2촌이다. 함께 품지 못하는 노년의 가슴이 무서리 내린 가을 들판처럼 황량하다. 마음이 자연, 갖지 못한 쪽 큰아들의 두 아이에게 기울어 간다. 위를 보지 말고 아래만 보며 살라 말은 하지만, 눈앞인데 안 보일 것도 보이는 법이다.

요즘 서구어에 익숙한 세상의 공기를 마시다 전이된 건가. 망연자실 먼 산에 가 있는 눈에 불쑥 떠오른 말, 리스크. 50줄의 두 아들이 당면한 현재, 걔네 아이들에게 펼쳐질 미래가 내 리스크로 틀어 앉아 있다. 불균형이고 불가해하니 강풍에 떠밀리는 망망대해처럼 출렁거려 몹시 심난하다. 내가 다리 뻗고 앉을 자리에 잇대어 내가 있어야 할 범위가 갈수록 모호해 가는 요즈음이다. 시간이 흐르면 드러나 보일까. 포만한 만조의 바다가 물결에 밀려 수평선을 긋듯, 그렇게.

오늘 추석날, 작은아들네가 차례를 지낸다. 가족들 아홉이 한자리에 모여앉아 명절 음식을 나눠 먹는다. 4촌들 넷이 밥상을 받아앉아 어우러지던 자리인데 분위기가 영 아닌 것 같다. 가만 보니, 서로 간 대화가 없다. 공통의 화제가 없는 모양, 먹는 데만 쏠려 있다. 커 올 때 집 안을 흔들어 놓던 그 신바람은 어디 갔을까. 아이들이 그새 많은 것을 알아 버린 것 같다. 알아 버린 것은 잃어버리는 것인가. 빨리 일어섰으면 하는 눈치다.

아무래도 두 아들 사이에 건너야 할 강이 놓인 것 같다. 우리 아이들이 한 배를 타고 함께 노 저었으면 좋겠다. 그랬으면 참 좋겠다.

로봇청소기

진공청소기가 끌고 다니던 것에서 서서 미는 것으로 바뀌더니, 걸레를 부착해 바닥을 닦는 물걸레 청소기가 등장한 지 오래다. 손으로 구석구석 닦아 내는 것에 견줄 바는 아니지만, 그만하면 청결 유지에 큰 몫을 한다. 과학의 힘이 어디까지 미칠지 앞을 내다보기가 쉽지 않으니, 요 몇 년 새 눈부신 기술 발전에 눈 휘둥그레진다. 놀라운 세상이다.

아파트로 이사했더니 아들이 로봇청소기를 사 왔다. 청소가 한결 손쉬울 거란다.

녀석을 등 떠밀었더니 상상하지 못하던 일이 눈앞에 벌어지고 있다. 방 셋, 거실과 주방과 베란다를 두루 휘저어 다니는데 여간 영특한 게 아니다. 막힘이 없으면 설레발이라도 칠 듯하다 마음 고쳐먹은 건지 시원하게 직진한다, 앞에 장애물이 놓여 있으면 뭉그적거리며 좌우를 살펴다, 운신이 편한 쪽으로 몸을 놓아 돌돌돌 굴러간다. 벽이나 기둥 같은 큰 것에 걸리면 덜거덕거리다 몸을 틀고 비켜 간다. 주방 개수대 앞 깔판에 닿자 요번에 또 다른 재간을 떠는 게 아닌

가. 엉덩이를 들썩거리며 기어이 올라타 제 할 일을 수행해 낸다.

거실 소파 아래는 낮아 파고들지 못해 바깥쪽만 나고 들다 자리를 뜨고 있다. 제가 할 수 있는 능력 밖임을 꿰찬 분별력에 혀를 찬다. 녀석에게도 눈이 있고 손과 발이 있는지 웬만한 건 거침없고 할 수 있는 걸 앞에 놓아둔 채 미적거리지 않는 명쾌함이 마음에 든다.

한데 이럴 수가 있나. 녀석 혼자 바지런 떨라고 집 안을 누비고 다니게 방임하고 책상머리에 앉아 한 시간, 갑자기 주위가 조용하다. 충전한 게 바닥났나 싶어 이곳저곳 찾아다녀도 녀석이 보이질 않는다. 넓어야 서른 평인데 이상한 일도 다 있다 싶어 다시 한 차례 안을 빙 둘러봤다. 그래도 녀석의 행방을 모르겠다. 수상쩍어 입맛 다시며 끝으로 내실에 들어서다 깜짝 놀랐다.

녀석이 충전기 옆에 몸을 바짝 붙이고 있는 게 아닌가. 나를 멀거니 쳐다보는 눈이 새치름하기 짝이 없다. '아니, 이곳에 오다니. 너대로 온 거야?' 중얼거리는 소리에 달려온 아내가 내게 한 방 먹인다. "어이고 얘가 벌써 충전하러 간다 신고했잖아요. 당신이 가는귀 먹어 그렇지." 배가 고프니 저대로 배를 채우려 식소에 와 앉은 게 아닌가. 이미 신고까지 하고서.

촌놈이라고 웃어도 할 수 없다. 로봇청소기가 이렇게 똑똑한 줄 예전엔 미처 몰랐다. 곧바로 충전 스테이션이란 외래어도 오늘에야 처음으로 익혔다. 세상이 이렇게 변하는데 나는 옛날 그 자리에 그냥 있다.

그러니 나를 졸졸 따라다니는 말, '꼰대'.

엄마의 품

'우리는 똑같이 두 팔을 벌려 그 애를 불렀다. 걸음마를 가르치고 있었다. 그 애가 풀밭을 되똥되똥 달려왔다. 한 번쯤 넘어졌다 혼자서도 잘 일어섰다. 그 애 할아버지가 된 나는 그 애가 좋아하는 초콜릿을 들고 있었고 그 애 할머니가 된 내 마누라는 그 애가 좋아하는 바나나를 들고 있었다. 그 애 엄마는 아무것도 들고 있지 않았다. 빈손이었다. 빈 가슴이었다. 사실 그는 그럴 필요가 없었다. 달려온 그 애는 우리들 앞에서 조금 머뭇거리다가 초콜릿 앞에서 바나나 앞에서 조금 머뭇거리다가 제 엄마의 품으로 뛰어들었다. 본시 그곳이 제자리였다. 알집이었다. 튼튼하게 비어 있는, 아, 둥글구나.'
　　　　　　　　　　　　　　　　-(정진규의 〈엄마의 품〉 전문)

아이를 키워 본 경험이 있는 사람이라면 가슴 되게 울렁거릴 것이다. 풀밭에서 첫 걸음을 떼 놓은 아이의 아슬아슬한 직립 실험, 그 순간. 아이는 좋아 키득거릴 것이고 엄마는 기뻐 활짝 웃을 테다. 아이가 처음 서서 걷는다. 대사건이다. 이런 황홀한 순간이라니.

엉금엉금 기다 일어나다 넘어져 뒹굴다 일어서 첫발을 내디뎠

다. 첫돌의 눈부신 진화, 한 아이의 놀라운 성공 신화다. 지켜보던 가족들 너나없이 일제히 손뼉 치고 환호하리라.

눈앞에 극적인 장면이 벌어진다. 풀밭을 되뚱거리며 걸음마 떼어놓는 아이를 어른 셋이 꼬드긴다.

"아가야, 이리 온. 이거 줄게, 초콜릿."

"아니야, 이게 달아요. 바나나." 그중 할아버지와 할머니 두 어른이 말 대신 맛있는 걸 손에 들어 흔들어대고 있다. 어서 오라고, 넌 귀여운 내 새끼니까 내게 오라고, 와서 내 품이 안기라고. 초콜릿과 바나나 둘 다 손주가 좋아하는 걸 안다. 그래서 고른 것이다.

한데 아이는 맛있는 초콜릿도 바나나도 택하지 않았다. 두 어른 앞에서 멈칫했을 뿐이다. 아이가 뛰어든 것은 엄마 품이었다. 초콜릿도 바나나도 없는 엄마의 빈 가슴이었다. 아이의 선택은 여지없었다. 매달려 젖을 빨던 애초의 품, 따뜻한 가슴이었다. 자식보다 두 벌 자손이라지 않는가, 아들보다 손주를 더 아끼는 건 인지상정이다.

사실이지 조손간 사랑이 모자간의 사랑보다 결코 덜하지 않다. 더하고 덜하고 견줘서도 안 된다. 1촌과 2촌이라고 친족 계보의 촌수를 셈할 것도 아니다. 보라, 아이는 할아버지 할머니 쪽으로 기울다 마지막 고비에서 엄마를 택한 것뿐이다. 웃어른을 숫제 외면한 게 아니고 얼굴을 돌리고 등을 보였을 뿐, 단지 그랬을 뿐이다.

아이는 선택형 시험을 친 게 아니다. 그냥 엄마 쪽으로 돌진한 것뿐이다. 초콜릿과 바나나라는 장치는 인위이고 기교일 뿐인 게 확연해진 순간이다. 엄마의 품은 무엇과도 바꿀 수 없는 무위이고 본래라 그런 것이다. 부모 없이 크는 조손 가정의 아이들 그림에 반드시 엄마 아빠가 등장하는 이유이기도 하다.

엄마의 품은 아이에게 원초다. 세상 어느 자리, 어느 곳보다 편안하고 안심되는 그 자리, 알집이다. 한 인간이 일생을 살면서 가장 그리워하는 근원의 자락, 잊히지 않는 둥그런 시원始原의 세계, 우주다. 그것은 통속이 아닌, 때 묻지 않은 천의무봉天衣無縫의 것, 먼지 하나 섞이지 않은, 흠결 없는 완미完美한 처소다.

어미의 사랑이 머무는 곳, 무욕이고 무심이다. 세상에 태어나 처음으로 경건하게 포용이란 걸 배웠던 자리다. 최초의 믿음으로 기억되는 그곳, 엄마의 품.

욕심내지 말라고 했잖아요

홀연한 일이다. 아내가 동생처럼 지내는 친구의 전화를 받는 낌새더니 블루베리 따러 시골에 갔다 오겠단다. 뼈마디 어디 하나 쑤시지 않는 데가 없다고 호소해 오는 아내다. 더군다나 어깨의 통증이 매우 심해 밤에 잠을 이루지 못해 뒤척이면서 뭘 따러 가겠다니, 이 무슨 귀신 씨 나락 까먹는 소린가.

눈을 동그랗게 떴더니 절친들이 같이 갈 것이라, 몸도 이러니 무리하지 않겠다, 조금만 따고 오겠다 한다. 블루베리 수확기인데 주인 아닌 사람들이 남의 밭에 가서 무얼 하려는 건가 했더니. 주인이 골라 따고 남은 거란다. 그러니까 이삭줍기다. 엊그제 만나 몇 시간 동안 점심 먹고 차 마시고 수다를 늘어놓던 정든 친구들이다. 몸이 안 좋은 것은 까무룩 잊어버리게도 됐다.

입은 옷 바람에 위에만 툭 걸치는가 싶더니, 어느새 삐리리 현관문이 닫히고 있다. 미풍에 볕 좋아 맑게 갠 가을날이라 일단 마음이 놓였다. 네다섯 시간, 짧지 않은 시간을 블루베리 따기에 매달렸던 모양이다. 집에 오자마자 내게 건네는 비닐봉지 둘을 받아 들었더니 꽤 묵직하다.

"작은 건 내가 딴 것이고, 큰 건 일 잘하는 친구가 따 준 거예요. 그 친구 두 봉지를 따더니 하나는 늙은이라고 내게 밀어 넣습디다. 어찌나 고마운지."

임의로운 사이엔 서로 나눠 갖는 게 인정인가 보다. 알알이 손이 갔을 것인데, 정이 아니면 남에게 줄 수 없을 것이다.

한데 문제다. 친구들과 어우러졌을 때는 몰랐는데 집에 오니 와락 아픔이 몰려오는 모양이다. 긴장이 풀리니 더할 것이다. 예상했던 일이다. 그런다고 아내에게 지청구하랴. 친구들에 끌려 동행한 것인데. '그것 봐요. 욕심내지 말라고 했잖아요. 돈 주고 사다 먹으면 되는 건데.' 하려다 꿀꺽 삼켜 버렸다. 행여 이 얘길 건넸다면 당장 눈 흘기며 내뱉었으리라. '블루베리는 비싸요!'

"좀 쉬어요. 다리 죽 펴고."

제가 간절해서 다녀온 길인 걸 누구를 탓할까. 울며 겨자 먹기지.

블루베리가 안에 들어있는 푸른 색소 안토시아가 백내장 예방에 좋다는 연구 결과가 있다. 관심이 갈 것이다.

아내는 블루베리로 잼을 만든다. 식빵을 살짝 구워 두 조각 사이에 발라 먹으면 그냥 식빵과는 식감이 하늘과 땅 차이다. 아내가 저것으로 꽤 많은 잼을 만들 것이다. 침이 넘어간다. 사람이란 간사하다. 아내가 부대끼는 건 생각하지 않고 군침이나 흘리고 있으니.

야생의 모정母情

  새로운 걸 배우려면 오래전에 형성된 낡은 자신을 포기하고, 낡아빠진 지식을 죽여야 한다고 한다. 가령 즐겁지 않아도, 넓은 시야를 트기 위해 좁은 시야를 접을 수 있어야 한다는 얘기다. 하지만 낡지 않고, 접고 더 덜어낼 수도 없는 게 있다. 새끼에 대한 어미사랑이다.

  TV에서 야생들의 모정을 보고 깨닫는다. 평범한 것은 비범했다.

  조롱이와 원앙새가 한탄강 위를 가로지른 다리 밑 둥지에 알을 품었다. 원앙새가 공교롭게도 수릿과 조롱이와 이웃 지었다. 조롱이가 거칠게 공격해 온다. 알을 사수하려 원앙새도 물러나지 않는다. 죽기로 저항하다 깃털이 뽑히고 크게 다친다. 그래도 결과는 황홀했다. 피 묻은 알에서 새끼 네 마리가 태어났다.

  얼마 후, 새끼들을 강물로 떨어뜨려 옆에 끼고 흐르며 삶의 방식을 학습시킨다. 훈육하는 것이다. 이웃에서 부화한 조롱이 새끼가 헛발을 디뎌 강에 빠졌다. 벽으로 오르려 바둥대다 추락해 떠 내린다. 굽어보면서도 어쩌지 못하는 어미 조롱이. 부리를 벌린 채 죽어가는 새끼 따라 낮게 난다. 새끼의, 파닥이다 접는 날갯짓!

새끼들을 품으려 솔가리로 둥지 둘레를 에워싸고 덮는 청설모. 까치에게 들키고 만다. 사력을 다해 까치의 공격을 뿌리친 어미. 일단 들키면 비상이 걸린다. 갓 태어난 벌건 몸뚱이 배냇짓 고물거리는 걸 입에 물고 은밀한 곳에다 놓는다. 숲속 나뭇가지 틈을 살처럼 내달리는 어미 청설모. 보호본능이 내는 속력은 질주다.

주꾸미 새끼는 빈 고둥껍데기 속에서 태어난다. 그 어미, 알을 지키며 지나는 물고기들에게 한 입씩 뜯겨 여덟 다리가 하나도 없다. 종국에 뭉텅해진 몸통을 둘러싸고 있는 녀석들이 있다. 포식자 불가사리. 삽시에 주꾸미의 실체가 사라지고 없다. 존재의 무화無化다. 대신, 새끼들을 남겼다.

갯벌 낙지는 알을 갯벌 구멍에 낳는다. 흙탕에서 나고 자란 녀석이 흙에 생명을 놓아 흙의 모성母性대로 한 생을 살리려는 것. 성스러운 탄생의 역사役事 뒤, 어미는 검게 물들어 버린다. 사색死色이다.

옥돔처럼 불그스레한 검은 줄무늬의 희한한 물고기가 있다. 암놈이 알을 무덕무덕 낳으면 뒤에서 입을 좍 벌렸다 받아먹는 수놈. 한 번, 두 번, 세 번. 먹는 게 아니라 알을 머금는다. 알에 산소를 공급하려 간간이 뱉었다 도로 넣는다. 8일, 10일이 지나고 새끼로 부화하는 알들. 새끼들을 바닷속으로 밀어낸다. 탄생의 순간이다. 그사이 알을 머금은 채 몇 날 며칠을 굶었다. 옆구리에 까맣게 번지는 섬뜩한 조짐, 머물던 시간이 떠나 버렸다. 둥둥 떠 내린다.

어릴 적 기억이다. 달걀을 품은 어미닭은 어김없이 스무 하루째 병아리를 깠다. 그때부터 어미 닭은 소리 지르며 거칠고 화급해 간

다. 마당에서 멀뚱거리는 누렁이가 가까이 다가오기만 해도 날개를 파닥이며 쪼려 달려든다. 멋쩍게 뒷걸음질하는 누렁이가 미련해 보였다. 휘익, 솔개가 검은 그림자로 덮치는 찰나, 병아리를 낚아챈다. 불가항력이다. 하지만 포식자의 내습에도 소리를 질러대며 양 날개 속에 새끼 여남은을 품는 어미 닭. 죽음을 무릅쓴 모성 본능이다.

사람만 그런 게 아니다. 어미는 강하다. 살아있는 모든 것들에게 자식에 대한 어미의 정만큼 절박한 것은 없다. 목숨도 내놓는다. 그게 모정母情이다.

줄곧 내다보고 싶은 퍼포먼스

서른 해, 한 세대를 읍내 마을 조그만 단층집에서 살았습니다. 높은 동산을 깎아 질러 스무 가구가 터를 잡을 때 한 축 끼었지요.

예로부터 마을 사람들은 바람 불면 까마귀가 떼지어 난다고 그 동산을 '까막동산'이라 불렀습니다. 하나같이 붉은 벽돌집인데, 처마에 눈썹처럼 청기와를 올린 게 아담하고 깔끔했습니다. 대중교통으로 제주시까지 20여 분 거리라 불편하지 않았고, 마당에 나서면 창망한 남태평양의 물굽이가 눈앞이라 오래 눌러있었던 것이지요.

그뿐 아닙니다. 높은 까막동산 맨 끝 집, 나지막한 울담이 정겨웠습니다.

웬일인지요. 언제부터인가 버릇이 돼 울담 앞에 우두커니 서 있곤 했습니다. 양옆으로 작은 정원을 끼고 있는 그곳에 두 다리를 세우면, 빽빽이 들어찬 나무들의 푸른 생명력에 숨 차오르면서 놀랍게도 내 눈이 반짝이는 것이었습니다.

울담 너머 멀리 가까이 세상 풍경을 내다봅니다. 눈 아래 갈맷빛 바다가 넘실대는 장대한 운동감에 흔들리며 함께 운율을 탔습니다. 내 눈엔 왠지 그 율동이 무척 가팔랐지요. 바닷가 애솔밭, 소나무 가지 끝에 몇 시간이고 정물로 앉아 있는 철새들은 무심無心으로 희디희게 순일했고, 이런 소소한 풍경들이 내겐 자그마치 감동으로 왔습니다.

어느 날, 울담 앞에 선 채로 명상에 잠겨 있었습니다. 자신을 돌아보며, 시나브로 통찰의 눈이 반경을 넓혀 가는 것이었어요. 그것은 단조한 풍경이거나 공간이동이 아닌, 내 인생과 결부된 대상물들이었고, 그 자체로 사람이 살아가는 삶의 한 방식이기도 했습니다.

읍내에서 시내로, 세상으로, 자연으로, 풍경으로, 인간으로, 사물로, 인정으로, 인연으로, 사랑으로…. 그 도달점엔 심안心眼이 한발 앞서가 눈을 빛내고 있었으며, 그것은 인간의 존재론적 탐구에 이르면서 나를 상당히 생동하게, 때로는 고뇌하게도 했습니다.

자의식의 발현이었을까요. 어서 혼돈과 몽매에서 깨어나라 나를 흔들었습니다. 그건 일상에 허덕대는 나를 품어 안으며 응원했습니다. 철학의 부재로 허한 자리에 갇혀 늘 답보와 유예를 거듭하면서도 주저앉지 않았지요. 결핍 속의 이 조그만 개안開眼은 지금도 진행 중이고, 이후로도 내가 한 존재로 주어진 날까지 지속될 것입니다.

울담 너머로 내다본 어느 하나 삶 아닌 게 없으니, 차마 버리지 못하겠습니다. 버려지는 것과 버려지지 않는 것, 선택은 나를 양자택일의 모순에 서게 합니다. 어느 하나에 기울지 않아야 하는, 둘의 중간 지점,

그 중도에서 경계의 모호함에 부대끼긴 하지만, 나는 둘 중 어느 하나도 포기하지 않을 것입니다.

나는 울담 너머 세상 풍경을 내다보는 데 그치지 않고 그것들 내면까지 돌아보게 될 것이고, 내 시계의 어느 범위에 진입해 있는 사소한 것들까지 정신의 영지領地 안으로 끌어들이며 몰두해 갈 것입니다.

'울담 너머 내다본 세상 풍경'에 어느 화가는 색을 입히고 있을지 모르지만, 나는 언어의 탁월한 매개 능력에 의탁하기로 했습니다. 체면 치레하지 못해 좀 경박해 보이는 것, 이가 맞지 않아 이도 저도 아니게 얼빠진 것, 너절하고 무질서한 것, 추해 아름답지 못한 것, 성숙을 기다리다 지쳐 치기稚氣를 넘지 못한 것들이 그 안에 공존하고 있음을 알고 있지요. 비유와 상징과 역설의 수사修辭로 문학성을 부여하며 수필로 쓴 것도 더러 있지만, 그 이전 산문으로 질펀한 사유의 풀밭에 방목해 놓고 독자와 여백의 시간을 함께하고 싶었습니다.

'울담 너머 내다본 세상 풍경'이 111편입니다,

여기저기 눈이 닿은 곳이 좀 넓고 펼쳐놓은 스펙트럼도 갖가지로 띠고 둘러 있었습니다.

읍내에서 신제주로 둥지를 옮긴 지금에도 이 퍼포먼스는 이어집니다. 참 즐겁군요. 정겨운 울담은 이곳 아파트 단지에도 단아하게 몸을 낮춰 가며 나를 기다립니다. 도심이라 넘실거리는 그 갈맷빛 바다는 안 보이지만, 창을 열어젖히면 한라산이 성큼 다가와 있어요. 친숙하기, 옛날 아잇적에 삘기 뽑던 동산 같아요.

앞을 내다보노라면 몸속의 뼈대가 파도로 일어나 어깻죽지 근육부터 꿈틀대기 시작합니다. 제주시가 서울 변두리 어디쯤으로 북적거리는군요. 도심 속 들끓는 세상, 그 풍경의 파노라마입니다.

누구는 그리고 색칠하고, 누구는 쪼고 새기고, 누구는 무대에 올려 대사와 짓으로 연출하지만, 나는 산문의 언어로 비유하고 묘사하고 서술하며 행간으로 흐를 것입니다. 앞으로도 울담 너머 눈이 머무는 그것들의 싱싱한 자태를 여실히 담아낼 것이고요.

이쯤에서 걸음걸음 환희에 겨워 신명이 납니다. 문어체의 딱딱한 규율을 벗어 구어체의 구성진 음색으로 다가가려 합니다.

사실적인 것과 추상적인 것, 가시적인 것과 비가시적인 것과의 혼효로 '내다본 세상 풍경'의 충위를 한 켜 높이려 했습니다. 그 위로 제주의 토속적 풍미와 서정을 얹어 가며 독특한 색깔을 덧칠하려 무던히 다가갔습니다.

호감과 공감 그리고 사랑으로 이어지기를 소망합니다.

2021. 3
東甫 김길웅

PART 5

지금은 당신이 주인공

나와 만나다

　일상에서, 일에서, 상황에서 다양한 사람과 대상에게 관심을 가졌습니다. 이제는 당신이 주인공입니다. 당신의 머리와 가슴이 당신을 만나 글과 그림으로 흔적을 남겨봅시다.

살아온 시간과 살아갈 시간

'나의 라이프플랜'

강희연

김기도

김진희

김
태
연

김
현
례

327

변
보
라

서선미

유현정

이
경
희

이
미
정

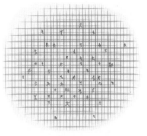

이
선
희

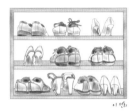

이
은
희

이
진
경

이
효
지

정
사
빈

진윤호

최지우

그림 참여- 일러스트레이터

강희연
종이 위에 퍼지는 물감처럼 따뜻함이 스미길 바라며 한 뼘 안의 세상을 그립니다. 김길웅 산문집 〈평범한 일상 속의 특별한 아이콘 -일일일〉 등에 그림을 그렸습니다.

김기도
앞서 나간 선각자들을 동경하여 신기한 세상을 창조하기 위해 노력 중인 엉뚱한 아티스트. 각종 카툰 및 디자인 활동. 〈안경 너머의 세상〉 아시아투데이 4컷 만화, 시 소설 에세이 모음집 〈지금 가장 소중한 것은〉, 김길웅 산문집 〈평범한 일상 속의 특별한 아이콘 -일일일〉 등 다수 작업

김진희
시각디자인을 전공하고 지금은 좋은 책을 만드는 것을 목표로 그림을 그리고 있습니다. 그림책 〈세상에서 가장 무서운 건 누구?〉의 그림 작업, 시 소설 에세이 모음집 〈지금 가장 소중한 것은〉, 김길웅 산문집 〈평범한 일상 속의 특별한 아이콘 -일일일〉 등에 그림을 그렸다.

김태연
디자이너이며 일러스트레이터입니다. 다양한 드로잉을 시도하며 경험을 쌓아가고 있습니다. 그린 책으로〈새벽을 사랑하는 남자〉, 시 소설 에세이 모음집 〈지금 가장 소중한 것은〉, 김길웅 산문집 〈평범한 일상 속의 특별한 아이콘 -일일일〉 등이 있습니다.

김현례

사진도 찍고 그림도 그리고 글도 쓰면서 삽니다. 2016년 께끼도깨비라는 창작동화로 김유정 신인 문학상을 받았습니다. 강아지 코 고는 소리와 보드 타기를 좋아합니다. 쓰고 그림 책으로 〈나는 나 니까〉, 시 소설 에세이 모음집 〈지금 가장 소중한 것은〉, 김길웅 산문집 〈평범한 일상 속의 특별한 아이콘 -일일일〉 등에 그림을 그렸습니다.

변보라

디자이너와 일러스트레이터로 일하며 다양한 매체에 그림을 그려왔고, 그 과정에서 그림책의 매력 에 푹 빠졌습니다. 현재는 '그림정원'이라는 공간에서 아이들과 재미난 그림 작업을 하며 어린이와 어른들이 소통할 수 있는 그림책을 만들기 위해 노력하고 있습니다. 시 소설 에세이 모음집 〈지금 가장 소중한 것은〉, 김길웅 산문집 〈평범한 일상 속의 특별한 아이콘 -일일일〉 등에 그림을 그렸습 니다. instagram.com/bora5_28

서선미

세종대 영어영문학과 졸업 후 한국일러스트레이션학교(HiLLS)를 마쳤습니다. 〈아기장수우투리〉, 〈범아이〉, 시 소설 에세이 모음집 〈지금 가장 소중한 것은〉, 김길웅 산문집 〈평범한 일상 속의 특 별한 아이콘 -일일일〉 외 다수 책에 그림을 그렸습니다.

유현정

항상 펜을 쥐고 있습니다. 무언가를 끄적이는 것을 좋아합니다. 집에서 영화를 보면서 따뜻한 떡볶 이를 먹는 게 인생의 낙입니다.
김길웅 산문집 〈평범한 일상 속의 특별한 아이콘 -일일일〉 등에 그림을 그렸습니다.

이경희

대학에서 서양화를 전공하고 그림을 그리고 있으며 아름다운 시와 문학작품을 주제로 인형극 을 만듭니다. 글이 할 수 없는 세계. 그림이 할 수 없는 세계, 그 속에서 감동이라는 통로를 찾으며 예찬합니다. 시 소설 에세이 모음집 〈지금 가장 소중한 것은〉, 김길웅 산문집 〈평범한 일상 속의 특 별한 아이콘 -일일일〉 등에 그림을 그렸습니다. instagram.com/jemma_origin/

이미정

홍익대학교 조형대학부 영상영화과를 졸업하고 단편영화 〈여름〉 연출하였습니다. 40, 41회 경기도 미술대전 특선, 입선, 관악현대미술대전 입선, 평화통일미술대전 특선, 동화책 속 세계여행 일러스 트 특별상을 받았습니다. 시 소설 에세이 모음집 〈지금 가장 소중한 것은〉, 김길웅 산문집 〈평범한 일상 속의 특별한 아이콘 -일일일〉 등에 그림을 그렸습니다.

이선희

시각디자인을 전공하고 다양한 디자인, 일러스트작업을 하였고 그림책 공부를 하고 있습니다. 출판

물로 문학교과서 작품읽기 3권-시조민요, 두시언해편/고대가요 향가, 고려가요/한시, 가사편 일러스트 작업과 고등교과서 고전소설작업은 출판 준비 중입니다. 김길웅 산문집 〈평범한 일상 속의 특별한 아이콘 -일일일〉에 그림을 그렸다. instagram.com/sunhee.le

이은희
자연 속에서 행복하다. 소소하게 텃밭도 가꾸고 동물들도 키우며 앞으로의 꿈이 자연인인 그림작가. 배낭 메고 여행 다니며 숲과 바다, 자연을 그림으로 그린다. 시 소설 에세이 모음집 〈지금 가장 소중한 것은〉, 김길웅 산문집 〈평범한 일상 속의 특별한 아이콘 -일일일〉 외 다수에 그림을 그렸다.

이진경
동덕여대에서 회화 전공, 일러스트레이션학교〈hills〉 졸업. 〈집으로 가는 길〉-을파소, 〈그리는 동안 어느새〉-아지북스, 〈lepapillonducoeur〉-찬옥 그 외 다수 단행본과 전집, 김길웅 산문집 〈평범한 일상 속의 특별한 아이콘 -일일일〉에 삽화를 그렸습니다.

이효지
일러스트레이션과 애니메이션을 전공하고 캐나다의 애니메이션스튜디오의 아티스트로 활동했습니다. 새로운 시도를 좋아하며, 그림책작업 및 일러스트레이터로 활동하고 있습니다. 시 소설 에세이 모음집 〈지금 가장 소중한 것은〉, 김길웅 산문집 〈평범한 일상 속의 특별한 아이콘 -일일일〉 외 다수에 그림을 그렸습니다. instagram.com/hyoji_lee_art

정사빈
울산대학교 예술대학 미술학부 동양화과를 졸업하고, 디지털드로잉과 사진으로 작품 활동을 하고 있습니다. 다양한 경험을 하며 작품의 폭을 넓혀가고 싶습니다. 시 소설 에세이 모음집 〈지금 가장 소중한 것은〉, 김길웅 산문집 〈평범한 일상 속의 특별한 아이콘 -일일일〉 외 다수에 그림을 그렸습니다.

진윤호
활동 명은 애택(愛擇)이며 사랑을 택하며 살아가는 한 생명체이다. 어린이그림책, 서평, 영화리뷰 등 다양한 글과 그림을 작업한다. 시 소설 에세이 모음집 〈지금 가장 소중한 것은〉, 〈2021 신춘문예 당선 동화동시집〉, 김길웅 산문집 〈평범한 일상 속의 특별한 아이콘 -일일일〉 외 다수에 그림을 그렸습니다.

최지우
안녕하세요~ 작가 지우입니다. 여러 가지 생각들과 감정들을 그림으로 풀어냅니다.
시 소설 에세이 모음집 〈지금 가장 소중한 것은〉, 김길웅 산문집 〈평범한 일상 속의 특별한 아이콘 -일일일〉 외 다수에 그림을 그렸습니다.

김길웅 산문집

평범한 일상 속의 특별한 아이콘 - 일 일 일

초판인쇄 2021년 2월 18일
초판발행 2021년 3월 05일
지은이 김길웅
발행인 노용제
기획편집 정은출판 편집부
일러스트 강희연 외 16인
주 소 서울특별시 중구 창경궁로 1길 29 (3F)
문의전화 02-2272-8807
팩스 02-2277-1350
전자우편 rossjw@hanmail.net
출판등록 2004년 10월 27일 (제301-2011-008호)
발행처 정은출판
홈페이지 www.je-books.com

ⓒ 김길웅 2021
ISBN 978-89-5824-427-1 (03810)